HISTOIRES DE FILLES AU CHALET

de Nadia Lakhdari King,
Catherine Girard-Audet
et Josée Bournival

Couverture : Katia Senay et Mélodie Landry
Conception graphique : Maude Vallières et Dominique Lavoie
Révision et correction : Corinne De Vailly, Fleur Neesham et Élaine Parisien
Photo des auteures : Marc-André Audet

www.boutiquegoelette.com
www.facebook.com/EditionsGoelette

Dépôt légal : 1er trimestre 2017
Bibliothèque et Archives nationales du Québec
Bibliothèque et Archives Canada

Les Éditions Goélette bénéficient du soutien financier de la SODEC pour
son programme d'aide à l'édition et à la promotion.

Nous remercions le gouvernement du Québec de l'aide financière accordée
par l'entremise du Programme de crédit d'impôt pour l'édition de livres,
administré par la SODEC.

Canada

Nous reconnaissons l'aide financière du gouvernement du Canada par
l'entremise du Fonds du livre du Canada (FLC) pour nos activités d'édition.
We acknowledge the financial support of the Government of Canada
through the Canada Book Fund (CBF) for our publishing activities.

 Membre de l'Association nationale des éditeurs de livres

Imprimé au Canada

ISBN : 978-2-89690-871-4

NADIA LAKHDARI KING
CATHERINE GIRARD-AUDET
JOSÉE BOURNIVAL

HISTOIRES DE FILLES AU

chalet

Les Éditions Goélette

Fondation
cancer du sein
du Québec

Fondation
cancer du sein
du Québec

La Fondation du cancer du sein du Québec est un organisme créé en 1994 par des femmes souhaitant venir en aide aux personnes atteintes de cancer du sein. Depuis maintenant plus de vingt ans, elle se fait très active dans la lutte contre le cancer du sein, grâce à la générosité de ses donateurs, de ses partenaires et de la population.

La Fondation du cancer du sein du Québec est le seul organisme de bienfaisance québécois entièrement consacré à la lutte contre le cancer du sein par la recherche et l'innovation, la sensibilisation, l'éducation et le soutien aux personnes atteintes de cette maladie et à leurs proches.

Sa vision : une vie sans cancer du sein !

Pour plus d'information ou pour faire un don, visitez rubanrose.org ou appelez-nous au 1 877 990-7171

C'est ça qui compte

NADIA LAKHDARI KING

Deux semaines plus tôt

Là, on a un sacré problème. Pat et Marie-Justine se séparent. Ce qui est terrible, bien sûr : pour eux, pour leurs enfants, pour la société en général. Mais là, en ce moment, aujourd'hui, maintenant, c'est surtout terrible pour nous. Fuck.

1

– Imogen! Je pense que le p'tit a faim.

– Encore? Ça se peut pas! Je viens de le nourrir.

– Ben, je l'ai changé, il a fait son rot, je le berce depuis tout à l'heure, pis il continue à pleurer.

Imogen pousse un gros soupir. Elle tend les bras vers David.

– Passe-moi-le, d'abord. Il va m'arracher les mamelons, cet enfant-là.

Elle s'installe sur la chaise Adirondack de la terrasse en bois du chalet. Elle soulève son t-shirt, mettant bien en évidence un ventre mou strié de vergetures mauves, et elle plogue l'enfant sur un mamelon géant.

Le petit continue à gigoter.

J'apporte un verre d'eau à Imogen. Puis je m'assois à côté d'elle et lui demande:

– Comment ça se passe?

– Ben, pas super. Je pense qu'il fait des coliques.

– Ça veut dire quoi, donc, des coliques?

– Ça veut rien dire. Ça veut dire que t'as un bébé qui pleure tout le temps, pis que ton pédiatre sait plus quoi te dire.

Mon chum Alex est penché sur une immense glacière qu'il remplit de bières froides. De son côté, David, le chum d'Imogen, se bat avec l'un des grands parasols qui surplombent la terrasse, tentant de l'ouvrir pour protéger sa blonde et son fils du soleil de plomb.

Je pousse un soupir de bonheur. Enfin, on est de retour au chalet!

Alex se rend au camion et commence à décharger les caisses de nourriture. Je me lève d'un bond et me dirige à la cuisine pour organiser le tout. On aime pas ça sortir, une fois au chalet. Chaque année, je prévois tous mes menus d'avance et on apporte toute la bouffe avec nous. La moitié fraîche et l'autre moitié congelée.

C'est moi la cuisinière attitrée de la gang, vu que je fais un peu ça dans la vie. Je suis blogueuse et je me spécialise dans tout ce qui est bouffe : nouveaux restos, nouvelles tendances culinaires, nouvelles recettes. Et comme je suis archiprofessionnelle (n'en déplaise au monde qui pense que bloguer, c'est pas un vrai métier), je teste toutes les recettes qu'on me suggère avant de les publier. Fait que les salades de betteraves trois couleurs rôties aux graines de tournesol et les gigots d'agneau en croûte, *check*. Non seulement je sais les préparer, mais ma passion pour le stylisme culinaire garde mon compte Instagram bien garni.

J'ai jamais l'impression de travailler quand je suis aux fourneaux. Au contraire, je m'amuse comme un enfant dans un carré de sable. Alors, même en vacances, ça me fait triper de préparer à manger pour mes amis.

Mais... D'habitude, c'est super le fun, dans la cuisine. On ouvre grand les fenêtres qui donnent sur le lac et la porte-fenêtre qui donne sur la terrasse. On met de la musique quétaine, on débouche une bouteille de rosé. On jase. Les filles m'aident à couper les légumes. C'est un de mes moments préférés de la journée, être dans la cuisine avec Imogen et Marie-Justine. Mais là, cette année, Imogen a le *kid* scotché aux mamelons en permanence, et Marie-Justine...

2

Marie-Justine et Pat, c'est le couple que tout le monde envie. Ils se connaissent depuis le primaire. Ils sont meilleurs amis pour vrai, pas juste pour faire cute. Pat, il connaît toutes nos *insides*. Il a rencontré tous nos chums pochetons, les colleux à qui on a brisé le cœur et les *bad boys* qui ont brisé le nôtre. Il connaît tous les détails de la vie amoureuse de Marie-Justine, de sa première fois à celle où elle a essayé avec une fille pour voir ce que ça ferait. Et elle, c'est pareil avec lui. Ils ont toujours vaguement toléré les chums et blondes que l'autre se faisait, sachant que ça ne durerait pas, et que la vraie intimité était entre eux.

Même quand Pat a habité un an avec une fille, une nunuche qui faisait du marketing pour Red Bull et qui était ben trop motivée par tout dans la vie, même là, quand ça semblait simili-sérieux pis qu'ils s'étaient acheté un chien (un genre d'affaire un peu ridicule qui gagne des concours), Marie-Justine demeurait la confidente numéro un de Pat. C'était elle qui passait en premier. Quand elle avait de la peine, quand elle avait besoin de lui, quand son chum du moment la faisait chier ou que son patron menaçait de la renvoyer (ça lui arrivait souvent dans le temps), Marie-Justine appelait Pat et il laissait tout tomber, même la nunuche en plein souper romantique ou le caniche en plein concours de beauté. Marie-Justine, c'était sa *best*, envers et contre tout.

On se demandait tous quand ils allaient enfin se réveiller et arrêter de se faire des accroires en sortant avec d'autres.

Mais à l'époque, ils étaient semi-convaincants. Marie-Justine nous répétait tout le temps que Pat était comme un frère pour elle et qu'il ne l'attirait pas. Pourtant, Pat, c'est un gars-gars, une machine à testostérone, alors on trouvait ça un peu louche. Pat, lui, il disait rien. Il se contentait de niaiser Marie-Justine chaque fois qu'il en avait la chance et de s'afficher avec des milliards de filles (toutes plus cruches les unes que les autres). Ils avaient l'air partis pour continuer comme ça, pour passer toute leur vie en meilleurs amis, à notre grand désespoir. Mais le soir du trou dans le toit du cabanon, tout a changé.

Bien sûr, ils ont été les premiers à avoir un *kid*. Théo, qui a maintenant quatre ans, est le petit garçon le plus crampant du monde. Il est à croquer. Toujours content, toujours souriant, toujours prêt à jouer à n'importe quoi avec n'importe qui.

Vu que c'était le fun avec Théo, ils ont décidé de doubler leur mise, et ils ont fait Mia, la plus cute princesse de deux ans et demi au monde, habillée de rose de la tête aux pieds tous les jours de la vie, câlineuse, ricaneuse, et d'aussi bonne humeur que son grand frère.

Ils étaient donc la petite famille parfaite : deux âmes sœurs enfin en amour, avec un garçon, une fille, un rez-de-chaussée de duplex, une super belle cour, la plus meilleure gang d'amis du monde (nous), deux bonnes jobs, bref, tout pour être heureux.

Jusqu'à ce que Pat… Le f&%?$# de Pat…

3

– Bip ! Bip !

Un gros VUS limite *douchebag* s'engage dans l'allée qui mène au chalet. Imogen court me rejoindre à la fenêtre de la cuisine.

– C'est-tu eux ? demande-t-elle, le bébé toujours plogué au mamelon.

– Ç'a l'air à ça.

– Il débarque de l'auto. Eille, il aurait pas pu le prendre plus gros, son char ?

– C'est sa crise de la quarantaine.

– Comment, sa crise de la quarantaine ? Il a même pas trente-cinq ans !

– Je sais. Combien tu paries qu'il se fait tatouer ?

– Pat ? Voyons donc, jamais ! Attends, attends, la pitoune débarque !

– Tasse-toi, je veux voir !

Je la pousse hors de mon chemin, faisant quand même un peu attention de ne pas écraser l'enfant.

– Ben, là. Elle a même pas l'air si belle, dis-je, pleine de mauvaise foi et de loyauté envers mon amie Marie-Justine.

– Tu me niaises-tu ? Regarde, nos deux chums sont à veille de faire une crise de cœur.

C'est vrai qu'Alex et David ont l'air chambranlants, tout à coup, sur la terrasse qui entoure le chalet. Ils s'avancent vers la nunuche, comme hypnotisés. Ils se battent pour lui arracher des mains son minuscule sac à dos, pendant que Pat se dépatouille tout seul avec une montagne de valises.

Imogen et moi, on est encore scotchées à la fenêtre de la cuisine. Même le minihumain semble dépassé par les événements et il n'émet pas un son.

– C'est quand même beau, sa robe..., murmure Imogen.

– Traître !

– Je sais, je sais. Mais donne-moi un *break*. Je viens d'accoucher. Pis cette fille-là respire le sexe par tous les pores de sa peau.

C'est vrai qu'elle respire le sexe. Même à distance, ça se sent. Pis même pas de façon vulgaire (ç'aurait été moins pire, on aurait pu rire d'elle). Non, elle a juste l'air... bien dans sa peau. Épanouie. Femme.

Ark.

Faut bien qu'on sorte la saluer, même si j'aimerais mieux me rentrer une brochette de poulet dans l'œil. Je peux pas croire que ce f?%$&# de Pat a emmené sa pétasse au chalet – deux semaines après avoir laissé Marie-Justine pour elle ! Il a vraiment aucune, mais aucune pudeur. Je m'avance sur la terrasse. Pat laisse tomber sa pile de valises et repart vers la voiture. Il ouvre la portière arrière et fait descendre Théo, qui court vers moi comme une fusée et saute dans mes bras. Le pauvre petit loup. Ses parents lui ont encore rien dit, bien sûr, et la pétasse est supposée être une « amie », mais les enfants sont pas cons. Ils sentent la tristesse, la mauvaise humeur, la chicane, la colère. Ils ont peut-être pas les mots pour le dire, mais ils le savent, quand quelque chose ne tourne pas rond dans leur petit univers.

Théo est blotti contre moi, son petit visage dans mon cou. Je demande à Pat :

– Mia dort ?

– Comme une bûche.

– ...

– Emma ?

– Quoi ?

– Pourrais-tu juste la surveiller, le temps que j'installe Jessica ?

– ...

– Emma ! Si elle se réveille toute seule, elle va avoir peur.

– OK, OK.

– Pis, euh... Je pense que Théo a faim.

Et il disparaît, la sublime Jessica (qui a à peine pris le temps de me serrer la main, mais faut dire que j'étais ensevelie sous Théo la pieuvre à huit bras) à ses trousses.

– Emma, je veux faire pipi, hurle Théo à mon oreille.

Je me retourne, cherchant de l'aide du regard. Mais Imogen est partie allaiter dans le salon et David et Alex sont en pleine activité mâle : ils ramassent du gros bois pour faire un feu de camp. Je soupire. Je le SAVAIS que je me ramasserais mère adoptive pendant mes vacances.

– Viens-t'en, mon loup, dis-je à Théo.

Et je l'emmène faire son pipi, et j'essuie son petit caca, et je lui prépare une assiette de crudités, et je ressors surveiller la belle Mia qui dort.

4

Ça fait cinq ans qu'on loue le même chalet dans le bois pour la dernière semaine de juillet. La première année, on était les trois couples ensemble, et on s'était fait un fun fou. L'année d'après, Théo était là, mais c'était un bébé naissant qui disait pas un mot, pis on s'est fait un fun fou pareil. Puis est venue Mia, et cette année, le bébé d'Imogen et de David se rajoute à la bande.

C'est un beau chalet. Grand, neuf, design. Les pièces sont toutes blanches. Sur les murs, il y a des têtes de caribou en carton blanc. Et il n'y a pas de télé. On est sur le bord d'un lac ultra tranquille, sans bateaux à moteur, mais plein de SUP et de kayaks. Il y a une immense terrasse de bois rustique autour du chalet, avec des spots à feux de camp, des bûches pour s'asseoir, et des hamacs suspendus un peu partout. Tout ça fait très retour aux sources. Mais retour aux sources design. Je capote sur le chalet, j'y ai passé mes plus belles vacances à vie depuis cinq ans, mais il est pas mal cher. Surtout pendant les vacances de la construction. On réserve chaque année un an d'avance ; le jour où on part, on le réserve pour l'année d'après. Et on paie la moitié en dépôt. Bref, on s'engage pas à peu près.

Fait que quand Marie-Justine s'est pointée chez moi en larmes, il y a deux semaines, en plein milieu du déluge de pleurs, de colère et d'incrédulité (j'avoue que je pleurais autant qu'elle), il y avait une pensée pas très glorieuse mais tenace qui tournait en boucle dans ma tête : « Crisse, qu'est-ce qu'on va faire avec le chalet ? ! »

C'est pas évident. Pat et Marie-Justine sont nos amis depuis tellement longtemps que, théoriquement, on ne sait plus qui était l'ami de qui en premier. Moi, Pat, Marie-Justine et David, on était ensemble au primaire. Au secondaire, Marie-Justine et moi, on est allées dans une école de filles, Pat et David, dans une école de gars. Puis on s'est tous retrouvés au même cégep. À un moment donné, j'ai rencontré Alex, puis David a rencontré Imogen, puis il y a eu le trou dans le toit du cabanon et Pat et Marie-Justine ont réalisé qu'ils étaient faits l'un pour l'autre, mais notre gang a jamais vraiment eu de début. On est juste amis depuis toujours.

Comme c'est Pat qui est dans le tort, on aurait pu le laisser mariner en ville avec sa pétasse, mais c'est pas si simple que ça. De un, c'est notre ami, de deux, c'est lui qui paie leur portion du loyer, et de trois, c'est sa semaine de vacances et il veut voir ses enfants. C'est Alex finalement qui a trouvé la solution, que Pat et Marie-Justine ont tous les deux été assez matures pour accepter : les enfants passeraient la semaine au chalet, et Pat et Marie-Justine se partageraient la semaine en deux.

Mais Pat a poussé un peu fort quand il a décidé d'inviter sa pitoune...

5

— L'eau a l'air trop bonne!

Ça, c'est Jessica, l'enthousiaste, qui se lève, enlève son genre de couvre-maillot transparent blanc, et marche sur le quai, avec le plus beau corps mince et bronzé que j'ai vu en vrai depuis longtemps (depuis que toutes mes amies ont commencé à faire des bébés, en fait). Arrivée au bout du quai, elle plonge, ses cheveux blond cendré traçant un arc parfait derrière elle. Avant d'entendre plouf, on ne voit que son fessier impeccable dans son bikini minuscule et je vous jure que j'entends les trois gars pousser un petit soupir de bonheur.

— Attends que je t'attrape!

Ça, c'est Pat qui court après elle, enlevant son t-shirt à toute vitesse, et qui fait une grosse bombe dans l'eau pour atterrir à côté d'elle.

— Pat!

Mais il ne m'entend pas. Ou fait semblant. Dans un cas comme dans l'autre, j'ai Théo qui barbote dans l'eau à côté de moi, en plus de Mia dans les bras.

Je le savais.

Imogen s'assoit avec moi.

— Où est le petit?

— Il dort. Dans son lit! C'est comme un genre de miracle, je sais plus quoi faire de mon moi-même.

— Pourquoi tu vas pas faire une sieste?

— Il fait ben trop beau.

Imogen prend une grande respiration, et dit, hésitante :

— T'sais, Emma, j'ai remarqué quelque chose d'un peu bizarre.

— Bizarre ? Vite, raconte !

— Ben, c'est toi. C'est que... tu as toujours Théo et Mia dans les bras, mais mon bébé à moi, je pense que tu l'as jamais pris une seule fois.

Silence *awkward* de chez *awkward*.

— Ben voyons ! C'est dans ta tête ! Je l'ai pris plein de fois, me semble !

— Emma ?

Yes, ça, c'est Alex qui me sauve.

— Oui ?

— As-tu envie d'aller faire du SUP ?

— Oui ! Pat ! Pat Fleury ! Viens checker tes *kids*, je pars en SUP avec Alex.

Pat revient vers la plage. À sa décharge, il me remercie plein de fois d'avoir surveillé ses enfants. Imogen, elle, me regarde d'un petit air étrange.

Alex et moi, on saute sur deux planches, on saisit nos pagaies et on s'élance sur le lac. Au début, je cherche un peu mon équilibre, mes mollets ont pas été stimulés comme ça depuis un bout de temps. Mais c'est pas long que je trouve mon rythme et on avance tous les deux en silence, au gros soleil.

— T'as oublié d'enlever tes lunettes de soleil, dit Alex.

— Pas encore ! Fuck. OK, c'est officiel, faut pas que je tombe.

À ce moment-là, une espèce de pédalo géant avance vers nous. Il a pas de moteur, mais les motivés à l'intérieur s'approchent assez vite pour générer de la vague. Vite, je me mets à genoux et je tiens mes super lunettes de soleil Warby Parker à deux mains. Comme blogueuse, je me fais offrir beaucoup de produits, d'une qualité parfois douteuse, mais ces lunettes-là, je les ai payées de ma poche et j'y tiens.

Alex rit de me voir si paniquée au passage d'un pauvre pédalo. Il s'assoit lui aussi sur sa planche et nous nous laissons flotter un moment, paisibles.

— Pis, qu'est-ce que tu penses de Jessica? lui demandé-je.

— Elle a l'air vraiment fine.

— Oui, mais elle doit avoir genre vingt-cinq ans, max, non? Je me demande bien de quoi ils se parlent.

— Je pense pas que Pat sort avec elle pour sa conversation.

— Mais vraiment! Laisser la mère de ses enfants pour une paire de belles fesses!

— Toute une paire de fesses, quand même.

— Alex!

— Ben voyons, Emma, je te niaise. Pat a l'air heureux, c'est tout ce que je sais.

— Qu'est-ce qu'il t'a dit?

— Est-ce que tu fouines pour rapporter à Marie-Justine, toi?

— Ben non! Ça lui ferait ben trop de peine. Pis tu sais que Pat aussi, c'est mon ami. Même si en ce moment, mettons qu'il stretche le concept d'amitié pas mal. T'sais, d'habitude, quelqu'un qui ferait de la peine comme ça à mon amie, je le détesterais. Mais quand c'est mon autre ami... C'est pas mal compliqué. Fait qu'il dit quoi, Pat?

— Il dit qu'il a jamais été aussi heureux. Qu'il s'est enfin libéré de la routine. Qu'il se sent revivre. Il va voir des shows, il va au cinéma, il brunche avec ses amis, il s'amuse avec Jessica, il se sent perpétuellement en vacances.

— Fait que finalement, c'est pas de Marie-Justine qu'il voulait se séparer. C'est de ses enfants.

— Qu'est-ce que tu veux dire?

— Ben, il tripe d'avoir une vie de jeune couple avant les enfants. Il a aucune responsabilité, il peut penser juste à lui. Pendant ce temps-là, c'est Marie-Justine qui se tape les terreurs nocturnes, les boîtes à lunch, pis le lavage. Gros épais.

— Ben, là, ils prévoient avoir la garde partagée.

– Garde partagée, garde partagée, je veux bien, mais Pat, c'est un médecin! As-tu une idée de son horaire? Ses enfants, il va les prendre quand il peut, mais... C'est pas mal Marie-Justine qui va tout se taper.

– Ça donne pas tellement envie, hein?

– Envie de quoi?

– Ben, d'avoir des enfants.

Silence. Il a pas dit ça. Mon Dieu, dites-moi qu'il a pas dit ça. Je me relève, dans un geste si rageur que je manque de tomber, mais fuck les lunettes de soleil Warby Parker, la seule chose qui m'importe à ce moment précis de mon existence, c'est de crisser mon camp le plus loin possible d'Alex.

– Emma! Emma! Voyons, c'est pas ça que je voulais dire! Emma!

Je pagaie aussi fort que je peux, mais crisse que ça va pas vite, un *fucking* SUP, pis Alex, qui passe sa vie au gym, me rattrape sans faire d'efforts.

– Emma, attends, là! Tu prends tout ben trop personnel. C'est sûr que je veux des enfants, voyons! C'est juste que ça sert à rien de se lancer les yeux fermés, c'est tout! Aussi bien être réalistes et savoir dans quoi on s'embarque.

– ...

– Je voulais juste dire qu'on est aussi bien d'en profiter avant que ça soit à notre tour! Pis que ce qui nous arrive est peut-être pas plus mal que ça.

– Pas plus mal que ça? Tu me niaises-tu, Alex? Pas plus mal que ça?

– Ben, ça nous donne plus de temps pour profiter de la vie, pis...

– Tu penses-tu que je profitais de la vie, quand je saignais sur le plancher comme une truie égorgée? Hen? Pis quand je me suis fait faire un curetage pour décoller les infections, là, tu penses-tu que je profitais de la vie?

– Je le sais que t'as souffert, Emma, mais t'es pas la seule, OK? C'étaient mes bébés à moi aussi.

Et le voilà qui se met à pagayer vers le large, pas vite, pas rushé ni rien, mais avec de longs mouvements puissants. Il s'éloigne de moi à grande vitesse et *no way* que je suis capable de le rattraper.

Je rentre au chalet lentement, lentement.

6

– Qui a l'ouvre-bouteille ? demande David.

– Ici !

Pat le lui lance.

– Vite, il fait soif ! supplie Imogen, tendant son verre vers la bouteille de rosé bien fraîche que David est en train de déboucher.

David lui sert un verre, dont elle cale la moitié d'une traite. C'est le moment que choisit Jessica pour retirer ses écouteurs et se mêler à la conversation.

– Je pensais qu'on avait pas le droit de boire, quand on allaite ?

Oups, là, ça se peut qu'il y ait mort d'homme.

– Dis-moi, Jessica, demande Imogen avec un sourire tendu, as-tu déjà allaité ?

– Ben, là, non. Mais c'est ma cousine Rachelle qui m'a dit que...

– Ah ! Ta cousine Rachelle. Dis-moi, a-t-elle une formation médicale, cette Rachelle ?

– Euh, non.

– Fait que, je te remercierais de te mêler de tes oignons, pis ta cousine Rachelle aussi.

– OK ! lance Pat, voulant changer de sujet. Qui veut faire une partie de volleyball cet après-midi ?

– Sans Marie-Justine, ça me tente pas, marmonne Imogen.

– Bon ! Moi, je rentre prendre ma douche, lance Jessica.

Elle se lève et se dirige vers le chalet.

– Imogen, fais un effort ! dit Pat.

– Un effort, un effort, t'aurais pu en faire un, toi aussi, avant de briser notre groupe!

– Je suis vraiment désolé que ma séparation soit un problème pour toi, Imogen, mais malheureusement, c'est pas à toi que je pense en prenant mes décisions.

– Non, on le sait à quoi tu penses en prenant tes décisions.

– Gang! dis-je. C'est quoi l'affaire, là? On passe la semaine ensemble, c'est pas le temps de commencer des grosses chicanes.

Heureusement qu'Alex n'est pas encore revenu du lac, parce que je me sentirais pas mal hypocrite s'il m'entendait dire ça.

Jessica revient vers nous à la course.

– Euh, c'est parce qu'il y a un bébé qui hurle dans la maison.

– Oh, fuck! lance Imogen en saisissant le moniteur à ses côtés. La pile est morte!

– Voyons, Imo! dit David.

– Toi aussi, mêle-toi de tes oignons.

Et elle part vers la maison en vitesse.

– Emma, demande David, est-ce que ça te tente d'aller marcher?

– Euh, ben, tu veux pas aller aider Imo?

– Pas tout de suite, non. *Come on*, viens marcher.

Je reconnais l'urgence dans son ton et je me lève pour le suivre dans la forêt. On marche cinq minutes en silence, puis il s'arrête dans une clairière.

– Qu'est-ce qu'il y a? demandé-je.

– Ben, c'est que je me demande si Jessica a pas un peu raison.

– À propos de quoi?

– Ben, je trouve que depuis que le petit est né, Imogen, elle boit pas mal.

– Est-ce que c'est dangereux pour le bébé?

– Je sais pas. Elle dit que non. Mais ça peut pas être bon.

– Je suis sûre que c'est pas si pire, David. T'sais, elle a pas pu boire pendant neuf mois, là elle se rattrape un peu, c'est tout. Pis, c'est l'été. Tout le monde a envie d'un p'tit *drink*.

– Je sais, mais...

– Inquiète-toi pas. Je vais essayer de garder un œil là-dessus. Mais, Imogen, faut que tu lui laisses le temps de s'adapter un peu. Je suis certaine que tout va bien.

– Si tu le dis...

– Je pense que, en ce moment, la meilleure chose que tu puisses faire pour ta blonde, c'est de l'aider à s'occuper du bébé. Tu t'inquiéteras de son verre de rosé un autre tantôt.

– T'as peut-être raison. Merci, Emma.

– Je suis là pour ça.

7

Je suis en train de préparer une salade de kale et d'amandes effilées quand Jessica se joint à moi dans la cuisine. Elle porte une robe en jeans ample, serrée à la taille par une ceinture de cuir brun, et dont les boutons sont détachés assez bas dans le décolleté. Sa peau bronzée brille comme dans une annonce. Moi, je me sens un peu *gross* avec ma vieille camisole et mes *straps* de soutien-gorge qui dépassent.

— Je peux t'aider, Emma ?

— Non, ça va, je suis correcte.

— On fait le souper chacun son tour, alors ?

— Ben, d'habitude, c'est pas mal moi qui cuisine, mais...

— Tu mérites un *break*, c'est tes vacances à toi aussi. Demain soir, je me charge du souper, OK ?

— Euh, OK.

Jessica se sert un verre de San Pelligrino auquel elle ajoute une tranche de citron.

— T'sais, dit-elle après avoir bu une gorgée, je sais que c'est un peu étrange pour vous, que je sois ici. Mais c'était important pour Pat que je vous rencontre.

Je ne relève pas la tête de ma vinaigrette et réponds :

— Je comprends.

— Pat m'a dit que son ex, c'est ton amie.

— Ma meilleure amie.

— Je sais. Mais c'est pas moi qui ai causé les problèmes dans leur couple, t'sais.

– Quels problèmes ? Ils en avaient pas, de problèmes, avant que t'apparaisses ! Le beau médecin avec sa jeune secrétaire. Super stéréotype. Tes parents doivent être vraiment fiers de toi.

– Mes parents sont morts.

– Ah. Euh, désolée d'apprendre ça.

– J'avais quinze ans. Accident de voiture.

– Désolée.

– C'est pas ta faute. Mais s'il y a une chose que le décès de mes parents m'a apprise, c'est qu'il faut profiter de la vie. De chaque instant. C'est ça qu'il fait, Pat. Il fait pas ça pour faire mal à personne. Je sais que t'es une amie importante, pour lui. Ça lui ferait vraiment du bien si tu pouvais lui montrer que tu acceptes sa décision.

– Mais je l'accepte pas ! Scuse, là, je te connais pas, et je suis super désolée pour tes parents, mais tu brises une famille ! Tu brises le cœur d'une autre fille ! Elle est où, ta solidarité féminine ?

– La séparation de Pat et de son ex, c'est pas ma décision, c'est la sienne. Moi, à partir du moment où il est célibataire, je suis prête à l'aimer pis à être avec lui, mais la décision de quitter ou non son couple, ça lui appartient.

– Mais ils ont des enfants !

– Je sais. Ça m'a fait hésiter un peu à m'embarquer avec Pat. J'ai envie de profiter de la vie, de voyager, de sortir. Mais avec une garde partagée, on devrait pouvoir s'arranger.

– Euh, je sais pas si tu réalises, mais Pat est médecin.

– Ben là, je travaille au même hôpital que lui !

– Fait que tu sais que des soirs de congé, il en a pas beaucoup par semaine. Pis c'est ces soirs-là qu'il va passer avec ses *kids*. Pour tes vacances pis tes sorties, là, va falloir que tu patientes.

– Moi aussi, j'ai un horaire atypique. On va trouver le moyen. Pis t'sais, des p'tites vites en plein milieu de l'après-midi, ça fait la job aussi !

– Ark ! Trop d'information !

– Ben quoi ? T'as jamais été en amour ?

– Je suis en amour maintenant.

– Bon ! Ça doit bien vous arriver ?

– Oui, des fois, mais j'ai pas envie de penser à ça entre Pat et toi. C'est pas juste pour Marie-Justine.

– Regarde, dis-toi que s'il l'aimait tant que ça, il serait resté avec elle. Pis si il l'aime pas tant que ça, elle est mieux de le savoir, non ?

Ouin.

8

C'était le soir des trente ans de David. David est le plus vieux de notre gang. Au primaire, il a manqué une année parce que ses parents l'ont emmené en mission en Afrique. Sa mère a eu un cancer du sein quand David était super jeune. Pendant sa maladie, c'est son père qui a tenu la famille à bout de bras. Quand sa mère a enfin été en rémission, ils ont ressenti une urgence de vivre à fond pour rattraper les années perdues. Fait qu'ils ont embarqué leurs trois enfants, dit bye bye à l'école de quartier et à la maison de banlieue, et ils sont partis comme coopérants avec une petite ONG québécoise, pour construire des écoles, longtemps avant qu'on sache qu'en fait on exploite le monde en allant les aider (je l'ai toujours pas comprise, celle-là, mais bon).

Donc David a un an et demi de plus que Pat, Marie-Justine et moi, et il ne s'est jamais privé de se sentir smatte avec ça (surtout l'année horrible où il a eu dix-huit ans et pas nous ; notre amitié a failli ne pas y survivre). C'est donc lui le premier de notre gang qui a eu trente ans et on était tous ben motivés à faire un méga party. (Moi, je suis la plus jeune ; rendu à mes trente ans, tout le monde était complètement blasé et c'est à peine s'ils se sont pointés au resto. Mais à la fête de David, on était en feu.)

Ça adonnait que les parents de Pat étaient partis passer un mois en Haïti (son père est haïtien, sa mère est québécoise). On a donc profité de leur absence pour utiliser leur belle grosse baraque de Rosemère et y faire le party. Grand terrain, piscine creusée, BBQ géant, pis toute. On avait fait venir un DJ, pis invité à peu près tout le monde qu'on connaissait.

On était ben énervés toute la gang. On avait mis nos plus beaux kits. Marie-Justine, Imogen et moi, on était même allées se faire coiffer, bref, on était *ready*. Pis la soirée a été aussi hot qu'on se l'imaginait. Ça dansait partout, ça frenchait dans les coins, on se serait crus au secondaire et c'est exactement ce qu'on avait voulu. Pour se prouver que c'est pas parce qu'on a trente ans qu'on devient un vieux croûton pour autant.

Marie-Justine était là avec son chum de l'époque, un gars ben fin qui s'appelait Maxime. Vraiment, rien à lui reprocher, il était *sweet* et tout, mais il n'était pas Pat. Pat, lui, était là avec une fille qu'il datait *on* et *off*, une amie lointaine d'Imogen dont j'ai oublié le nom. Tout le monde était content, tout le monde était heureux, jusqu'à ce que Marie-Justine lance son foutu jeu des défis.

Elle peut être vraiment fatigante avec ça, mais je dois admettre que certaines de nos meilleures soirées ont commencé avec son jeu. C'est assez simple : tout le monde écrit trois défis sur des bouts de papier. On met tout ça dans un chapeau et on pige chacun son tour. C'est donc un équilibre délicat entre écrire des trucs crampants pour les autres et savoir qu'il y a des chances qu'on pige nos propres défis.

Comme David était le fêté, c'est lui qui a pigé le premier. Il a dû plonger nu dans la piscine. Un grand classique, mais qui fait toujours rire son monde. Il s'est acquitté de sa tâche avec beaucoup de dignité, saluant la foule en délire comme le roi d'Angleterre devant son palais, alors qu'il s'avançait flambant nu sur le tremplin.

Puis un gars *random* que personne connaissait vraiment a mangé un piment jalapeño (il a quitté le party pas longtemps après, pis on l'a jamais revu), puis je suis devenue *shooter girl* et j'ai servi à boire à tout le monde, puis Imogen a fait la roue. Puis, ç'a été au tour de la fille que Pat datait de piger. Elle devait monter sur le toit du cabanon et y danser la lambadoune avec le gars immédiatement à sa gauche. Ça adonne que le gars immédiatement à sa gauche, c'était Maxime, le chum de Marie-Justine. La fille a piqué une petite crisette, clamant que «jamais au grand jamais elle ne s'humilierait à faire une niaiserie de même». Pat a insisté, on a tous insisté, mais la fille voulait rien savoir. Maxime a dit que lui non plus était pas chaud, chaud à l'idée. On les a hués tellement fort qu'on en a comme oublié qu'ils étaient là avec nos amis; on les regardait comme les deux pires *party poopers* de la terre. C'est sûr qu'on avait bu pas mal de shooters, rendu là.

Fait que Marie-Justine a dit que si la *date* de Pat voulait pas y aller, elle irait, elle; pis Pat a dit que si le chum de Marie-Justine voulait pas y aller, il irait, lui. C'est ainsi que sous les applaudissements de la foule en délire (foule composée de moi, David et Imogen rendu là, les autres invités commençant à nous trouver pas mal trop intenses), Marie-Justine et Pat ont grimpé sur le toit du cabanon pour danser la lambadoune (version quétainement sexo de la lambada, inspirée par les mauvaises émissions de variété des années 90 qu'on regardait en hurlant de rire quand on était préados).

Ils se sont donné comme des pros, gigotant des hanches de gauche à droite du mieux qu'ils le pouvaient sur le toit exigu du cabanon de la piscine. À un moment donné, le succès est monté à la tête de Pat et il a voulu faire son frais, envoyant valser Marie-Justine pour la faire virevolter. Soûle comme elle était, elle est tombée un peu tout croche et son pied s'est enfoncé dans le toit du cabanon. Sa jambe est passée à travers au grand complet. On voyait juste sa tête, son torse et son autre jambe repliée sur le toit. Elle a lâché un grand cri. Pat s'est précipité à ses côtés.

David a ouvert la porte du cabanon, pis là, on voyait juste la jambe de Marie-Justine qui gigotait, c'était un peu *spooky*. Marie-Justine était hystérique. Ça s'est mis à crier de partout, les conseils contradictoires fusaient de toutes parts : poussez-la pour la remonter, bougez-la pas, attendez l'ambulance. Personne n'était très calme ou très logique.

Sauf Pat. Pat, il s'est assis à côté de Marie-Justine. Il a posé doucement la main sur sa joue et il lui a murmuré des choses à l'oreille. Elle s'est calmée. Puis, sans qu'on s'en rende trop compte sur le coup, énervés qu'on était, elle s'est appuyée sur Pat et ensemble ils ont lentement remonté sa jambe. Pat a délicatement posé la jambe de Marie-Justine sur le toit du cabanon, le temps de l'ausculter comme le médecin pro qu'il était déjà. Puis, agenouillé à côté d'elle, il lui a donné un bisou sur le genou, comme on ferait becquer bobo à un enfant. Marie-Justine a souri. Et là, c'est sur la bouche que Pat lui a fait becquer bobo. Un bec qui a duré longtemps, longtemps. Tellement longtemps qu'à un moment donné, on s'est tannés de cheerer pis on est retournés prendre un verre. La fille que Pat datait était partie sans demander son reste. Le chum de Marie-Justine, lui, *full awkward*, attendait les amoureux à leur descente du toit. Il a fallu que Marie-Justine se tape une chicane légendaire pour pouvoir casser, alors qu'il me semble que c'était pas mal évident.

Pat est resté pas loin, la surveillant des yeux, s'approchant de quelques pas quand le gars s'énervait trop. Quand enfin Maxime a quitté le party en sacrant, Pat et Marie-Justine se sont retrouvés comme deux aimants, et ça fait six ans qu'ils ne se sont plus séparés.

Ces deux-là se connaissaient si bien, depuis si longtemps, que leur relation est devenue intense dès la première seconde. Pis il paraît qu'au lit, c'était explosif. Du jamais vu, m'a dit Marie-Justine. Pis un soir qu'il avait un peu bu, juste avant la naissance de Théo, Pat m'a avoué qu'il aimait tellement Marie-Justine que ça faisait mal.

Fait que la Jessica avec ses petites théories sur Pat qui aime pas Marie-Justine tant que ça, elle peut aller se rhabiller.

9

Je dois avouer que le souper est pas super le fun. Alex me fait la baboune. Imogen et Pat se font la baboune mutuellement. David essaie ben trop fort de faire semblant que tout est normal. Jessica est la seule qui ne semble pas affectée par notre humeur. Les enfants, eux, se rendent compte que quelque chose ne tourne pas rond et ils sont vraiment chigneux.

Pis ça adonne que ce soir, ça me tentait pas trop trop de me faire dire que mes brochettes de bœuf au cari goûtent le gros caca.

Théo se fait chicaner fort et, pour se venger, il pince sa sœur. Mia, en sanglots, quitte la terrasse en courant. Vérification faite (par moi, bien sûr), elle s'est couchée en boule sur son lit, le pouce dans la bouche, et elle s'est endormie là, avec son linge taché de sauce au cari.

Pat continue à boire sa bière pendant que Théo fait le bacon par terre, réclamant, dans l'ordre et le désordre, des hot dogs, sa mère, un popsicle, sa mère, du ketchup, sa mère.

C'est Imogen qui se tanne la première.

– Euh, Pat? C'est pas ton *kid* à terre, là?

– Il va se calmer.

– C'est que c'est pas super agréable pour nous.

– Ça sera pas super agréable non plus quand ton *kid* va hurler à trois heures du matin.

– C'est un bébé!

– Pis Théo, c'est un p'tit gars.

– Pis toi, t'es son père ! C'est pas parce que tu te sépares de leur mère que tu te sépares de ton rôle de parent !

– Ça veut dire quoi, ça ?

– Les amis, on se calme, intervient David.

Mais ils ne veulent rien entendre.

– Ça veut dire qu'être un père, c'est pas juste te pointer au chalet, pis fourguer tes enfants à Emma. Tu penses-tu que ça lui tente ?

– Je pense pas que t'aies de leçons à me donner sur comment être un bon parent, Imogen. Ton *kid*, il a un mois, pis il a même pas de nom !

Imogen est blême. Elle ouvre et referme la bouche comme un poisson sorti de l'eau. Puis, elle se lève et quitte la terrasse en courant. David se lève à son tour, lance un «Là, j'espère que t'es fier de toi !» bien senti à Pat et il court après sa blonde.

À table, il reste moi, Alex, Pat et Jessica. Personne ne dit rien. Finalement, Alex se lève.

– Bon, ben moi, je m'en vais me coucher. Je ferai la vaisselle demain matin. Merci pour le souper, Emma.

– Je te suis, lance Jessica, qui se lève aussi vite que si elle était sur un ressort.

Le temps de le dire, ils ont débarrassé la table. Théo sanglote tout seul dans son coin. Pat sort une cigarette de sa poche et l'allume avec la bougie à la citronnelle qu'on place sous la table pour éloigner les moustiques.

Pat qui ne fume plus depuis genre deux cents ans.

– Pat ? dis-je.

– Moui ?

– Tu veux que je monte coucher Théo ?

– C'est correct, je vais le faire. C'est pas ta job.

– C'est pas une question de job. Chille un peu, prends-toi une autre bière, je vais coucher le p'tit pis je reviens. OK ?

– OK.

Théo est vraiment, vraiment content d'être pris en charge par un adulte. Je lui sers un bol de céréales, je lui fais prendre la douche la plus rapide du monde, je lui enfile son pyjama de Superman, puis je le glisse dans le lit de la chambre des enfants, à côté de sa sœur. Mia a son pouce dans sa bouche. Elle est tellement belle que j'en pleurerais. Je reste assise à côté d'eux longtemps, à caresser les cheveux de Théo et à chanter toutes les berceuses de mon enfance, mélangées avec les vieilles chansons de camp que j'arriverai jamais à oublier. Pendant ce *medley* un peu *random* du *Phoque en Alaska* et de *Colas mon petit frère*, je pense à Marie-Justine, toute seule à Montréal. À Pat, troublé sur la terrasse du chalet. À Imogen, probablement en train d'allaiter, ou de changer une couche, ou de nettoyer du vomi, ou du pipi, ou les deux. À David, désespéré de l'aider, mais ne sachant pas par quel bout la prendre. À Alex, qui refoule sa douleur. À moi qui...

10

C'est pas super logique que je sois aussi maternelle et maternante avec les enfants de Marie-Justine, mais que je sois incapable de prendre le p'tit d'Imogen dans mes bras.

Je pense que c'est parce que Théo et Mia sont nés avant. Avant les bébés morts et les rêves flushés aux toilettes. Je les aime parce qu'ils sont eux. Dans ma tête, ils sont des êtres humains à part entière. Ils n'ont rien à voir avec mon désir de bébé. Et ils sont déjà plus grands. Mais quand ç'a été le tour d'Imogen... Je venais de faire ma première fausse couche quand elle a annoncé qu'elle était enceinte. Elle a attendu, c'est sûr, un bon trois semaines, aussi longtemps qu'elle a pu, mais ses excuses pour ne pas boire dans nos soupers de gang commençaient à s'épuiser un peu. Une gastro, *fine*, des antibiotiques, OK, une cure de désintox, *why not*, mais tout ça de suite, c'était un peu louche.

Fait qu'elle est venue chez moi pour me faire part de la nouvelle. Elle était comme gênée de me le dire, pis je me suis sentie encore plus mal. Si c'était rendu que mes malheurs enlevaient du bonheur aux autres... Je lui ai fait jurer de ne plus rien me cacher de sa grossesse. Je lui ai répété cent millions de fois que j'étais contente pour elle, que ce qui m'était arrivé, c'était juste une *bad luck*, que je retomberais enceinte bientôt, qu'on prendrait notre congé de maternité ensemble et qu'on se ferait faire les ongles pendant que nos bébés dormiraient tranquillement dans leur siège.

Je suis retombée enceinte pas longtemps après, comme prévu. Cette fois-là, j'ai pas fêté fort. Je l'ai dit juste à mes proches (la gang, plus mes parents). Quand la nausée me prenait au pire moment possible (genre, à l'ouverture d'un nouveau resto tendance dans Griffintown), je faisais de mon mieux pour que ça paraisse pas, quitte à filer discrètement chez moi (cette fois-là, j'avais *rushé* en titi le lendemain pour décrire le menu du resto de façon plausible).

Vers huit semaines, les nausées ont cessé aussi abruptement qu'elles étaient apparues. Pis pas de nausées, ç'a été pas mal plus affreux que les plus intenses vomissements du monde. J'essayais de me dire que j'étais juste chanceuse, que j'allais être en forme pour le reste de ma grossesse, mais j'ai quand même appelé ma gynéco. Dans le dos d'Alex, cette fois-là. Il était ben trop optimiste pour que je lui impose mes anxiétés. Tant que ça serait pas sûr.

Ç'a été sûr, malheureusement. Il n'y avait pas de battement de cœur. C'est par cette formule somme toute poétique qu'ils t'apprennent que ton bébé est mort. J'ai fait venir Alex. Bien sûr, il a été en crisse que je lui aie rien dit et que je sois venue passer le test toute seule. Quand il est arrivé, il m'a tenu la main pis toute, pendant que la gynéco expliquait les médicaments qu'elle me donnerait pour provoquer une fausse couche, pis les risques d'infection si tout sortait pas, mais je sentais qu'il faisait ça pour jouer le rôle du bon chum. C'est pas qu'il est un mauvais chum. Au contraire. Mais il était tellement atterré que je pense qu'il n'avait plus rien à me donner.

C'est ce jour-là, sur la banquette du cuirette bleue de ma gynéco, que je me suis demandé pour la première fois, en serrant fort fort la main de mon chum, si on passerait à travers.

11

Je suis réveillée par une odeur de bacon et de sirop d'érable. À côté de moi, Alex dort encore. Il a une jambe collée contre la mienne et c'est le *feeling* le plus agréable du monde. On s'est pas touchés, ou pas assez, récemment. Je me blottis contre lui, voulant prolonger ce moment d'intimité. Il grogne et commence à émerger, mais au lieu de s'éloigner, il se rapproche et me fait la cuillère. La cuillère! À peu près la sensation la plus relaxante au monde. Je me sens enveloppée, tenue au chaud dans un petit cocon d'amour.

Ah. Sauf que... Il y a de toute évidence un petit ami qui veut jouer. Et qui fait des coucous dans le bas de mon dos. Je m'étire, m'éloignant semi-discrètement, espérant être subtile (aucune chance). Alex retombe sur son oreiller et ferme les yeux. C'est pas que ça me tente pas, c'est juste que... J'ovule à la fin de la semaine. Pis j'aimerais mieux mettre toutes les chances de mon côté.

C'est sûr que c'est pas tomber enceinte, mon problème, c'est le rester. Et l'histoire de stocker du sperme pour en avoir tout un jet le jour J, c'est semi-scientifique comme théorie. Surtout que je n'ai aucune garantie qu'Alex ne va pas sortir son jet tout seul sous la douche. Mais on dirait que je n'arrive pas à faire l'amour juste pour le fun, en ce moment. Je suis trop mindée bébé.

Je sais bien que c'est pas une attitude comme ça qui va faire un couple solide, mais c'est plus fort que moi. Mon ventre est trop vide et ma vie aussi.

12

Le bacon et le sirop d'érable, je les avais pas rêvés. C'est Jessica qui, après son jogging matinal à genre six heures du matin, a décidé de préparer à déjeuner pour tout le monde. Elle pose sur la grande table de la terrasse une immense assiette de bacon, une pile de crêpes trop appétissantes, un pichet de sirop d'érable, un gigantesque bol de fruits frais et un petit bol de fromage cottage à 0% de matières grasses. Je me sers une assiette géante en empilant tout ça. Jessica me tend une tasse de café brûlant. *Yes.*

Je termine ma deuxième crêpe et ma sixième tranche de bacon quand je réalise que Jessica, elle, s'est seulement servi des fruits et du fromage cottage à 0% de matières grasses. Elle peut bien avoir un *body* de la mort.

Pat est en feu ce matin. On a beau dire, peut-être qu'Imogen a eu raison de le secouer un peu, hier soir. Il découpe des formes d'animaux dans les crêpes de Mia, il répond aux cent millions de questions de Théo sur pourquoi les dinosaures ne sont plus en vie et il regarde Jessica et le plateau de bacon avec des yeux, disons-le, brillants. Vite de même, je dirais qu'il a l'air d'un gars épanoui.

Imo a l'air relativement relax, David aussi. L'Être continue à téter comme si sa vie en dépendait (et à bien y penser, elle en dépend). Alex se joint à nous le dernier et mange de bon appétit. Il me fait même un petit sourire privé, le visage caché derrière sa tasse à café.

Faut croire qu'un combo bacon/sirop d'érable, ça fait des miracles.

Et heureusement, parce que comme ça on a eu l'air à peu près normaux quand Sacha Vargas est débarqué chez nous.

13

Au début, je me rends compte de rien. Je vois juste un *dude* s'avancer vers nous, les cheveux bouclés châtains qui lui tombent dans le cou, avec un look de surfeur qui se serait égaré dans le bois.

Il porte un t-shirt de surf ou de skate, je suis jamais trop sûre de la différence. Ses jeans sont troués. Soit il porte les mêmes depuis quinze ans, soit ils lui ont coûté vraiment ultra cher (je penche pour la première option). Il a un collier de billes de bois autour du cou et des bracelets de corde tressée aux poignets. Ç'a l'air un peu poil, dit de même, mais en vrai, ça fait sexy à mort. Ça me démange de sortir mon appareil et de le prendre en photo pour mon blogue. Peut-être que je pourrais le poser avec une tasse de café à la main, pis la brume du matin sur le lac en arrière-plan. Il a la peau bronzée comme un Suédois, un peu dorée, le genre de couleur qui donne envie de mordre dedans.

Il marche vers nous tranquillement. Ce qui est un peu bizarre, c'est que j'ai entendu aucun bruit de moteur. Il est sorti d'où, celui-là?

Alex se lève, en homme de la situation, et s'avance vers le nouveau venu. Ils échangent quelques mots que nous n'entendons pas, puis une poignée de main *full* virile, et ils remontent vers nous, qui attendons sur la terrasse. Le soleil brille tellement fort que, de proche, je distingue mal les traits du *dude*. Il porte des lunettes de soleil foncées.

— C'est notre voisin, explique Alex. Il reste dans le chalet, par là, de l'autre bord du petit bois.

— Ah? J'ai pas vu d'auto, s'étonne David.

– J'en ai pas, répond le *dude*. Je me suis fait dropper ici par un ami, jeudi dernier, et il revient me chercher dimanche prochain.

– Tu t'arranges comment, sans auto? demande Imogen.

– J'ai fait mes provisions en arrivant. J'ai pas besoin de sortir.

– Pis si t'as une urgence? reprend Imo.

– Ben... Je viens voir mes voisins.

Il s'avère que le *dude* a une panne d'électricité, et pas de réception cellulaire ni de ligne fixe pour appeler son proprio.

– D'habitude, t'as le Wi-Fi, au moins? demande David.

– Euh, non. J'ai rien.

– Rien?!

David en croit pas ses oreilles. Pour lui, être déplogué pendant dix jours, ce serait de la torture.

– Je suis venu ici pour travailler. J'ai vraiment besoin de me concentrer. Fait que j'ai choisi un chalet avec zéro distraction.

C'est juste moi ou il décoche un sourire entendu à Jessica, en disant ça?

Ça doit pas être juste moi parce que Pat s'empresse d'intervenir.

– Je peux te prêter mon cell, si tu veux. Viens, on va aller téléphoner en dedans, ça va être plus tranquille.

Alex les suit, ne voulant pas renoncer de sitôt à son rôle de mâle alpha en charge de la situation. Dès que la porte-fenêtre se referme derrière eux, Jessica se met à pousser des petits cris aigus en agitant les mains comme un colibri.

– *Oh. My. God,* dit-elle. J'en reviens pas, j'en reviens pas, j'en reviens pas!

– Quoi? demande David.

– Ben là, tu me niaises?

– Quoi? répète-t-il.

– Dis-moi quand même pas que tu l'as pas reconnu?

– Qui? Lui?

– Ben voyons! Vous, les filles? Vous savez c'est qui?

– Ben, sa face me disait quelque chose, mais avec le soleil derrière lui, je l'ai pas trop bien vu...

– Voyons donc, Emma, dit Jessica, je verrais le coin de son petit orteil que je le reconnaîtrais ! C'est Sacha Vargas !

– *Oh my god* ! disons-nous tous en chœur (David de façon un peu moins énervée que nous).

Sacha Vargas, c'est un écrivain québécois qui vend des tonnes et des tonnes de livres. Il est né en Abitibi, d'une mère russe qui était passée à l'Ouest juste avant la chute du mur, et d'un père mexicain, ancien athlète olympique venu à Montréal en 1976. Plus exotique que ça, tu meurs. Il est beau comme un cœur, gentil et poli dans toutes ses entrevues, et ses romans se vendent comme des petits pains chauds. Il y a toujours une touche de suspense, dedans, un tout petit peu de sexe, et une vision du monde tellement romantique que les filles s'évanouissent ou presque. J'ai lu son dernier, celui où le gars tombe en amour avec une fille, et le lendemain elle se fait frapper par une voiture et tombe dans le coma. Le gars reste à ses côtés et lui promet de la ramener à la vie, mais là un enquêteur de police soupçonne que c'est le gars qui a frappé la fille avec son auto. À la fin, on apprend qu'il la protégeait d'un complot ; vous voyez le genre.

Sacha Vargas s'est jamais affiché avec une fille, en tout cas jamais avec une vedette, fait qu'il y a des gens qui disent qu'il est gai. Perso, je trouve que l'éventuelle homosexualité ou hétérosexualité d'une personne est une information pertinente seulement si je m'apprête à essayer de coucher avec. Comme c'est pas à la veille d'arriver avec Sacha Vargas, je me contente de le trouver crissement beau et de remercier l'Univers d'avoir placé un tel spécimen mâle sur cette Terre, pour le simple plaisir visuel de l'espèce humaine.

Clairement, Imogen ne partage pas mon point de vue.

– Il paraît qu'il est gai ! chuchote-t-elle un peu trop fort à Jessica.

— Tellement pas! répond celle-ci. Il a couché avec au moins deux filles que je connais et il paraît que c'est un dieu.

Alex me fait des gros yeux en revenant vers la terrasse, il est suivi de Sacha Vargas et de Pat. Je donne un coup de coude aux filles pour qu'elles se taisent. Mais on est zéro subtiles. Jessica est rouge comme une tomate, Imogen le dévisage, et moi, ça me démange vraiment de sortir mon téléphone pour prendre un *selfie* avec lui.

— T'as joint ton proprio? demande David, le seul qui n'a pas perdu l'usage de la parole en apprenant qui était notre illustre visiteur.

— Oui. Il va envoyer un gars regarder ça, mais il est pas sûr si ça va être aujourd'hui ou demain.

— Pauvre toi, dit Jessica.

— De jour, ça va. C'est juste quand la pile de mon ordi va être à plat que ça va être moins drôle.

— Tu peux venir la recharger ici! dis-je.

— Je veux pas vous déranger plus qu'il faut.

— Ça nous dérangera pas! répond Imogen. C'est un zoo ici, alors un de plus, un de moins...

— OK, ben, c'est vraiment gentil de votre part. Si ça vous va, je reviendrai en milieu d'après-midi.

— Parfait! dit Jessica.

— OK, à tantôt! dit-il en s'éloignant.

— Bye! dit Imogen.

— Bye! dit Jessica.

— Bye! dis-je.

— Seigneur! dit Alex en roulant les yeux au ciel.

14

Le reste de la matinée passe vraiment lentement. C'est comme si, une fois Sacha Vargas reparti, le soleil s'était mis à briller moins fort. Alors qu'en fait, c'est le contraire : il brille ultra fort. Pat a déjà remis trois fois de la crème solaire à Théo et à Mia. Imogen refuse que le bébé sorte à la chaleur. La pauvre passe donc tout l'avant-midi dans le salon, à allaiter en lisant des vieux magazines, pendant que nous on chille sur le quai et on se baigne toutes les huit minutes en se plaignant qu'on a chaud.

Le midi, on grignote chacun de notre bord. J'ai encore les crêpes et le bacon qui pèsent une tonne dans le fond de mon ventre, alors je me contente d'une salade. Bien sûr, je prends quand même le temps de préparer des *grilled cheese* pour Théo et Mia, et je tape sur la main de Pat quand il essaie de s'en servir un.

– Eille, le sans-gêne !

– *Come on*, Emma. Sont trop bons, tes *grilled cheese*.

– Pis sont pas pour toi.

– Tu sais très bien que Mia finira jamais le sien.

– OK, fait qu'attends qu'elle finisse, pis après tu mangeras ses croûtes, s'il en reste.

– OK, OK.

Silence.

– Eille, euh, reprend-il, t'as-tu des nouvelles de Marie-Justine, toi ?

– Qu'est-ce que tu veux dire ?

– Ben, lui as-tu parlé, depuis qu'on est ici ?

– C'est pas de tes affaires.

– C'est que... elle répond pas quand je l'appelle.

– Pis ça t'étonne?

– Ben, il pourrait être arrivé quelque chose aux enfants!

– Dans ce cas-là, tu lui laisserais un message.

– Ouin. Pis c'est vrai qu'elle m'a quand même texté pour vérifier qu'ils étaient corrects.

– Bon, tu vois!

– Mais quand je lui ai dit que oui, après elle m'a plus réécrit!

– Tu t'attendais à quoi, au juste, Pat Fleury?

– Je sais. Mais c'est *tough*. Je voulais pas lui faire de la peine. Pis je m'ennuie d'elle, d'une certaine façon. Marie-Justine, c'était ma meilleure amie.

– Ben alors, qu'est-ce qui t'a pris?

– Je suis tombé en amour.

– Bullshit!

– Quoi?

– Tu m'as entendue. J'ai dit bullshit. T'es pas en amour. T'es en désir.

– De kessé?

– T'es fou de désir pour Jessica. T'es plein des hormones d'un début de relation. Mais dans deux ans, gros max, tout ça va retomber, pis tu vas être dans une relation ben normale, sans feux d'artifice. Pareil comme avec Marie-Justine. Fait que t'aurais été aussi bien de rester avec elle.

– Tu comprends pas, Emma. J'ai pas eu le choix. Jessica, je l'aime. Je me suis jamais senti comme ça.

– Bullshit, j'ai dit!

– Arrête avec ça!

– Voyons donc, au début, avec Marie-Justine, tu étais *full* en amour!

– Peut-être. Mais je me souviens pas que ç'ait été aussi intense. Peut-être parce qu'on se connaissait trop. Avec Jessica, chaque jour c'est une découverte. Je sais jamais ce qu'elle va penser, ce qu'elle va dire...

– Ça, c'est parce qu'elle est super jeune. Elle a pas les mêmes références que nous. Pis, c'est pas pour être snob, mais elle vient du Lac-Saint-Jean.

– Qu'est-ce que le Lac-Saint-Jean a à voir avec ça?

– Ben, elle a pas les mêmes références que les Montréalais, c'est tout.

– T'oublies qu'on a grandi à Rosemère!

– Ben quoi, Rosemère c'est la couronne nord de Montréal.

– N'importe quoi! T'es pas d'accord avec ma décision, *fine,* mais ça enlève rien à Jessica. Je te le dis, tu comprends pas comment je me sens. La vie est trop courte pour pas vivre à fond. Si t'étais vraiment mon amie, tu serais heureuse pour moi.

– Je peux pas être heureuse pour toi quand je suis convaincue que tu fais la pire erreur de ta vie. Voyons, Pat, tu avais la famille parfaite. Tu avais tout!

– J'avais tout ce que toi tu veux, Emma. Mais c'était pas ce que moi je voulais.

15

Ce que moi je veux, ce que moi je veux... Il me semble que je veux rien de si déraisonnable que ça. Juste ce que tout le monde semble avoir, autour de moi. Un chum fin qui est aussi un ami et qui rit des mêmes choses. Une job que j'aime. Et un *kid* ou deux. Je demande pas la lune, me semble?

J'ai toujours voulu des enfants. Toujours. Quand j'étais petite, je jouais à la maman avec mes poupées, comme tout le monde, mais ça allait plus loin: déjà, à sept ans, je m'occupais des petits qui venaient en visite à la maison. Les autres parents ont même commencé à me donner deux ou trois vingt-cinq cennes, en partant, pour me remercier d'avoir gardé. Je faisais jouer les enfants à des jeux, je les emmenais même aux toilettes! C'est pas des farces, je les essuyais. J'étais *full* dévouée, et j'entendais souvent dire: «Celle-là, elle va faire une bonne mère.»

Ça faisait comme partie de mon identité, être mère.

Même ado, quand des fois avec mes chums de l'époque on faisait moyennement attention, je rêvais un peu de tomber enceinte par accident. C'est pas quelque chose que je désirais consciemment, bien sûr, je suis pas folle, mais j'avais toujours un genre de petit pincement quand mes règles arrivaient. C'est pas mal irrationnel, mais c'est de même.

Fait que quand j'ai rencontré Alex, pis que c'est devenu sérieux entre nous, c'est sûr que j'ai commencé à y penser tout de suite. Bon, j'ai rien dit au début, là, je voulais pas l'effrayer. Mais dans ma tête, c'est là qu'on s'en allait.

Quand Théo est né, là, j'ai plus pu me retenir. Je faisais des petits commentaires semi-subtils à Alex, matin, midi et soir. Jusqu'à ce qu'il se tanne et qu'il me dise qu'on allait en avoir, des *kids*, mais qu'il aimerait mieux finir sa formation de pompier avant. C'était somme toute raisonnable, pis je pouvais quand même pas lui mettre un *gun* sur la tempe et l'obliger à être prêt plus vite, fait que j'ai patienté.

Quand Mia est née, mon horloge biologique, qui tournait déjà à fond, s'est mise à faire des heures supplémentaires. Je voyais aller Marie-Justine, la meilleure mère du monde, et je me sentais prête. Archiprête. Même ses vergetures pis son petit ventre mou, ça me faisait pas peur. Sauf peut-être la fois où elle s'est fait demander c'était pour quand le bébé, alors que Mia avait deux mois, mais je suis bonne pour vivre dans le déni, pis j'avais décidé que ça me dérangerait pas, d'avoir la bedaine de Homer Simpson pendant une couple d'années.

Ça fait qu'en rentrant chez nous après le party de remise des diplômes d'Alex, j'ai sorti mon paquet de pilules et les condoms qu'on gardait pour les fois où j'en avais sauté une. Avec un grand sourire, sans dire un mot, mais en regardant Alex bien dans les yeux, et il avait un grand sourire lui aussi, j'ai crissé le tout aux poubelles.

16

On est tous soit dans le lac, soit évachés sur le quai quand Sacha Vargas se pointe vers la fin de l'après-midi. Pas de changement depuis ce matin, il est toujours beau comme un dieu. Il a son ordi à la main et il porte des shorts de course, une camisole grise dévoilant des bras bronzés à faire pâmer une sainte et des souliers de course fluo. Miam.

— Allo! nous salue-t-il d'un air gêné. Je peux brancher mon ordi dans le chalet?

— Oui, viens avec moi, dit tout de suite Jessica en se levant. Tu prends une bière?

— Non, merci, je veux pas vous déranger. Je vais aller courir pendant que ma pile se recharge.

— Ah..., dit Jessica. Tu veux de la compagnie pendant ta course?

— Euh, si ça te dérange pas, je préfère pas. Je suis coincé dans mon travail et ça m'aide toujours de réfléchir en courant.

Il est-tu cute, lui! Il nous a toujours pas dit qu'il écrit, il fait semblant d'avoir une job normale. Comme si on l'avait pas reconnu!

— Tu prends une bière avec nous en revenant, alors? demande Jessica.

— Eille, je me sens poche. Surtout que vous êtes vraiment généreux. Mais je suis super en retard. Si ça vous insulte pas trop, je vais repasser comme un voleur prendre mon ordi et retourner m'enfermer au chalet. On se reprendra, OK?

Jessica semble bien déçue. Elle l'accompagne quand même en dedans pour brancher son ordi, puis elle revient au quai après qu'il est parti courir.

— Ah qu'il est beau! soupire-t-elle en s'assoyant.

— Tant que ça? demande Pat.

— Tu te sens quand même pas menacé, pitchounet?

Pitchounet? Ark.

— Je vais te montrer, moi, si je me sens menacé!

Sur ces mots, Pat saisit Jessica dans ses bras, comme un marié à la veille de franchir le seuil de sa nouvelle demeure avec son épouse dans les bras, et il saute avec elle dans l'eau. Avec son t-shirt, ses lunettes de soleil, l'espèce de couvre-maillot vaporeux de Jessica, pis toute.

Quand ils refont surface, ils sont morts de rire tous les deux et ils se mettent à se frencher à qui mieux mieux. Au point que David leur crie:

— Eille, les tourtereaux! Prenez-vous une chambre!

— Pas une mauvaise idée, ça, mon Dave, lance Pat. On devrait avoir le temps avant que les enfants se réveillent de leur sieste. Bye, groupe!

Il sort du lac, tenant une Jessica ruisselante (et magnifique) par la main et ils courent vers le chalet comme des enfants.

Je regarde Alex. Alex me regarde.

Imogen regarde David. David la regarde.

Eux avec un nourrisson pas de nom sur les bras. Nous avec des petits corps de bébés pas formés qui hantent nos nuits.

Mettons que ça fait un bout qu'on a pas couru vers une chambre à coucher.

17

Le son d'un texto sur mon téléphone me réveille de bon matin. C'est Marie-Justine.

« T'es réveillée ? »

« Maintenant, oui. »

« Scuse, j'arrive pas à dormir. Je me réveille tôt même quand les enfants sont pas là. »

« Ça va ? »

Mon Dieu que je trouve ça chien pour Marie-Justine, pognée à Montréal pendant que ses enfants, son ex et tous ses amis chillent au chalet. Elle avait rien demandé, elle. Maudit Pat.

« Ça va pas trop pire. Je me défoule dans le sport. J'ai suivi deux cours de yoga bikram de suite hier. »

« Tu dois être à terre ? »

« Je sais plus. Je suis comme sur une poussée d'adrénaline non-stop depuis la rupture. »

« Fais attention à toi... »

« J'essaie. J'ai de la misère à dormir, mais en même temps je suis fatiguée en permanence. C'est épuisant émotivement. J'ai l'impression de passer à travers cinquante émotions par jour. Des fois je suis en gros crisse, des fois je braille ma vie, des fois je suis soulagée, pis même un peu contente d'être libre... »

« C'est normal, j'imagine. »

« Je m'ennuie des enfants, mais deux minutes après je trouve ça *chill* de pas les avoir tout le temps, pis là je me sens tellement coupable... Les pauvres petits pits, ils ont rien demandé, eux. »

« Toi non plus, t'as rien demandé ! Je me disais justement ça tantôt. »

« Je sais. Eille, je voulais te demander, garderais-tu les enfants demain matin, le temps que j'arrive au chalet ? Ça me tente pas de croiser Pat et sa pitoune, j'aimerais ça arriver après leur départ. »

« C'est sûr ! Ça serait ben trop *awkward*. »

« Merci. On se texte demain ? »

« À demain ! On va bien s'occuper de toi au chalet, tu vas pouvoir te reposer ! »

« Merci, t'es fine. xx »

« XX »

Je dépose mon téléphone sur la table de chevet et j'essaie de me rendormir. Peine perdue, les pensées tournent en boucle dans ma tête. Je me retiens pour ne pas gigoter et déranger Alex, qui dort encore profondément. N'en pouvant plus, je décide de me lever, même s'il est mortellement tôt.

Je trouve Imogen installée sur la terrasse qui donne sur le lac, une grosse couverture enroulée autour de ses épaules. Le bol de café au lait sur le billot de bois à côté d'elle semble franchement froid et visqueux.

Je bâille en prenant place à côté d'elle.

– Ça va ?

– Oui.

– Tu dors pas ?

Pour toute réponse, Imogen entrouvre la couverture. J'aperçois son bébé qui tète goulûment.

– Je voulais laisser David dormir un peu.

– La nuit a été dure ?

– Toutes les nuits sont dures. Y dort pas, cet enfant-là, Emma ! Genre, jamais ! Si ça continue...

– Si ça continue quoi ?

– Je sais pas... Je sais pas.

– ...

– Tu sais, Emma... Je pense que tu devrais pas en avoir. C'est pas une bonne idée.

– Tu veux dire que... tu regrettes?

– Je sais pas. Peut-être pas. Mais en tout cas, je le conseille à personne.

Eh *boy*. Elle est *heavy*, elle, ce matin. Sachant pas quoi dire pour lui remonter le moral, je décide de lui faire plaisir autrement. Je vais à la cuisine et je lui prépare un nouveau bol de café au lait avec une assiette de pain perdu aux fruits des champs.

Ça me prend cinq minutes top chrono, mais quand je reviens, Imogen dort, assise sur sa chaise, la tête renversée et la bouche ouverte. Je soulève un peu la couverture pour voir le bébé, qui dort lui aussi en tétant doucement.

Je prends place à côté d'eux et je sirote le café d'Imogen en contemplant le soleil levant qui fait briller l'eau du lac.

18

C'est le dernier jour de vacances de Pat avec ses enfants et je dois admettre qu'il est *full* fin. Il les aide à construire une cabane dans la forêt (une espèce de pile de branches qui toffera pas le premier coup de vent, mais les enfants tripent ben raide) et il passe trois bonnes heures dans l'eau, à les lancer dans les airs, à faire hurler Mia de joie comme un petit porcelet et à subir les attaques de Théo qui saute sur lui en poussant des cris d'Apache.

Jessica se mêle pas trop à leurs jeux. Elle est allongée dans le hamac et elle lit des magazines, tous plus quétaines les uns que les autres. Je dois avouer que ça m'énerve moins que si elle s'était mise à jouer à la mère.

Je les regarde, ces deux beaux enfants-là, pis je les aime tellement, pis j'en veux tellement des comme ça.

Alex grimpe sur le quai. Il est allé nager jusqu'à la bouée au milieu du lac. Il s'effondre à côté de moi, couché sur le dos, les yeux fermés. Il respire fort. Je le trouve beau, mon chum. Avec tout ce qui nous arrive, des fois je ne le remarque plus, mais là, aujourd'hui, en ce moment, maintenant, je regarde son torse qui monte et qui descend et ses muscles qui luisent au soleil et ses beaux cheveux bouclés et je me trouve crissement chanceuse.

Il prend ma cheville dans sa main.

– Emma ?

– Oui ?

– Demain, ça te tenterait-tu d'aller escalader le mont Perdu ? C'est supposé prendre environ trois heures, aller-retour. On pourrait partir de bonne heure, avant qu'il fasse chaud.

– Demain matin, je peux pas. Je garde les enfants entre le départ de Pat et l'arrivée de Marie-Justine. Elle veut pas le croiser.

– ...

– Quoi?

– ...

– Alex, dis quelque chose!

– Regarde, j'ai ben de la peine pour Pat et Marie-Justine, mais c'est nos vacances à nous aussi. J'ai l'impression de pas t'avoir vue! Tu passes ton temps dans la cuisine ou avec les petits.

– Ben, pas tant que ça. Ce matin, Pat s'en est occupé.

– J'espère! C'est leur père!

– Je sais... Mais c'est pas les enfants qui ont choisi ça.

– C'est pas nous non plus!

– Je le sais... Et c'est pas Marie-Justine non plus. Pauvre elle... Il y a personne qui fait des enfants pour être pogné à les voir juste une semaine sur deux.

– Emma, je sais que c'est ben plate, ce qui arrive à tes amis, mais...

– Nos amis, dis-je en l'interrompant.

– OK, nos amis. C'est super plate, mais ça leur arrive à eux. C'est leur couple, leurs décisions. Ça nous arrive pas à nous. Nous, on a le droit d'être de bonne humeur et de profiter de nos vacances!

– T'as raison...

– As-tu ton téléphone? demande-t-il d'un ton urgent.

– Oui, pourquoi? dis-je en le lui passant.

– Peux-tu répéter ce que tu as dit, que je t'enregistre?

– Qu'est-ce que j'ai dit?

– Que j'ai raison! Ça doit bien être la première fois de toute notre relation.

– Exagère pas!

Mais je ris.

La main d'Alex, froide sur ma peau chauffée par le soleil, remonte de ma cheville à ma cuisse. Il m'embrasse dans le cou.

Tout à coup, je m'en fous que la bonne date soit dans trois jours, je prends mon chum par la main et je le tire vers le chalet.

19

Quand Alex était petit et qu'il disait qu'il voulait devenir pompier, ses parents trouvaient ça hilarant. «Un cas classique d'identification aux modèles de virilité dominants», disait son père. Ses deux parents sont *full* intello. *Full*. Genre que j'ose même pas dire *full* devant eux. Ni genre. Ni grand-chose d'autre, en fait. Ils sont vraiment intimidants. Ils sont fins, là, et ils sont pas snobs par exprès. Ils vivent juste dans un autre univers. Un univers de postdoctorats et de conférences universitaires et de sujets de thèses et de colloques internationaux.

Alex a grandi dans une maison pleine à craquer de livres. Pleine d'idées, de débats, de discussions. À sept ans, son père lui lisait Platon. À partir de onze ans, c'étaient les classiques de la littérature française, américaine et russe. Alex a lu *Guerre et paix*, pour le fun, à quatorze ans ! Il a fait un bac en philosophie et littérature comparée. Il parle je sais pas combien de langues. Mais ç'a pris ben du temps (et le fait de me rencontrer, mais ça c'est lui qui le dit) pour qu'il se rende compte à quel point c'était pas lui.

Quand j'ai connu Alex, il faisait de la recherche pour un prof d'université, sur un sujet obscur que j'ai oublié. Il aimait pas ça. Il se plaignait tout le temps de son travail. Il câlait souvent malade. Il était vraiment, mais vraiment pas de bonne humeur le lundi matin.

Alors que moi, je venais de lancer mon blogue et j'étais gaie comme un pinson.

On était au chalet des parents de David, un week-end, quand Alex a recommencé à bitcher son boss pis son angle de recherche, pis que je lui ai demandé :

– Mais Alex... Aimes-tu ça, ce que tu fais ?

– Ben, moyen. Le professeur Egoyan, c'est un gros moron.

– Oui, mais même si c'était le gars le plus smatte de la terre. Aimes-tu le sujet ?

– Ben... Je suppose que ça m'intéresse pas tant que ça, en soit.

– Est-ce qu'il y a des sujets qui t'intéressent plus, dans ton domaine ?

– Sont pas mal tous pareils.

– Donc t'aimes pas ce que tu fais ?

– C'est pas ça... C'est que j'ai l'impression que c'est pas la vraie vie. Ça change rien dans la vie de personne, nos recherches. Ç'a pas d'impact.

– OK... Donc t'aimerais ça faire quelque chose qui a un impact ?

– J'imagine...

– Comme quoi ?

– Je sais pas...

– Ben, quand t'étais petit, tu rêvais de faire quoi ?

– Ha ! Ça faisait tellement rire mes parents. Je disais tout le temps que je voulais être pompier.

– Pourquoi, tu penses ?

– Pourquoi je voulais être pompier ?

– Oui.

– Ben, t'es dans le feu de l'action, tu bouges, t'aides du monde qui en a vraiment besoin...

– T'as un impact, genre ?

– Genre.

Ce week-end-là, on n'en avait pas trop reparlé. Mais l'idée a fait son petit bonhomme de chemin. Un soir, Alex m'a invitée à souper et il m'a demandé si c'était ben important, pour moi, de sortir avec un universitaire. Je lui ai répondu que non, vraiment pas, pis il m'a dit que pour ses parents, c'était ben important, d'avoir un fils universitaire. Je lui ai dit qu'il vivait sa vie pour lui, pas pour ses parents. Il m'a dit que j'avais ben raison, il m'a frenchée, et deux semaines après il s'est inscrit aux examens de l'école de pompiers. Pis il a commencé à aller au gym pas mal tout le temps.

20

– Mamaaaannnnnn !!!!!!!!!

Marie-Justine a pas posé un pied à terre sur le chemin de gravier qui mène au chalet que ses deux enfants se jettent sur elle.

– Les enfants ! Laissez maman sortir de la voiture ! s'exclame-t-elle en riant.

Elle les prend tous les deux, en vrac, elle les serre fort contre elle, contre ses jambes, contre son ventre, elle les soulève en même temps, manque de tomber par terre, rit, les embrasse, dans les cheveux, sur les joues, dans le cou. Une maman. Mon amie.

Elle laisse la portière de sa voiture ouverte et s'avance vers moi, le soleil dans les yeux, un rire en continu qui émane de sa gorge pendant que ses petits s'accrochent à elle comme des bébés koalas.

– Voyons donc ! Vous leur avez fait quoi, pendant que j'étais pas là ? demande-t-elle en me faisant la bise, avec la petite frimousse de Mia nichée dans son cou et Théo qui grimpe sur sa jambe en poussant des cris de sauvage.

– On s'est même pas ennuyés de toi ! Hein, les amis ? dis-je.

– Pas vrai ! hurle Mia dans l'oreille de sa mère.

– Ben moi, je me suis ennuyé un peu, avoue Théo le brave.

– Pis moi, je me suis ennuyée beaucoup, beaucoup, dit Marie-Justine. Aussi gros que la lune !

– Moi, aussi gros que l'Univers ! renchérit Théo.

– Sans farce, ç'a bien été ? me demande Marie-Justine.

– Sans farce, oui.

– Tu me raconteras ça tout à l'heure. Là, je pense que je vais aller lancer deux ouistitis dans le lac !

– Su pas ouistiti, moi! dit Mia.

– Oh oui! T'es le ouistiti à ta maman.

– Maman, tu chatouilles!

– Maman! Viens voir la cabane qu'on a construite dans le bois! C'est moi qui ai apporté le bois tout seul!

– Maman! Veux mon lapinou!

– Maman! Moi, j'ai joué au soccer avec tonton David! J'ai compté trois buts, moi!

– Maman!

– Maman!

21

Une fois les enfants couchés pour la sieste, Marie-Justine et moi on s'installe sur la terrasse avec un gros bol de café au lait. Alex est parti monter son mont Perdu tout seul et il n'est pas encore revenu. Imogen et David sont allés marcher avec le bébé, espérant l'endormir dans sa poussette.

Bien calée dans ma chaise Adirondack, les yeux sur le lac, je me sens tellement bien. Enfin en vacances. On dirait que le départ de Pat m'a fait du bien. Être fru tout le temps, c'est pas reposant. Pis j'aurai moins besoin de m'occuper des enfants. Pis, surtout, j'ai plus besoin de me demander comment agir devant Jessica. Notre gang est tellement tricotée serré que c'est pas facile d'intégrer une nouvelle personne, surtout dans des circonstances pareilles. Non, là, avec juste mes *best*, je peux chiller et profiter de mon été.

Même si le ciel commence à être pas mal gris...

– *Oh my god,* je suis tellement contente d'être ici, dit Marie-Justine.

– Moi aussi, je suis contente que tu sois ici. Pis attends de rencontrer Sacha Vargas, tu vas être encore plus contente. Il est vraiment trop beau.

– J'ai jamais lu aucun de ses livres.

– Tu manques quelque chose, crois-moi. Toi, sinon, comment tu te sens?

– Correct. La vie continue, il faut croire. Ça m'a fait du bien, en fait, les trois jours sans Pat et sans les enfants. J'ai pu constater que ma vie avait de l'allure, même toute seule. Je me disais ça en conduisant ce matin. J'ai plein d'amis, j'adore ma job, mes enfants sont en santé, pis t'sais quoi, il y a même un gars qui m'a cruisée à la galerie, hier!

– Ben quoi, tu te faisais pas cruiser, d'habitude?

– Non... On dirait que non. Des fois je me disais que j'avais peut-être juste vieilli, que c'était mon corps postbébé qui faisait plus trop triper les gars....

– Ben voyons, la coupé-je, t'es super belle!

– C'est comme si je dégageais des *vibes* tellement fortes de fille pas disponible. Pis là, magiquement, on dirait que vu que moi je regarde plus autour de moi, je me fais plus regarder aussi.

– Tu regardes?

– Ben, c'est sûr! Pas avec une idée précise en tête, mais c'est sûr que j'ai commencé à me demander si un jour il y aura un autre homme dans ma vie.

– Pis?

– Pis je suis pas pressée. Mais ça fait du bien de sentir qu'il y a du monde intéressé. Je me dis que ça serait au moins possible. Pis pour être honnête, ça me ferait un petit velours d'avoir quelqu'un, moi aussi. Ça me ferait peut-être moins mal d'imaginer Pat avec sa pitoune.

– C'est sûr qu'un bon *rebound,* ça change le mal de place.

– Mais je prends mon temps. T'sais, il y a encore une partie de moi qui espère que c'est une folie temporaire, l'affaire de Pat, pis qu'on va revenir ensemble.

– Tu le reprendrais après ce qu'il t'a fait?

– Je sais pas. C'est compliqué. C'est quand même le père de mes enfants.

– Je sais...

– Pis toi, comment ça va avec Alex?

– Pas pire.

– Tant que ça?

– Ben... Ça va correct. Depuis hier, en fait, je trouve que ça va mieux.

– Pourquoi?

– Je sais pas. On s'amuse plus ensemble, on est plus légers.

– Ça, c'est sûr que c'est important.

– Oui. Mais t'sais, avec ce qui nous est arrivé...

– C'est vrai. Mais si ça détruit ton couple, tu seras pas plus avancée.

– Je sais!

– Si ton couple marche pas, le reste sert à rien. À moins que tu veuilles juste un gars pour te faire des bébés. Mais si tu veux une famille, ça doit être le couple qui passe en premier.

– En premier? Me semble que toi, t'as toujours été plus focusée sur les enfants.

– Ben justement! Tu vois où ça m'a menée.

– Oui, mais ça, c'est Pat, avec son genre de démon du midi/crise de la quarantaine en avance...

– Je sais pas. Des fois je me dis que c'est pas juste sa faute à lui. Un couple, ça se fait à deux pis ça se défait à deux. On s'est tellement focusés sur les *kids*, tous les deux, qu'on s'est perdus de vue. Il y a rien qui tue un couple comme de trop triper sur ses enfants. On était tellement contents avec eux qu'on n'avait plus besoin l'un de l'autre.

– Vraiment?

– Moi, j'avais plus besoin de Pat pendant un bout, en tout cas. Pis ça, c'est jamais bon pour l'ego d'un homme. Surtout avec Mia, quand j'étais à la maison... Les bisous, les câlins, du matin au soir. Quand Pat rentrait de l'hôpital, le soir, la dernière chose que j'avais envie de faire, c'était de me coller encore. Je voulais juste être dans ma bulle, avec un verre de vin, pis une bonne série sur Netflix.

– Ah, ben ça, c'est sûr.

– Je vais te dire, Emma, si tu tiens à ton couple, fais jamais passer tes enfants en premier.

– Faudrait que je commence par en faire, des enfants.

– Ils ont pas besoin d'être nés pour passer en premier.

– Qu'est-ce que tu veux dire ?
– Qu'est-ce que tu penses que je veux dire ?
– Ouin…

22

Je suis donc contente que la gang soit réunie pour le souper. Bon, il manque Pat, c'est sûr, mais c'est tant pis pour lui. Avec Marie-Justine et Imogen, on va pouvoir ricaner comme avant, pis les gars vont faire semblant d'être tannés de nos niaiseries, mais en vrai ils vont trouver ça drôle et c'est quand on va s'y attendre le moins qu'ils vont nous lancer un commentaire encore plus vache que ce qu'on disait, pis ça va repartir le bal.

Je fais mourir Théo de rire en préparant un poulet sur une canette de bière dans le barbecue. « La bière est dans ses fesses ! Dans ses fesses, Emma ! » Le pauvre, il ne se peut plus. Quand le poulet est presque prêt, je fais griller des asperges et je prépare une salade de tomates. Marie-Justine monte la vinaigrette. Imogen, elle, tourne en rond dans la cuisine.

– Imogen ! T'as pas envie de mettre la table ?

– Le bébé va peut-être avoir besoin de moi.

– Il est pas dans les bras de David, là ?

– Oui, mais c'est à cette heure-ci qu'il commence à chigner.

– C'est vraiment pas juste, hein, le 5 à 7 des bébés ? dit Marie-Justine. Juste à l'heure où on aimerait enfin chiller un peu, c'est là qu'ils se mettent à être super demandants. Je me rappelle, Mia ne me lâchait pas à partir de cinq heures ! Ç'a duré jusqu'à ses trois mois, je pense.

– Le mien, il est demandant tout le temps, dit Imogen.

– Ça va passer ! la rassure Marie-Justine. Ça semble impossible sur le coup, mais crois-moi, ça va passer.

– Je sais pas...

– Le temps semble interminable avec un bébé naissant, mais ça passe vite. Faut prendre le temps de profiter des beaux moments.

– Quels beaux moments? demande Imogen.

– Je sais pas, moi. Quand tu le regardes pis que ton cœur va comme exploser d'amour. Ou quand il te sourit.

– Il sourit pas encore.

– Ça va venir. Toi, lui souris-tu beaucoup?

– Ben... Je sais pas. Je dors pas. Jamais. J'ai pas les yeux devant les trous.

– Pourquoi tu vas pas faire une sieste, là, avant le souper?

– Il va pleurer.

– Tu viens de l'allaiter! Il a pas faim. S'il pleure, on l'emmènera se promener en poussette.

– Si je dors maintenant, je dormirai pas ce soir.

– Tu dormiras pas *anyway*, ce soir! Allez, Imogen, va te coucher!

– Bon, bon, c'est pas la peine de t'énerver. Je vais juste aller voir David et...

– Non! dit Marie-Justine. Si le bébé te voit, t'entend ou te sent, c'est sûr qu'il va se mettre à pleurer. Va te coucher, moi je vais parler à David.

– OK, OK, relaxe. Mon Dieu Seigneur, pas moyen d'avoir la paix, ici.

Et elle part vers sa chambre, en marchant d'un pas rageur. Marie-Justine me regarde, interloquée.

23

Quand on s'est rencontrés, Alex et moi, j'habitais en appart avec Marie-Justine. Notre premier appart, dans lequel on a emménagé après l'université, et auquel on est restées attachées un peu trop longtemps. À un moment donné, tout le monde autour de nous a commencé à acheter des condos ou des hauts de duplex, ou du moins à en parler; mais pas nous deux, les ados attardées, heureuses dans notre six et demie du Plateau à mille cent dollars par mois.

Ma mère avait beau me répéter chaque fois que je la voyais que cet argent-là, j'aurais pu m'en servir pour payer mon hypothèque, pis que rembourser une hypothèque, c'est comme économiser, pis que là je faisais juste payer l'hypothèque de mon proprio, pis qu'en plus j'économisais pas: ça entrait par une oreille et ça sortait par l'autre.

Mais quand j'ai rencontré Alex, tout a déboulé vraiment vite. Il revenait d'une année de recherche à l'Université de Nantes et il avait nulle part où habiter à Montréal. Il squattait chez ses parents et il était hyper pressé de bouger. Au début, ça allait, il faisait juste dormir chez moi tout le temps, mais ses parents se sont mis à se mêler un peu trop de sa vie à son goût, à l'appeler sur son cell quand il rentrait pas, à lui demander s'il venait souper, bref, il s'est vite senti étouffé et il voulait, comme il le disait à l'époque, sacrer son camp au plus sacrant.

(Pour un intello, j'ai toujours trouvé qu'Alex avait un amour inné des sacres et du joual. Il dit que ça lui vient de sa grand-mère maternelle, une Gaspésienne qui n'avait pas la langue dans sa poche. Moi, je pense que c'était sa façon inconsciente de se rebeller contre ses parents qui *perlaient* si bien.)

Fait qu'Alex s'est mis à se chercher un appart, mais sans trop d'enthousiasme, malgré son désir ardent de quitter la maison de ses parents. Un soir qu'on avait un peu bu, il m'a demandé, l'air innocent, quand se terminait mon bail. Je lui ai dit, en juillet, pourquoi? Il m'a répondu qu'il trouvait que ça faisait loin, juillet. Loin pour quoi? que j'ai voulu savoir. Pour qu'on habite ensemble, qu'il m'a répondu.

Là, je suis tombée en bas de ma chaise. Pour vrai. Ça devait faire six ou sept semaines qu'on sortait ensemble, gros max. Dans ce temps-là, à la fin de la vingtaine, mes amies sortaient avec leur chum au moins un an avant d'emménager avec lui. Ce qu'il me proposait là, c'était limite scandaleux. Mais je suis une fille game. Et, surtout, j'étais en amour par-dessus la tête comme ça se pouvait même pas.

Fait qu'on s'est entendus qu'on chercherait un appart ensemble. Ça m'a pris tout mon petit change pour avouer ça à Marie-Justine. Elle était contente pour moi, mais elle avait pas envie de se retrouver toute seule. Dans notre appart chéri qu'on pensait jamais quitter. Une fois, on avait même tiré à pile ou face pour décider laquelle de nous deux aurait le droit de garder l'appart pour y vivre avec son mari et ses enfants, c'est pas des farces. Le lendemain, par exemple, on n'avait pas pu se rappeler qui avait gagné.

Je me sentais vraiment mal pour mon amie. J'ai promis de rester là (ou, du moins, de continuer à payer ma part du loyer) jusqu'à ce qu'on trouve quelqu'un de vraiment chouette pour me remplacer.

Mais la vérité, c'est que je désespérais d'emménager officiellement avec mon chum. Changer mon compte de téléphone, l'annoncer à tout le monde, eille, on allait même ouvrir un compte de banque conjoint pour payer les factures de l'appart. Je ne me pouvais plus.

Et c'est là que le destin m'a donné un sacré gros coup de main. David venait de rencontrer une fille bien gentille qui s'appelait Imogen. Une rousse un peu discrète, mais qui gagnait à être connue. Imogen habitait à Québec à l'époque, et après quelques mois à parcourir la 40 d'un bord pis de l'autre chaque semaine, elle s'était tannée et avait demandé un transfert à Montréal. Elle était (et est toujours) acheteuse chez Simons, pis elle les avait convaincus qu'elle serait encore plus efficace basée à Montréal. Fait que voilà qu'elle s'en venait, et vu que David et elle étaient un couple plus normal qu'Alex et moi, ils ne voulaient pas habiter ensemble tout de suite ; ils voulaient se laisser le temps de respirer un peu et être sûrs d'être ensemble à long terme avant de faire le saut.

Et c'est comme ça qu'Imogen a pris ma place dans notre appart. J'étais super contente et je suis partie le cœur gai, mais c'est sûr qu'à un moment donné j'ai trouvé qu'elle et Marie-Justine étaient de plus en plus complices et que je comprenais pas toujours leurs *insides*.

Elles ont quitté l'appart d'un commun accord le 1er juillet suivant, parce que David et Imogen étaient prêts et parce qu'il y avait eu la soirée du trou dans le toit du cabanon (Marie-Justine et Pat ont pas niaisé longtemps après ça), mais ces neuf ou dix mois passés ensemble, ç'a créé une intimité entre Imogen et Marie-Justine que j'ai juste pas, moi, avec Imogen. C'est mon amie, c'est sûr, je l'adore, je rigole avec elle, mais on s'est jamais confié nos affaires les plus *darks* ou les plus privées.

Ceci expliquant peut-être cela.

24

Je chille sur le bord du lac avec Alex, ignorant du mieux que je peux les nuages gris qui s'amassent au-dessus de nos têtes en cette matinée un peu fraîche. Il a fait tellement beau toute la semaine que je suis en déni : pourtant de la pluie à la fin du mois de juillet, ça se peut.

David est étendu dans le hamac à l'orée du bois, ses écouteurs dans les oreilles. Il a eu une grosse soirée avec le bébé, hier. Imogen a fini par dormir d'une traite jusqu'à minuit. Elle a manqué le souper, pis pendant toute la soirée, David et Marie-Justine se sont débrouillés à coups de suce, de promenade en poussette, pis de gouttes de lait maternisé à la cuillère (le bébé refuse le biberon).

À minuit, Imogen s'est réveillée en colère qu'on l'ait laissée dormir aussi longtemps, criant que ses seins étaient à la veille d'exploser pis est-ce que David voulait qu'elle fasse une mastite par-dessus le marché ? C'est à ce moment-là qu'Alex et moi, on est allés se coucher. C'est plate un peu, parce que David et Marie-Justine étaient tellement fiers de leur coup, mais finalement ça s'est retourné contre eux.

Théo et Mia font du bricolage sur la terrasse. Marie-Justine, elle, s'est enfermée avec Imogen dans sa chambre pour la conseiller sur la prise au sein du bébé. Imogen a encore mal, pis il paraît qu'après un mois, c'est pas normal.

Alex est plongé dans le dernier roman de Sacha Vargas qui traînait dans mes valises, celui de la fille avec l'accident d'auto pis le coma. Il avait jamais lu un de ses romans avant, les jugeant trop filles ou pas assez littéraires pour lui, mais d'avoir rencontré l'auteur l'a rendu curieux. Pis je vois bien qu'il est absorbé comme il l'est jamais avec ses livres philosophico-machin-chose.

À un moment donné, Marie-Justine redescend vers le lac. Elle va voir David dans son hamac et lui secoue l'épaule. Elle lui dit quelques mots, puis ils partent tous les deux marcher dans le bois. Bizarre.

Quand ils reviennent, une dizaine de minutes plus tard, David monte au chalet et Marie-Justine vient s'asseoir sur le quai à côté de nous.

— Qu'est-ce qui se passe? lui demandé-je.

— Les enfants ont pas chigné?

— Ben non, tu vois bien. Ils sont heureux comme des rois avec leur papier pis leurs ciseaux. Qu'est-ce qui se passe?

Marie-Justine pousse un long soupir.

— Marie-Justine! C'est quoi? Tu commences à m'inquiéter, là.

— Ben, c'est Imogen. Mais on en reparlera tantôt.

— Si tu te gênes pour moi, dit Alex, ça va me faire le plus grand plaisir d'aller continuer mon roman dans un hamac de l'autre bord du chalet.

— Non, non, dit Marie-Justine. Il se passe rien.

— Comment ça, il se passe rien? Alex, ça te dérangerait-tu, mon amour?

— Pas du tout, dit-il, et il se lève et se dirige vers le chalet, sans doute content de pouvoir continuer sa lecture sans distraction.

Je regarde Marie-Justine, qui semble mal à l'aise.

— Qu'est-ce qui se passe avec Imogen?

— Ben... je m'inquiète pour elle.

— Tu t'inquiètes? Pourquoi?

— Tu trouves pas qu'elle a l'air dépassée, avec son bébé?

— Un peu, mais comme tout le monde, non?

– Non, justement. Elle est particulièrement de mauvaise humeur, non?

– Quand même, oui. Au début de la semaine, ça allait, mais on dirait que ça va en empirant.

– Il me semble que c'est pas super normal. Juste l'histoire du nom du bébé, c'est *weird*.

– Ben quoi? Je trouve pas ça si fou. Elle lui a quand même donné un nom.

– Elle lui a donné deux prénoms.

– Ben oui, pis là elle arrive pas à décider lequel va être son vrai nom et lequel va être son deuxième nom. Perso, je vote pour Bruno.

– Mais, en attendant, elle le nomme pas. C'est toujours «le bébé», «le petit», «l'enfant». Comme si elle était super détachée.

– OK...

– Pis son bébé, elle lui parle pas, elle lui fait pas de minouches. Ç'a l'air d'être juste un objet qu'elle prend pour le nourrir.

– Tant que ça?

– T'as pas remarqué?

– Euh, non, mais j'avoue que je l'ai pas observée de proche. Elle a David avec elle, tout avait l'air de bien aller. Je m'inquiétais plus pour toi pis tes p'tits.

– C'est peut-être moi qui invente des choses. Tu trouves pas, toi, qu'elle a l'air de rusher?

– Attends, laisse-moi penser. C'est sûr qu'une fois, elle m'a dit quelque chose d'un peu intense.

– Quoi?

– Elle m'a dit qu'elle pensait que je devrais pas avoir d'enfants, pis qu'elle le recommandait à personne.

– Quoi? Elle t'a dit ça?

– Oui. J'ai trouvé ça un peu moyen.

– Ben voyons, ça se fait pas, dire ça à une fille qui a fait deux fausses couches! Faut vraiment que ça tourne pas rond dans sa tête!

– T'as raison.

– Je te le dis, il y a quelque chose qui va pas.

– Pis, euh... David m'en a parlé, au début de la semaine. Il trouvait qu'elle buvait trop. Même Jessica, euh, même d'autre monde l'a remarqué.

Marie-Justine rit, un peu jaune, mais elle rit pareil.

– T'as le droit de prononcer son nom. Inquiète-toi pas, j'en ai assez entendu parler par les enfants. Il paraît qu'elle était donc fine, pis qu'elle faisait donc des bonnes crêpes !

– Ben, elles étaient pas si bonnes, là...

– T'as toujours été mauvaise menteuse. Pareil, c'était ben trop vite pour la présenter aux enfants, non ?

– Tellement ! Il m'enrage, Pat.

– Il est comme un enfant de cinq ans excité par son nouveau jouet, pis il veut le montrer à ses amis.

– C'est exactement ça ! Ça manque de maturité, un peu, son affaire.

Je voudrais dire à Marie-Justine qu'il m'a dit qu'il s'ennuyait d'elle, mais je veux pas lui donner de faux espoirs. Je pense que c'était surtout un ennui de gars qui veut le beurre et l'argent du beurre. Il veut profiter en même temps de la passion et des nuits folles avec sa nouvelle flamme, et de la présence et du soutien de celle qui est là pour lui depuis toujours. Malheureusement pour Pat, ça marche pas comme ça dans la vie.

– Mais David, il t'a dit qu'il s'inquiétait ? demande Marie-Justine.

– Euh oui, pis moi je lui ai dit qu'il s'inquiétait pour rien.

– Je suis pas sûre que ça soit pour rien. Je viens de lui en parler. Il est monté voir Imogen. Je pense qu'elle devrait consulter.

– Qu'est-ce que tu penses qu'elle a ?

– Ben, je suis pas une spécialiste, c'est sûr, mais je trouve qu'elle a des signes de dépression post-partum.

– Tu penses ?

– Oui.

– Mon Dieu, je me sens mal d'avoir rien vu. J'ai même pas remarqué que ça allait pas.

– Me semble que le médecin, c'est Pat ! s'écrie Marie-Justine. S'il avait pas été aussi obnubilé par sa pitoune, il aurait peut-être pu s'en rendre compte !

– Arrête, là, il est chirurgien, pas psychiatre ni obstétricien !

– Quand même.

– Non, celle qui aurait dû s'en rendre compte, c'est moi ! Je me sens poche d'avoir rien remarqué. Pauvre Imo.

– L'important, c'est qu'on en parle pis qu'elle aille chercher de l'aide.

– Penses-tu que ça se peut que tu te trompes ?

– Je sais pas. En tout cas, quand je lui ai demandé doucement si elle pensait que ça se pouvait, elle s'est mise à pleurer. C'est à ce moment-là que je suis venue chercher David. Elle avait l'air soulagée que quelqu'un mette des mots sur la façon dont elle se sentait.

– T'es vraiment bonne. Heureusement qu'on t'a.

– Heureusement qu'on t'a, toi aussi, arrête ! Tu t'occupes de tout le monde, tu fais à manger, pis *by the way*, les enfants me l'ont dit qu'ils ont passé plus de temps avec toi qu'avec leur père...

– J'aime ça, être avec eux.

– Oui, mais il faut pas que tu oublies Alex. Je sais pas pourquoi, mais je m'inquiète pour vous.

– Tu t'inquiètes pour tout le monde ! Nous, on s'inquiète pour toi !

– Je sais. On l'a pas facile personne, en ce moment, hein ? Mais laisse pas mon histoire devenir plus importante que ce qui t'arrive à toi. Pense à toi aussi... Pis à ton chum.

– J'y pense, j'y pense.

25

Ce soir-là, je prends mon courage à deux mains, pis j'invite Alex à souper au resto. Ça devrait pas prendre de courage, inviter son chum au resto, mais je me rends compte que depuis un bout, j'évite les tête-à-tête avec lui. Les vrais tête-à-tête, je veux dire, au-delà du cinq minutes qu'on passe le soir à la maison à se demander si on écoute une série sur Netflix ou sur Tou.tv.

Comme j'ai pas envie d'être distraite par ma déformation professionnelle pendant le repas (j'analyse tout et je prends des photos de chaque assiette), on sort dans un restaurant de chaîne, le genre où les ailes de poulet sont en spécial les mardis.

On se commande une bière, pis toutes les cochonneries qu'on se permet jamais de manger d'habitude. Alex pour son sport, moi pour mes standards de blogueuse culinaire. Des bâtonnets de fromage, des ailes de poulet, des nachos, en veux-tu, en v'là.

Ça fait du bien de se retrouver juste nous deux. D'avoir la soirée à nous, sans nous soucier des autres. Marie-Justine me l'a dit, Alex aussi, et il est temps que je fasse mon *mea-culpa* pour de vrai.

— Alex?

— Quoi?

— Tu peux me passer la sauce marinara?

— Tiens. C'est juste ça que tu voulais me dire?

— Je sais pas, pourquoi?

— Ton « Alex » avait l'air pas mal plus sérieux.

— Bon, OK, OK. Il était plus sérieux mais j'ai tchôké.

– Qu'est-ce que t'as à me dire de si grave que ça mérite un tchôkage?

– Ben, c'est juste que j'ai réfléchi beaucoup, ces derniers jours. Pis je veux m'excuser.

– De quoi?

– De plein d'affaires. L'affaire des bébés, ça m'a trop envahi l'esprit.

– C'est normal, ma belle. C'était pas facile.

– Oui, je le sais, mais le plus important là-dedans, c'est toi et moi, pis ça, je l'ai oublié un peu.

– Ça, ça se peut.

– Pis j'ai été bien trop prise par les histoires de Pat et Marie-Justine depuis quelques semaines.

– Ça, tu peux le dire!

– Ris pas. Je pense que c'était une façon de me changer les idées, d'arrêter de penser à nos affaires.

– Pis tu t'inquiétais pour tes amis, aussi.

– T'es fin.

– Blague à part, comment tu trouves qu'ils vont? demande Alex.

– Moins pire que je pensais. Pat a l'air content, même s'il s'ennuie de Marie-Justine. Marie-Justine, elle, elle a des hauts et des bas. Elle est triste pour ses enfants, pis ç'a été un choc pour elle, mais je pense que, quelque part, elle est contente d'être libre. Elle dit qu'ils s'étaient perdus de vue, tous les deux. Moi j'avais vraiment rien vu passer.

– Je pense qu'il y a personne qui peut comprendre ce qui se passe dans un couple.

– Même le monde dedans, des fois!

– Ha! Ha!

– Pis les enfants..., dis-je en soupirant.

– Les enfants, ils vont s'en remettre. Il y en a plein, des enfants dont les parents sont divorcés.

– Justement. Je l'ai vécu, moi, et je le souhaite à personne.

– Oui, mais toi, c'était différent, Emma. Tes parents se faisaient la guerre. Pat et Marie-Justine vont être bien plus raisonnables que ça.

– J'espère.

– C'est sûr.

– Nous, si on fait un enfant, là, est-ce qu'on va rester ensemble?

– Ben oui! C'est pour la vie, notre affaire.

– Pis des enfants, t'en veux encore?

– Ben oui! C'est à cause de ce que j'ai dit en SUP, là, l'autre jour? Regarde, j'ai trouvé ça dur, moi aussi, ce qui nous est arrivé. Pis je voulais juste être sûr qu'on profite de la vie en attendant. J'ai peut-être été maladroit dans ma façon de l'exprimer.

– Un peu, oui, dis-je en souriant.

– Emma, c'est super plate ce qui nous est arrivé, mais le docteur Perez nous l'a répété cinquante fois: c'est deux *bad lucks*. On a passé tous les tests imaginables, pis tout va bien. La prochaine fois, ça va être la bonne, je suis sûr.

– Parlant de prochaine fois... On est pas mal dans les bonnes dates, en ce moment.

– Parlant de bonnes dates... Il y a une belle clairière pas loin du sentier du mont Perdu, il fait encore un peu clair pis il y a pas grand monde à cette heure-ci...

On se lève tous les deux bien vite, on jette plein d'argent sur la table sans demander l'addition, pis on court vers notre camionnette.

26

Mes parents se sont séparés quand j'avais six ans. C'est à ce moment-là qu'a commencé une vie que je qualifierais de schizophrénique. Chez mon père, c'était le laisser-aller total : les samedis en pyjama sale devant la télé, les gâteaux Vachon à volonté, le macaroni Kraft ou le McDo pour le souper. C'est pas qu'il était négligent : il était juste ben relax et il se souciait zéro de tout ce qui était domestique.

Chez ma mère, ç'a vite été le contraire. Elle s'est remariée en quatre secondes et quart avec un Français vraiment intense, que je devais vouvoyer et qui patrouillait dans la maison comme un général d'armée. Mon lit devait être fait au carré et les robinets de la salle de bain essuyés après chaque usage. Les repas étaient nutritifs et pris en famille. Le samedi matin, on était debout à sept heures, pour garder, dans ses mots, « une bonne hygiène de sommeil », pis on partait faire des randonnées pédestres l'été ou du ski l'hiver. Il était pas méchant, là, pis c'était le fun pareil, chez ma mère. Mais je devais switcher de façon assez solide entre une maison où je mangeais devant la télé en m'essuyant avec ma manche et l'autre où je devais bien poser ma serviette sur mes genoux et surtout jamais au grand jamais renverser une goutte de lait.

L'autre problème, c'est que mes parents refusaient de se parler. Genre, jamais. Le juge s'est arrangé pour qu'ils aient jamais besoin de se croiser : c'est toujours à l'école qu'ils m'échangeaient. Je me pointais avec mon sac de linge, pis la surveillante, une madame bien fine, s'était même arrangée pour que j'aie un deuxième casier pour ranger mes affaires.

Au début, je me rendais pas trop compte que c'était bizarre. Mais à un moment donné, j'ai commencé à remarquer que les parents de mes amies, même s'ils étaient divorcés, venaient quand même tous les deux aux spectacles de fin d'année ou aux matchs de soccer. Il y en avait même qui s'assoyaient ensemble ! Alors que moi, c'est le parent qui s'adonnait à m'avoir ce jour-là qui venait, point à la ligne.

J'ai vécu avec, jusqu'au jour où j'ai eu une appendicite. J'étais à l'école quand la douleur m'a pognée, vraiment intense, j'ai jamais eu aussi mal de ma vie. Le prof d'éduc a pas niaisé, il a appelé l'ambulance tout de suite. À l'hôpital, ils m'ont dit que mon appendice s'était rompu pis que c'était vraiment dangereux. L'école avait laissé un message à ma mère, puis appelé mon père. Ça fait que les deux se sont présentés à l'hôpital. Mon père est arrivé le premier. Il me tenait la main quand ma mère est entrée. Il a eu un sursaut en la voyant, pis il est sorti sans rien dire. Ma mère s'est jetée sur moi. Il a fallu que l'infirmière recommence le récit de ce qui m'était arrivé. À un moment donné, plus tard en soirée, mon père est réapparu dans le cadre de porte. Ma mère s'est levée comme un ressort. « C'est ma journée », a dit mon père. Ma mère m'a embrassée sur le front et m'a dit qu'elle reviendrait le lendemain. J'ai eu beau pleurer, la supplier de rester, dire que je les voulais tous les deux, elle est partie.

Ça me semble fou et irréel de l'écrire aujourd'hui, mais mes parents se haïssaient tellement qu'ils ont même pas été capables de passer une soirée ensemble dans ma chambre d'hôpital.

Fait qu'un divorce, je souhaite ça à aucun enfant de la terre.

Je sais bien que ce sont pas tous les parents qui sont intenses comme les miens, qu'il y en a qui s'entendent tellement bien qu'on se demande pourquoi ils sont pas restés ensemble, mais pareil. C'est plus fort que moi.

Théo et Mia, j'aurais aimé les protéger de ça.

27

Le lendemain matin, au déjeuner, Imogen est encore sur le gros nerf. Ça me semble tellement évident, maintenant, que je me demande comment j'ai fait pour rien remarquer. Fallait vraiment que je fasse pas attention. Moi qui m'étais promis que je laisserais pas mes malheurs affecter ma relation avec elle pendant sa grossesse, c'est pas super réussi.

Je lui prépare un deuxième pain perdu, que je place devant elle avec un café. On mange tous dans la cuisine, à cause de la pluie. On dirait qu'on entend dix fois plus le bébé chigner. C'est comme si c'était écho en dedans, maintenant que le son de ses pleurs ne se perd plus dans la forêt.

Ou c'est peut-être juste moi qui me suis ouvert les oreilles.

– Passe-moi-le, je vais le bercer pendant que tu manges, dis-je en tendant les bras.

Imogen me regarde d'un air incertain.

– T'es sûre?

– Passe-moi-le, j'ai dit!

– T'sais, Emma, j'ai pas été fine. J'ai compris après notre conversation pourquoi tu l'avais jamais pris. Il te fait penser aux tiens, c'est ça?

– Je vais m'en remettre. Donne.

Elle me tend le bébé et je le prends, collé contre moi. Son odeur fait chavirer mon cœur. Sa petite tête se love dans mon cou et je marche dans le salon en chantonnant tout bas. Rapidement, il s'apaise et s'endort.

Tout à coup, je l'aime tellement, ce petit bébé-là pas de nom, parce qu'il est un peu à moi, comme Théo et Mia, pis que c'est le fils de deux personnes que j'aime tellement. Je sais pas ce qui m'a prise de me retenir aussi longtemps.

28

On niaise dans le chalet toute la matinée. Fallait bien qu'il pleuve un jour, j'imagine, mais on est pris au dépourvu pareil. Les enfants, eux, sont corrects. Je pense qu'ils ont tellement exploré dehors, pis ils se sont tellement baignés qu'ils sont contents tout à coup de faire des jeux tranquilles en dedans. Comme tous les enfants du monde, ils font des cabanes avec leurs oreillers et leurs couvertures, pis mon Dieu que ç'a l'air le fun.

Nous, on tourne un peu en rond. Alex a fini le roman de Sacha Vargas et il est pas habitué à rester inactif aussi longtemps. On dirait un lion en cage. Marie-Justine fait une sieste. Imogen allaite le petit (pour elle, il y a pas grand-chose qui a changé). David fait la vaisselle. Moi, je chille dans le salon en feuilletant une vieille revue.

Alex s'assoit à côté de moi et tapote sur la table avec ses doigts. Le bruit qui m'énerve le plus au monde. Il a l'air d'un gars à la veille d'exploser. Soit il va piquer une colère pour rien, soit il faudrait que je l'emmène au lit, mais on l'a déjà fait deux fois hier soir, pis notre chambre est collée sur celle des petits, où ils jouent en ce moment.

Il prend une grande respiration, se lève et annonce qu'il s'en va courir.

— Sous cette pluie? lui demandé-je.

— Je suis pas fait en chocolat! répond-il.

Il s'habille à toute vitesse, puis sort en faisant claquer la moustiquaire à l'arrière de la maison.

Je respire mieux, tout à coup. Alex, c'est pas un gars fait pour niaiser en dedans à rien faire.

Il revient une heure plus tard, les joues rouges, les cheveux et le chandail détrempés, ben de bonne humeur. Il tient un sac en plastique dans sa main.

— C'était le fun, ta course?

— Tellement! Je m'en vais prendre une douche.

— C'est quoi, le sac en plastique? T'as ramassé des déchets?

— Tellement pas! J'ai croisé Sacha.

— Sacha Vargas?

— Oui. Il courait lui aussi.

— Un autre fou!

— Je lui ai parlé de son roman, là, celui que je viens de finir.

— Oui?

— Pis il a trouvé mes commentaires vraiment pertinents. Il a dit qu'il aurait aimé ça me parler pendant l'écriture. Pis... Il m'a demandé si je voulais lire le premier jet de celui qu'il écrit en ce moment!

— Quoi? Mais voyons donc, il te connaît quasiment pas!

— Je pense qu'il tourne en rond, tout seul dans son chalet.

— Mais... tu pourrais lui voler son manuscrit!

— Ben oui, pis faire quoi avec? Le vendre aux médias? C'est pas le dernier Harry Potter, là.

— Je sais, mais... C'est pas mal cool en tout cas! Eille, c'est Jessica qui aurait été jalouse!

— Jessica! Jalouse de qui? demande Marie-Justine qui vient de se lever de sa sieste.

Alex lui raconte ce qui lui est arrivé et ce qu'il tient entre les mains.

— Il est bon? demande-t-elle. J'ai jamais lu aucun de ses livres.

— Tu dois bien être la seule fille au Québec! dit Alex. Je l'ai invité à souper ce soir. Ça te dérange pas trop, Emma?

— Ben non, là où il y en a pour sept, il y en a pour huit.

– Merci, t'es fine. Trop de solitude, c'est bon pour personne ! Pis je vais pouvoir lui faire mes premiers commentaires de lecture. Bon ben, bye, là, je m'en vais prendre une douche pis je me mets à lire.

À ce moment-là, Imogen se joint à nous et on la met au courant des derniers développements. Pour une fille dépressive, elle est pas mal excitée. Vu qu'on a rien à faire pis que c'est pas tous les jours qu'on reçoit un genre de vedette à souper, on décide de se mettre belles. Marie-Justine nous fait des manucures et Imogen, des mises en plis. Moi, bien sûr, je prépare mon plus beau menu : un rôti de veau de lait farci aux pacanes et à la saucisse, un risotto aux champignons, des choux de Bruxelles grillés au sirop d'érable et une belle salade.

À la dernière minute, je suis prise de panique.

– Les filles, Sacha Vargas est peut-être végétarien ? Me semble que la moitié des vedettes le sont ! dis-je.

– Vite ! s'exclame Imogen. Google-le.

Je tape fiévreusement sur mon téléphone «Sacha Vargas végétarien», mais rien ne sort. J'essaie «Sacha Vargas végane» et «Sacha Vargas intolérances alimentaires», pour être sûre, mais toujours rien.

– Bon, ben, au pire-aller, il mangera les légumes, dis-je.

La table est mise. On a demandé à David d'allumer un petit feu de foyer, question de chasser l'humidité, et parce que ça fait plus chaleureux. On a mis nos plus beaux *kits* de chalet. Je prépare des aperol spritz pour l'apéro quand Alex sort de sa tanière et se joint à nous.

– Whoa, dit-il. Qu'est-ce qui se passe, ici ?

– Qu'est-ce que tu veux dire ? demandé-je.

– Vous avez l'air de trois pitounes le week-end du Grand Prix, dit-il.

– Exagère pas ! lance Imogen.

Je regarde mes amies. Je me regarde dans le miroir.

— Les filles, tranché-je, c'est vrai qu'on a l'air un peu ridicules. Je pense qu'on s'est laissé emporter vu qu'on avait juste ça à faire. Imo, enlève ton rouge à lèvres rouge, pis Marie-Justine, remonte tes cheveux en queue de cheval. On a l'air ben trop Real Housewives comme ça.

— Oh mon Dieu, dit Marie-Justine. Qu'est-ce qui nous a pris? Rien de pire que d'avoir l'air *overdressed*. Les filles, c'est votre faute. Moi, je l'ai même jamais vu, ce gars-là, pis vous, vous étiez excitées comme des poules.

— C'est qui qui est une poule, maman? demande Théo.

— Matante Emma et matante Imogen, répond-elle.

— Merci bien! lance Imogen, pendant que Théo se promène dans le salon en caquetant comme une poule, mouvements de bras compris.

— Ah! Ça doit être lui, dit Alex alors qu'on entend un bruit à la porte.

Ils reviennent tous les deux dans le salon et mon Dieu, Sacha Vargas est encore plus beau que la dernière fois. Cette fois-ci, *fuck off*, je prends des photos de lui autour de la table pis je les poste sur Instagram. Une fille doit bien gagner sa croûte.

Pis en plus, il est fin. Il dit bonjour à tout le monde, me tend une bouteille de vin rouge, nous remercie chaleureusement de l'avoir invité. Il se présente à Marie-Justine qui a Mia dans les bras.

— Sacha. Enchanté.

— Moi, c'est Marie-Justine.

— C'est ta nièce? demande-t-il.

— Non, c'est ma fille. Mia, tu dis bonjour au monsieur?

— Bonzour! dit Mia, puis elle se cache le visage dans le cou de sa mère.

— Ah, désolé, il me semblait l'avoir vue avec ses parents l'autre jour...

— C'était son père. Pis la nouvelle B-L-O-N-D-E de son père, dit Marie-Justine.

Sacha fait une petite grimace de gêne tandis qu'Alex part à rire.

– T'en fais pas, Sacha, c'est mélangeant pour nous aussi. Je te sers quelque chose à boire ?

– Je prendrais bien une bière, répond-il.

– Mais j'ai préparé des aperol spritz ! m'exclamé-je sans pouvoir m'en empêcher.

– Désolé, Emma, mais le mousseux, ça me donne mal à la tête. Je suis un peu plate. Je bois de la bière et du vin rouge, c'est pas mal tout. À part un bon whisky, une fois de temps en temps.

– Mais non, c'est correct, voyons ! Je t'apporte une bière. Dis-moi, est-ce qu'il y a des choses que tu manges pas ?

– Là, par exemple, je suis pas difficile. Je mange de tout !

Je m'affaire dans la cuisine avec l'aide de David et de Marie-Justine. Pendant ce temps, Imogen allaite et Alex s'occupe de notre invité. Je les entends parler avec enthousiasme du nouveau roman de Sacha, pis je me dis qu'il est quand même resté quelque chose chez Alex de son amour des livres. Maintenant qu'il mène une vie plus active et selon lui plus pleine de sens, il peut profiter de ses lectures sans se prendre la tête.

En même temps que l'entrée (le potage à la courge musquée de Josée Di Stasio, mon grand classique), je sers à Théo et Mia des croque-madame et des crudités. Puis, Marie-Justine les emmène se coucher avant qu'on entame le plat principal.

J'ai presque fini de servir et je laisse Alex couper la viande pendant que je me sauve pour aller aux toilettes. En tournant dans le corridor, je vois de loin Marie-Justine qui ferme la porte de la chambre des enfants et marche à pas de loup, et Sacha qui sort des toilettes et s'arrête pour la laisser passer. Quand elle arrive à sa hauteur, il la retient par le bras et lui glisse quelques mots. Puis, ils retournent tous les deux vers la salle à manger, sans m'avoir vue.

Le souper est des plus joyeux. On dirait que tout le monde est enfin de bonne humeur. Alex est content depuis notre conversation au resto et les galipettes qui se sont ensuivies. Et il est heureux d'avoir instauré un début d'amitié avec Sacha et d'avoir utilisé son cerveau littéraire. Imogen semble soulagée d'avoir enfin parlé du poids qui l'accablait ; elle est plus légère. Elle sourit à David et même, des fois, à son bébé qui dort dans ses bras. David pète le feu, ravi de voir sa blonde plus gaie. Moi, je suis juste tellement heureuse d'être entourée de mes meilleurs amis et de voir que tout le monde semble bien aller, ou mieux en tout cas. Sacha, ben, je le connais pas trop, mais il a l'air de s'amuser solide. Et Marie-Justine... Elle a les joues rouges et elle rit de tout. Je l'ai rarement vue aussi belle.

La soirée se termine sur la terrasse qui donne sur le lac. Il a enfin arrêté de pleuvoir et c'est avec enthousiasme qu'on essuie les chaises Adirondack pis qu'on s'écrase dedans, un verre de whisky à la main (Sacha est allé chercher sa bouteille préférée à son chalet après le dessert).

Il vente encore un peu, les nuages se dispersent vite et les étoiles commencent à apparaître... C'est comme si d'avoir été privés de ce ciel étoilé pendant un jour ou deux nous faisait l'apprécier encore davantage. On dit rien, mais on est bien.

Vers onze heures, Sacha annonce qu'il va rentrer. Il nous remercie tous, me fait la bise, serre la main d'Alex, puis il s'en va à travers le bois.

Je termine d'essuyer les comptoirs de la cuisine quand Marie-Justine vient me voir.

– Eille, c'était quoi, tantôt, dans le corridor, avec Sacha ? lui demandé-je.

– Quoi ? Tu nous as vus ?

– Je m'en allais aux toilettes. Fait que ?...

– Il m'a invitée à prendre un verre à son chalet.

– Un verre ? Voyons donc ! Ce soir ? Tu sais ce que ça veut dire ?

– Ben, je m'en doute.

– Qu'est-ce que t'as répondu ?

– Rien. J'ai souri mystérieusement.

– J'en reviens pas.

– Fait que, tu me garderais-tu les petits ce soir ? Je viens de vérifier, ils dorment dur pis ils devraient pas se réveiller.

– Marie-Justine Johnson ! Dis-moi pas que tu vas y aller !

– Ben là, c'est sûr que je vais y aller ! Tu l'as-tu vu ?

– Oui... Mais Pat ?

– Là, tu me niaises. Qu'est-ce que tu penses qu'il fait, Pat, en ce moment même ?

– Mais je pensais que tu voulais revenir avec !

– C'est pas si simple que ça. Pis quoi qu'il arrive, j'ai pas fait vœu de chasteté entre-temps.

– Mais...

– Emma, on peut-tu en parler demain ? J'aimerais ça rentrer pas trop tard, pis il faut que je me prépare. Sacha Vargas, je capote ! T'aurais pas de la cire à épiler ?

Un an plus tard

— Emma ! Je pense que la p'tite a faim.

— Encore ? Ça se peut pas ! Je viens de la nourrir.

— Ben, je l'ai changée, elle a fait son rot, je la berce depuis tout à l'heure, pis elle continue à pleurer.

Je souris. Je tends les bras vers Alex.

— Passe-moi-la, d'abord. Elle va m'arracher les mamelons, cette enfant-là.

Je m'installe sur la chaise Adirondack de la terrasse en bois du chalet. Je soulève mon t-shirt, mettant bien en évidence un ventre mou strié de vergetures mauves, et je plogue l'enfant sur un mamelon géant.

La petite se calme instantanément.

Imogen m'apporte un verre d'eau. Puis elle s'assoit à côté de moi et me demande :

— Comment ça se passe ?

— Pas si pire. Je pensais qu'à trois mois, elle aurait moins besoin de prendre le sein, mais non, ça continue de plus belle.

— Tu vas voir, vers six mois, tout change. Bruno est devenu un ange, du jour au lendemain !

On se retourne toutes les deux et on regarde l'ange en question, qui est en train de foutre le bordel dans la glacière à fruits. David lâche le parasol qu'il tentait de monter et arrive en courant.

— Mon petit coquin, toi ! dit-il en riant et en soulevant son fils dans les airs.

— Ils ont l'air proches, ces deux-là, dis-je à Imogen.

– Tellement! Maintenant qu'il a treize mois et qu'il va à la garderie à temps partiel, David a décidé de travailler de la maison les après-midi pour passer plus de temps avec lui.

– Travailler, avec un *toddler*?

– Bruno fait une grosse sieste de deux heures tous les après-midi. Pendant ce temps-là, David peut écrire ses articles, pis après ils vont au parc.

– Le bonheur!

– Mets-en. Toi, comment ça se passe, ton congé?

– Ben, moi, tu sais que je peux jamais être vraiment en congé. Pis j'ai commencé à travailler sur un nouveau projet... C'est encore secret, mais je veux lancer un blogue sur la maternité!

– Tu faisais déjà des articles sur les bébés, non?

– Plus sur l'angle nutrition, comme mon blogue est à 100% culinaire. Mais là, j'ai envie de parler de tout, de dodo, d'éducation, de culpabilité, la totale!

– J'ai vraiment hâte de lire ça. Je suis contente que ça ait fini par si bien se passer, pour vous deux.

Alex arrive sur la terrasse avec une grosse pile de bûches, qu'il dispose comme l'an dernier autour des chaises Adirondack, question de pouvoir y poser nos verres ou nos bouquins.

– Est-ce que je t'ai déjà dit qu'elle est belle, ta fille? demande Imogen à Alex.

– À peu près chaque fois que tu la vois.

– Ça va faire une belle blonde pour Bruno, en tout cas. Ils ont juste la bonne différence d'âge.

– Ma fille, elle va se faire un chum le jour de son mariage, pas avant! tonne Alex.

– OK, le papa poule, on se calme. Je peux la prendre, Emma?

Je lui passe doucement ma pucette endormie.

– J'en ai tellement pas profité quand Bruno était petit... J'étais tellement pas là, dans ma tête, continue Imogen. Le pauvre pit, des fois j'ai peur de l'avoir traumatisé.

– Eille, la culpabilité de mère, ça va faire. Cet enfant-là, il a deux parents qui l'aiment, il a tout ce qu'il lui faut, dis-je.

– Oui, mais j'ai lu une étude qui dit que...

– Ça va faire, les études ! Tu vois, c'est de sujets comme ça dont j'aimerais parler dans mon blogue maternité. À force de trop s'informer, on se complique la vie comme c'est pas possible. Tu penses-tu que la femme des cavernes elle lisait des études pour savoir comment s'occuper de ses p'tits ?

– Non, mais...

– Fais confiance à ton instinct, Imogen. C'est pas plus compliqué que ça.

Je me lève pour commencer à préparer le souper quand j'entends une voiture qui s'engage dans l'allée du chalet. Un gros VUS, limite *douchebag*, se gare devant la porte. La portière arrière s'ouvre. Théo en sort comme une fusée, monte les marches de la terrasse en courant et se jette dans mes bras.

– Matante Emma ! Regarde ! J'ai des cartes Pokémon !

Pat sort du VUS avec Mia dans les bras.

– Elle s'est endormie, dit-il. Je vais aller la coucher dans sa chambre.

– Emma ! Regarde mes cartes Pokémon !

Je jette un regard interrogatif à Pat.

– C'était la folie dans la cour d'école à la fin de l'année. Paraît que les tortues ninja, c'est bébé et maternelle, et que maintenant qu'il s'en va en première année, c'est les Pokémon qui sont cool.

Il entre dans le chalet avec sa puce endormie.

Imogen me repasse Clara, que je glisse dans le porte-bébé pour me libérer les mains et préparer une collation à Théo. Alex me regarde un peu croche, l'air de dire que ce n'est plus à mon tour de m'occuper de tout le monde. Mais il sait très bien que j'aime trop ça.

Pat revient et il emmène tout de suite Théo mettre son maillot, avant de courir avec lui vers le quai et de sauter dans l'eau.

David les suit avec Bruno. Imogen, Alex et moi on chille un instant sur la terrasse quand on entend une voix joyeuse qui nous hèle.

– Vous êtes arrivés ! Je suis tellement contente ! Depuis ce matin que je surveille le chalet.

C'est Marie-Justine qui traverse le bois qui nous sépare du chalet voisin. On embrasse notre amie avec bonheur. Marie-Justine m'enlève tout de suite Clara des bras et on s'installe sur la terrasse avec Imogen et Alex.

– Où sont mes enfants ? demande Marie-Justine.

– Théo se baigne avec Pat, et Mia dort.

– Je vais la laisser dormir, elle doit en avoir besoin.

– Toi, comment ça va ? demandé-je.

– Vraiment bien. Je passe tellement un bel été !

– Pis avec les enfants, vous vous arrangez comment ?

– Je les ramène en ville quand c'est le tour de Pat de les avoir. Pis je remonte ici. Ça me fait pas mal de route, mais ça vaut la peine, je suis tellement bien, dans le bois.

– T'es chanceuse que ton boss t'ait permis de travailler à distance.

– Tellement ! Mais l'été, c'est notre saison tranquille. Bon, je vais pas m'éterniser, mais j'aimerais bien ça voir mes enfants. Théo ! lance-t-elle en direction du lac. Maman est là !

– Maman !

Théo remonte en courant vers nous et se jette dans les bras de sa mère, tout mouillé.

– Il se la joue moins cool que dans la cour d'école, on dirait, dit Pat en nous rejoignant.

– C'est encore un fils à maman, dit Marie-Justine en embrassant son garçon dans les cheveux.

Pat sourit. Puis, il fronce les sourcils et demande :

– T'es pas avec...

– Sacha termine un chapitre. Il va venir vous dire allo tantôt. Dis-moi, Pat, ça te dérangerait-tu que les enfants dorment avec moi ce soir? Ça fait quelques jours que je les ai pas vus, pis j'aimerais ça me réveiller avec eux.

— T'aimerais pas mieux venir dormir ici, à la place? Il y a une chambre de libre...

— J'aime mieux pas.

— T'es sûre? On serait toute la famille ensemble, comme avant.

— Je pense que c'est mieux pas, dit Marie-Justine en faisant des gros yeux à Pat.

Heureusement, Théo a repris ses cartes Pokémon et ne semble pas porter attention à ses parents. Marie-Justine se lève.

— Bon, ben, je vais aller embrasser Mia, pis je retourne au chalet. Si elle se réveille pis qu'elle veut me voir, tu me textes? Sinon, je reviendrai pour l'apéro.

— OK, à tantôt, dit Pat, un peu bougon.

Marie-Justine s'éloigne.

— C'était quoi, ça, Pat Fleury? dis-je d'un ton accusateur.

— Ben quoi? Des fois, je m'ennuie.

— T'avais pas une blonde, toi, aux dernières nouvelles?

— Zoé? Non, ç'a pas duré longtemps. On avait pas grand-chose en commun.

— Comme avec Jessica, finalement?

— T'es pas fine! Jessica a été là pour moi pendant le D-I-V-O-R-C-E. Ç'a pas été facile.

— Si je me trompe pas, elle était là bien avant le D-I-V-O-...

— OK, m'interrompt-il. On a compris le message!

— Emma te niaise, mon Pat, dit Alex. Tu dois admettre que c'est quand même un peu ironique que ce soit toi qui aies des regrets.

— J'avais juste besoin de respirer un peu. La routine familiale m'étouffait. Si j'avais su que Marie-Justine allait tomber en amour avec un bellâtre en trois secondes et quart...

— Ah! Ça, c'est le risque que tu as pris, dit Alex. Pis c'est pas la faute de Marie-Justine. Il se passe des choses extraordinaires, dans le bois près du chalet. Même qu'il paraît qu'il y a une clairière enchantée, près du mont Perdu, pis que toutes les gentes dames qui passent par là se retrouvent enceintes comme par magie !

— Épais ! dis-je en donnant une petite tape affectueuse à Alex.

— Parlant de ça, me demande-t-il, ça te tente pas d'aller faire une randonnée demain ? Me semble que Pat nous doit bien un peu de baby-sitting.

— Je suis pas encore prête à escalader la montagne, Alex. J'ai encore mal au pelvis.

— Je te parle pas d'escalader la montagne, je te parle d'une petite visite à la clairière ! Je suis sûr que Clara aimerait ça, avoir un petit frère.

Je pars à rire.

— Donne-moi un *break*, champion ! L'été prochain, on en reparlera, OK ?

— C'est un *deal*.

Le soleil commence lentement à descendre. On est enveloppés de cette lumière de fin du jour qui fait tout scintiller. Je repense à nous il y a un an : Imogen en dépression ; David épuisé et découragé ; Alex et moi en deuil de nos bébés et en chicane quasi perpétuelle ; Pat qui surfait sur une vague d'hormones qu'il a prise pour de l'amour et qui lui a joué un sacré tour ; Marie-Justine déboussolée et déchirée par plein d'émotions contradictoires... Je me dis à voix haute :

— C'était pas si le fun que ça, finalement, notre semaine au chalet l'an passé, hein ?

Imogen sourit et répond :

— Ben, on était ensemble. C'est ça qui compte, non ?

Fin

Le shack

CATHERINE GIRARD-AUDET

Mercredi

C'est le bruit de la cafetière qui m'a tirée du sommeil. Généralement, l'odeur du café me réconforte, mais ce matin, elle me donnait mal au cœur. Je me suis retournée dans mon lit pour essayer de me rendormir et de chasser ma nausée, mais l'arrivée de Joséphine a officiellement mis fin à ma nuit.

Joséphine : Mamaaaaaan ? Est-ce que je peux avoir des céréales ?

Moi (encore la face enfouie dans le matelas) : Oui, bébé. Demande à papa de t'en servir.

Joséphine : Mais papa m'a dit d'attendre parce qu'il fait ton café.

J'ai soupiré et je me suis relevée péniblement sur les avant-bras. Alexandre s'est aussitôt pointé pour me tendre une tasse de java fumant.

Alexandre : Je pense que le besoin de caféine de ta maman était prioritaire, ce matin. Mais maintenant que c'est fait, je suis tout à toi ! Veux-tu des granolas ou des boules à la cannelle ?

Joséphine (en frappant des mains pour exprimer sa joie) : Des boules à la cannelle ! Avec plein de lait ! DU LAIT ! DU LAIT !

Elle a suivi son père jusqu'à la cuisine en chantonnant pendant que je me frottais les tempes. Qu'est-ce qui expliquait ce mal de tête carabiné? Pourquoi avais-je l'impression de m'être fait écraser par un dix-huit roues ou de me remettre d'une cuite légendaire alors que ce n'était pas le cas?

J'ai pris une profonde inspiration pour calmer mon haut-le-cœur.

Alexandre (en regagnant la chambre et en m'observant d'un drôle d'air) : Ça va?

Moi : Non. Je ne file vraiment pas, ce matin.

Alexandre : Repose-toi. Ça va passer.

Moi : Et Joséphine?

Alexandre : Elle mange en regardant *Pat' Patrouille*. Je me suis dit que la télé nous ferait gagner quelques minutes de répit.

J'ai laissé retomber ma tête sur l'oreiller en grommelant. Alex s'est alors assis sur le bord du lit avant de poser sa main sur mon front.

Alexandre : Tu n'es pas chaude.

Moi : Je me sens pourtant fiévreuse et j'ai l'estomac à l'envers. C'est comme si j'avais un trou dans le ventre et que je ressentais une sorte d'agitation pas le fun qui me rappelle mes examens de maths au secondaire.

Alexandre m'a observée en se mordant la lèvre inférieure.

Moi (en roulant les yeux) : Non, chéri, je ne suis pas enceinte!

Alexandre (en poussant un soupir de soulagement) : Ouf!

La vérité, c'est que ni lui ni moi ne voulons d'autre enfant. Nous sommes comblés avec Joséphine, qui a été conçue lors d'une soirée arrosée, dans un bar du centre-ville. J'avais mis Alex au défi de baiser dans les toilettes des filles et, sous le coup de l'adrénaline, le port du condom nous avait semblé futile. Six semaines plus tard, deux petites lignes bleues apparaissaient sur mon test de grossesse. Comme Alexandre et moi ne nous fréquentions que depuis trois mois et que je n'avais jamais envisagé d'enfanter, la nouvelle avait eu l'effet d'une bombe. Je ne croyais pas avoir les compétences pour être une bonne maman, et je doutais fort de la durabilité de mon jeune couple. Alex et moi avons toutefois fait taire les statistiques.

Évidemment, les quatre dernières années nous ont parfois rudement mis à l'épreuve, mais elles nous ont aussi permis de construire une relation profonde et honnête. Quant à Joséphine, elle nous a appris à donner et à aimer inconditionnellement, et à définir nos limites.

Alex : Je pense que je vais me faire vasectomiser.

Moi : C'est un peu tôt pour parler de ton pénis.

Alex (en souriant et en se lovant contre moi) : Il n'y a pas d'heure pour ça.

Moi (en riant et en le repoussant) : Arrête, niaiseux ! Ce doit être Joséphine qui m'a refilé un microbe de garderie.

Alex : Je miserais plutôt sur un virus d'appréhension.

Moi (en haussant un sourcil) : Hein ? De quoi tu parles ?

Alex : Tu souffres de *richerite*, mon amour.

Je me suis retournée vers lui, les yeux ronds.

Moi : Tu penses vraiment que c'est psychologique ?

Alex : Jasmine, chaque fois que tu t'apprêtes à visiter ta famille, tu ressens une pression à la poitrine, de la nausée et une anxiété grandissante.

Moi (en soupirant) : Tu as raison. Mais habituellement, les symptômes n'apparaissent pas deux jours avant que je les voie.

Alex : Ouais, mais comme tu dois cohabiter avec eux pendant toute une fin de semaine, l'appréhension est plus forte.

Je me suis traînée au salon et je me suis installée auprès de Joséphine, qui m'a aussitôt tendu une boule de cannelle ramollie par le lait.

Joséphine : Tiens, maman. Ça va faire partir ton bobo.

J'ai souri et je l'ai embrassée sur le front.

Alex : Jo, il faut que tu t'habilles. On part pour la garderie dans quinze minutes !

Je les ai observés d'un air amusé alors qu'ils amorçaient leur tourbillon matinal habituel. Je suis intervenue pour convaincre Joséphine de retirer son pyjama, pour m'assurer que son brossage de dents ne se limitait pas à la succion du dentifrice à la gomme balloune et pour l'empêcher de mettre Bouboule, notre chat tigré, dans son petit sac à dos.

Quand Alex et elle sont finalement sortis de la maison, j'ai poussé un long soupir et j'ai bu mon café devenu froid tout en réfléchissant au huis clos familial que j'appréhendais tant.

Il y a une trentaine d'années, mon père a décidé d'acheter un chalet en bois rond très rustique dans les Laurentides afin de lui redonner vie et de passer des fins de semaine familiales dans la nature. Les années ont passé, les bébés se sont enchaînés, mais le «shack» n'a jamais été rénové. Il aura toutefois servi de camp de pêche à mon père, de lieu d'entreposage à ma mère, de discothèque privée à mon petit frère et de retraite fermée à ma sœur Mathilde lors de ses études en droit.

Mon père a conçu un véritable attachement pour ce vieux chalet décrépi et il n'a jamais été capable de se résoudre à le vendre, mais le mois dernier, un voisin voulant agrandir sa propre résidence lui a fait une offre qu'il n'a pas pu refuser.

Quatre jours plus tard, je recevais un appel de ma mère.

Moi : Oui, allo ?

Ma mère : Allo, Mathilde ?

Moi : Non, maman. C'est Jasmine qui parle.

Ma mère : C'est étrange. Je suis pourtant certaine d'avoir composé le numéro de ta sœur.

Moi : Je suis la preuve vivante que non.

Ma mère : Ce n'est pas bien grave. Il fallait que je te parle du déménagement, de toute façon.

Moi : Quel déménagement ?

Ma mère : Le chalet, c't'affaire ! Es-tu perdue au point d'avoir oublié que ton père a décidé de s'en débarrasser ?

Moi : Non, mais comme je n'ai pas mis un pied au shack depuis plus de dix ans, je ne croyais pas devoir prendre part à la relocalisation de tes boîtes.

Ma mère : Ce n'est pas parce que tu ne daignes jamais y aller que tes bébelles ne traînent pas partout.

Moi (un peu exaspérée) : De quoi tu parles, maman ?

Ma mère : De tes souvenirs d'enfance !

Moi : Je pensais qu'ils étaient chez vous, au sous-sol.

Ma mère : Non. J'ai rangé tout ça au chalet quand ton père a voulu construire son gym maison. Et je voudrais que tu viennes, la fin de semaine du 20 juillet, pour faire le ménage dans tout ça.

Moi : Ce ne sera pas nécessaire. Je t'autorise à tout jeter aux poubelles.

Silence.

Moi : Allo ?

Ma mère (d'un ton dramatique) : Es-tu en train de me dire que tu veux mettre une croix sur ton enfance, tout ça pour éviter de faire de la route ?

Ce n'est pas la route qui m'embête, maman, c'est toi.

Moi (en m'efforçant de garder mon calme) : Ce n'est pas ça, maman. C'est juste un peu compliqué pour moi de me rendre là-bas avec Joséphine.

Ma mère : Pourquoi ?

Moi : Parce qu'elle a le mal des transports et qu'elle vomit tout le temps dans l'auto.

Ma mère : Alors, laisse-la à son père.

Moi : Je n'ai pas envie d'y aller sans eux, maman.

Ma mère : Mais je suis certaine qu'Alexandre va comprendre qu'on a besoin de ton aide. Sans compter que ça te ferait du bien de prendre un peu d'air frais. Tu as l'air blême sur les photos que tu as mises sur Facebook.

Moi : Je me porte très bien, maman.

Ma mère : Là n'est pas la question. On a besoin de toi pour classer tes affaires.

Moi : Je comprends, mais je t'assure qu'il n'y a rien que je veuille conserver. J'ai tout ce qu'il me faut chez moi.

Ma mère (la voix de plus en plus larmoyante) : Quand tu parles comme ça, c'est comme si on ne comptait plus du tout pour toi...

Moi : Ça n'a aucun lien, maman. Je dis simplement que je n'ai pas envie d'entreposer mes vieux dessins dans mon cinq et demie.

Ma mère (en changeant de stratégie) : Très bien. J'ai compris. On se débrouillera avec ceux qui peuvent pour ranger la vaisselle et nettoyer le reste du chalet. Ton père a déjà le dos en compote, de toute façon.

J'ai soupiré.

Moi : Je vais voir ce que je peux faire, maman.

Ma mère : Ça veut dire, quoi, ça ?

Moi : Que je vais en parler à Alexandre et que je te confirmerai ça sous peu.

Ma mère : C'est un grand garçon, Jasmine. Je suis sûre qu'il va survivre sans toi et qu'il va comprendre que ta famille passe en premier.

J'ai senti mon pouls s'accélérer. Elle venait de toucher une corde sensible.

Moi (en m'efforçant de ne pas perdre mon calme) : Alex et Joséphine sont aussi ma famille, maman. Et je ne peux pas m'engager à partir une fin de semaine sans les consulter.

J'ai entendu ma mère respirer bruyamment et étouffer un sanglot. J'avais maintenant droit à sa légendaire technique de manipulation.

Ma mère : Des fois, c'est comme si tu voulais nous rayer de ta vie, Jasmine.

Moi (en roulant les yeux) : Ce n'est pas le cas, maman.

Ma mère : En tout cas, tu ne te gênes pas pour nous faire sentir qu'on n'est plus très importants à tes yeux.

Moi : Ce n'est pas mon intention, maman.

Ma mère : Pourquoi est-ce que c'est toujours aussi difficile de te faire entendre raison ?

Parce que tu me rends folle.

Moi (en changeant délibérément de sujet) : Est-ce que les autres ont confirmé leur présence ?

Ma mère : Seulement Rosalie. Tu la connais, elle est tellement serviable !

Moi : Elle est aussi prof, donc en congé tout l'été. Et Mathilde ?

Ma mère : Elle doit d'abord s'assurer que ça n'entre pas en conflit avec l'un de ses procès. Imagines-tu ce que ce serait si elle avait des enfants à gérer ?

Moi : Je suis sûre qu'elle trouverait une façon de s'arranger...

Ma mère (en m'interrompant) : Parlant de ça, je ne comprends pas ce qu'elle attend pour rencontrer quelqu'un de sérieux et fonder une famille, celle-là !

Moi : Je pense que, pour l'instant, elle priorise sa carrière. Et c'est tout à son honneur.

Ma mère : Pff ! C'est égocentrique, tu veux dire !

Moi : Tu ne dirais pas ça si elle était un homme.

Ma mère avait une vision très préhistorique de la place de la femme dans la société. Que ses trois filles soient sur le marché du travail tenait d'ailleurs du miracle !

Ma mère : Je sais qu'aujourd'hui les femmes ressentent un grand besoin de s'accomplir professionnellement, mais c'est tout aussi essentiel de trouver chaussure à son pied et de s'établir.

Moi (en cherchant à raccrocher) : Mathilde va très bien, maman. Tu n'as pas à t'en faire pour elle. Si c'est tout, je vais te laisser, parce que...

Ma mère (en me coupant à nouveau) : Je voulais aussi savoir si tu avais parlé à Nicolas, récemment, car je n'arrive jamais à le joindre sur son cellulaire.

Moi : Non.

Ma mère : Sais-tu où je pourrais le trouver ?

Moi : En Colombie, en train d'extraire des feuilles de coca ?

Ma mère (outrée) : Jasmine ! Franchement ! Tu sais très bien que ton frère est sobre depuis plus de deux ans !

Moi : Honnêtement, je l'ignorais. La dernière fois que je l'ai vu, c'était lors du fameux réveillon où il a décidé de gâcher la fête de tout le monde en se soûlant et en faisant tomber le sapin.

Ma mère : Tut ! Ça ne sert à rien de ressasser de mauvais souvenirs. D'autant plus que c'est cette cuite qui lui a donné le coup de pied nécessaire pour entrer en centre de désintoxi-cation. Et il en est ressorti complètement transformé. Ce n'est pas pour rien qu'il s'est tourné vers le yoga et la méditation avant de partir en Indonésie. Es-tu en train de me dire que tu n'as pas pris une seule fois de ses nouvelles depuis qu'il est revenu ?

Moi : Il ne m'a pas appelée non plus, à ce que je sache.

Ma mère : Ouais, mais ça, c'est parce qu'il a honte de ce qu'il a fait et qu'il sait que tu l'as encore sur le cœur. Ce serait le fun que tu apprennes à pardonner, ma grande. Après tout, ton frère a vraiment changé. Il a acquis de la maturité et de la sagesse.

Je détestais quand elle m'infantilisait pour me faire la leçon, et encore plus quand c'était pour louanger les «prouesses» de son fils prodigue.

Moi (en voulant la piquer un peu) : Ah ouais? Est-ce que ça veut dire qu'il prend enfin son rôle de père au sérieux?

Ma mère : Tout à fait! Il a repris contact avec la mère du petit et il le voit toutes les semaines.

Juste avant que j'accouche de Joséphine, Nicolas m'avait annoncé qu'il allait être papa. Apparemment, l'une de ses conquêtes était tombée enceinte par accident. Quelques mois plus tard, la pression avait eu raison de lui et il avait décidé de fuir ses problèmes (et ses responsabilités) au Mexique, puis au Guatemala et au Nicaragua. Il avait passé près d'un an à errer en Amérique latine sans donner de nouvelles à la mère de son fils.

À son retour, nous avions vite réalisé que son penchant pour les paradis artificiels s'était transformé en véritable dépendance. Nous avons enduré des mois de mensonges et de troubles comportementaux avant de planifier une intervention durant laquelle Nico nous avait clairement dit de nous mêler de nos affaires.

Quelques semaines plus tard, il avait complètement perdu le contrôle alors que nous étions réunis chez Rosalie pour célébrer Noël. J'avais alors décelé chez lui une agressivité qui m'avait fait peur, d'autant plus que j'étais nouvellement responsable d'un petit être humain et qu'il était de mon devoir de le protéger des gens comme lui.

Ce que le reste de ma famille ignorait, c'est que la descente aux enfers de mon petit frère m'avait affectée beaucoup plus que je ne le laissais paraître. Quand nous étions plus jeunes, je considérais Nico comme mon acolyte. Il était le benjamin de la famille, mais la présence de trois grandes sœurs l'avait doté d'une grande maturité qui effaçait presque nos quatre ans de différence. Quand je me disputais avec une amie, que j'avais de la peine ou que ma mère me faisait sauter les plombs, c'est vers lui que je me tournais. Il me réconfortait sans que j'aie besoin de parler.

Les choses ont commencé à changer quand je suis partie de la maison à vingt ans. C'est comme si Nico avait perçu mon départ comme un abandon.

Il s'était alors lié d'amitié avec des gens louches et s'était mis à sécher ses cours. Après avoir terminé son cégep de peine et de misère, il avait décidé de prendre ses cliques et ses claques et de partir en Asie, en nous répétant qu'il n'était pas fait pour l'université et qu'il misait plutôt sur l'école de la vie.

Moi : Pour en revenir à ta question, je n'ai aucune idée de l'endroit où il se trouve.

Ma mère : C'est correct. Je vais lui envoyer un message sur Facebook. Il les prend souvent. Bon, je vais devoir te laisser. J'ai une journée de fou qui m'attend !

Moi : OK. Je te confirmerai ça, pour le chalet.

Ma mère (en faisant la sourde d'oreille) : C'est ça, oui ! On t'attend là-bas !

C'est finalement Alex qui m'a convaincue de participer à cette réunion familiale. Lui qui connaissait mes frustrations familiales

mieux que quiconque croyait que «ce séjour se révélerait théra-
peutique, et que je devais voir la vente du chalet comme la fin
d'un chapitre et comme une occasion de faire la paix avec mon
passé». Son discours tiré tout droit de ses études en psychologie
a finalement eu raison de moi, mais ce matin, je lui en voulais de
m'avoir encouragée à me jeter dans la gueule du loup.

Après mon deuxième café, je me suis installée à ma table de
travail pour poursuivre l'illustration d'un livre pour enfants que
j'avais commencée la veille. Un «bip» annonçant l'arrivée d'un
nouveau courriel m'a toutefois fait perdre toute ma motivation.

> À : Nicolas Richer NRBali@mail.com, Mathilde
> Richer mathilde.richer12@mail.com, Jasmine Richer
> jasminerichertraduction@mail.com, Rosalie Richer
> rosasa@mail.com
>
> De: Brigitte Côté
>
> Objet: Organigramme et répartition des tâches
>
> Bonjour vous quatre,
>
> Votre père et moi vous attendons avec joie vendredi
> matin. J'ai préparé deux repas, et Rosalie a genti-
> ment proposé de m'aider. J'ai aussi fait une grosse
> épicerie pour les petits-déjeuners.
>
> Pour le reste, j'aimerais que Jasmine s'occupe des
> essuie-tout (achètes-en beaucoup, il y a pas mal de
> nettoyage à faire) et du papier hygiénique. Mathilde,
> je compte sur toi pour tout ce qui est «produits
> nettoyants». Nicolas, tes muscles seront tellement
> sollicités que tu n'as rien à apporter.
>
> Afin de me faciliter la vie et de m'assurer d'une plus
> grande productivité, j'ai préparé un petit organi-
> gramme et un plan détaillé pour répartir les tâches,
> comme je le faisais lorsque vous étiez petits. Je vous
> les envoie en pièces jointes. Merci de les consulter

le plus rapidement possible pour savoir à quoi vous attendre et n'hésitez pas à me joindre si vous avez des questions.

À très bientôt,

Maman

P.-S. N'oubliez pas vos sacs de couchage. Jasmine, Mathilde et Rosalie dormiront dans le dortoir, tandis que Nicolas pourra s'installer dans la chambre d'amis.

J'ai fermé le rabat de mon ordinateur et j'ai laissé tomber mon front sur la table. J'avais déjà hâte à dimanche.

Jeudi

J'étais en train de préparer le souper quand mon cellulaire a sonné.

Moi : Salut, Mathilde !

Mathilde : Salut ! Je ne te dérange pas, j'espère ?

Moi : Non. J'essaie de trouver une façon ingénieuse d'insérer des épinards dans mon repas sans que Jo s'en aperçoive.

Mathilde : Jas ! Tu es tellement croche !

Moi : Je sais, mais je culpabilise parce qu'elle a mangé de la soupe Lipton deux fois cette semaine.

Ma petite sœur a éclaté de rire.

Mathilde : Il n'y a rien de mal à lui faire ingérer une grande dose de sel de temps en temps. Parlant de ma nièce, elle me manque. C'est poche qu'elle ne vienne pas en fin de semaine !

Moi : Je sais, mais maman m'a bien fait comprendre que l'objectif du voyage était de travailler, et que la présence de ma fille nuirait à ma productivité.

Mathilde : Parlant de ça, as-tu lu le dernier courriel de Brigitte ? Ça bat des records ! Plus *control-freak* que ça, tu meurs !

Des quatre enfants, c'est Mathilde qui avait le plus de difficulté à s'entendre avec ma mère. Contrairement à Rosalie, qui avait fait des choix répondant aux attentes de Brigitte en matière de couple, de domicile fixe et de reproduction, ma petite sœur avait choisi une route que ma mère exécrait : celle des tours de bureaux. Elle ne comprenait pas comment l'une des siennes avait pu choisir de délaisser sa banlieue natale pour s'installer au centre-ville de Montréal, porter des tailleurs et travailler soixante heures par semaine.

La vérité, c'est que ma mère nous percevait, Mathilde et moi, comme deux extraterrestres. L'une (moi) avait fait une technique et deux baccalauréats en arts avant de trouver sa niche comme illustratrice littéraire et de s'installer dans un petit appartement situé près du marché Jean-Talon, tandis que l'autre (Mathilde) avait décidé de suivre les traces de notre paternel et d'étudier en droit. Elle était fonceuse, ambitieuse et carriériste, et n'avait pratiquement rien en commun avec Brigitte.

Moi : Yep. Mais je n'ai pas encore eu la force d'ouvrir son fameux organi-machin.

Mathilde (en imitant la voix de ma mère) : Jasmine Richer ! Tu pars demain et tu n'as même pas consulté ta liste de tâches ? Je parie que tu n'as pas fait ta valise, non plus.

Moi (en riant) : En effet. Résume-moi donc mes tâches pendant que tu y es.

J'ai entendu ma sœur taper sur son clavier d'ordi.

Mathilde : Vendredi, tu seras responsable de vider et de nettoyer la salle de bain.

Moi : ARK ! Pas de chance qu'elle fasse torcher la cuvette à Nico ou à Rosalie !

Mathilde : Non. Seulement les enfants indignes peuvent décrotter les toilettes. Samedi matin, tu devras classer TOUS les jouets par enfant. Et c'est bien indiqué qu'il reviendra ensuite à chacun de nous quatre de décider ce que nous voulons garder ou offrir aux plus démunis.

Moi : Je lui ai déjà dit de tout sacrer aux poubelles ou de tout donner à Renaissance !

Mathilde : Samedi après-midi, tu aideras Nicolas à nettoyer le vieil atelier qui n'a jamais servi à personne.

Moi : Je me doutais bien qu'elle allait me tendre un piège !

Mathilde : De quoi tu parles ?

Moi : J'ai fait l'erreur de lui mentionner que je n'avais pas parlé à notre frère depuis la débâcle du réveillon, et comme d'habitude, elle décide de se mêler de ce qui ne la regarde pas en m'enfermant dans une vieille cabane crottée avec lui.

Mathilde : Ne t'inquiète pas. Tu sais comme moi que les chances qu'il se pointe au chalet sont extrêmement minces. Je te parie même vingt dollars que c'est moi qui finirai par décrasser l'atelier avec toi.

Moi : Tu penses que maman nourrit vraiment l'espoir qu'il se joigne à nous, ou qu'au fond, elle sait qu'il ne viendra probablement pas ?

Mathilde : Si je me fie à son organigramme, elle est consciente que les statistiques ne sont pas du côté de Nicolas.

Moi : Pourquoi tu dis ça ?

Mathilde : Parce qu'elle lui a refilé les tâches les plus faciles. Genre mettre les assiettes dans des boîtes. Ranger les livres. Aider aux repas.

Moi : Pff. Ça, c'est parce que c'est son chouchou.

Mathilde a éclaté de rire.

Mathilde : Je ne peux pas croire que tu utilises encore ce terme-là à trente-deux ans !

Moi (un peu sur la défensive) : Je ne dis pas ça pour rien. Maman ne s'est jamais empêchée de minimiser les écarts de conduite de Nico et l'a toujours mis sur un piédestal. À l'entendre, notre frère est un messie tombé du ciel qui n'a jamais foutu le bordel dans la famille.

Mathilde (en s'efforçant de se montrer positive) : Il paraît qu'il a changé.

Moi : Je le croirai quand je le verrai.

Mathilde : Pour en revenir à tes tâches, elle a indiqué que celles du dimanche restaient à déterminer.

Moi : Je peux déjà déterminer que je ne ferai rien. Je lui ai répété trois fois que je devais partir super tôt, car j'ai promis à Joséphine de revenir à temps pour le brunch. Pour quelqu'un qui prône le rôle de la femme à la maison, elle se contredit pas mal.

Mathilde : Tu n'as rien compris, Jas. Il faut que la femme fonde sa famille et réponde aux besoins de ses enfants SEULEMENT si ceux-ci ne vont pas à l'encontre de ceux de maman.

Moi : Ha ! Ha ! En tout cas, je suis contente que tu sois là pour jouer le rôle du mouton noir avec moi !

Mathilde : Tu veux dire pour lui donner plus de munitions lorsqu'elle en aura assez de sa chanson « Jasmine est irresponsable et ne se préoccupe pas assez de sa vieille mère » ?

Moi : Exact. Elle pourra alors entamer le refrain « Mathilde est une ingrate qui ne pense qu'à sa carrière et à son nombril. Trente ans et pas d'enfant ? Jésus-Christ ! »

Nous avons toutes les deux pouffé de rire.

Moi : Je sais que c'est méchant, mais ça me fait du bien de me défouler.

Mathilde: Et moi, donc! Mais comme j'ai une téléconférence dans trois minutes et que je veux parler à ta fille, je dois mettre fin à notre séance de bitchage intensif.

J'ai souri et j'ai tendu mon cellulaire à Joséphine, qui s'est empressée de raconter sa journée à Mathilde. Il y a toujours eu un lien très spécial entre ma sœur et ma fille, et même si je me sentais un peu égoïste de l'avouer, ça m'arrangeait que Mathilde n'ait pas encore d'enfant, car ça faisait d'elle une marraine hors pair.

Joséphine (en me redonnant mon téléphone): Maman, Mathilde m'a dit qu'elle avait une surprise pour moi! Est-ce qu'on va pouvoir aller la chercher en fin de semaine?
Moi: C'est impossible, mon bébé. Je t'ai déjà expliqué que je partais avec Mathilde pendant quelques jours.

J'ai vu ses petits yeux en forme d'amande s'embuer.

Joséphine: Mais je ne veux pas que tu partes. Je veux qu'on aille voir Mathilde et qu'elle me donne mon cadeau.
Moi (en me penchant vers elle et en lui caressant la joue): On ira la semaine prochaine, OK? Pour ce qui est de ta surprise, je suis sûre que si tu fais de beaux yeux à ton papa, il t'en dénichera une autre!

Joséphine a baissé les yeux d'un air triste.

Moi (en la réconfortant): Qu'est-ce qui se passe?
Joséphine: Je vais m'ennuyer de toi.
Moi: Tu vas me manquer aussi.

Joséphine : Est-ce que je peux venir ?

Moi : Je ne crois pas que ce soit possible. Maman s'en va travailler. Tu vas beaucoup plus t'amuser si tu restes ici avec papa.

Alexandre (en arrivant près de nous et en la soulevant de terre) : Ne t'inquiète pas, ma puce ! J'ai prévu plein d'activités pour passer le temps !

Joséphine : Comme quoi ?

Alexandre : Demain après la garderie, on ira manger du poulet portugais.

Joséphine (en battant des cils pour le convaincre) : Et après, est-ce qu'on ira chercher de la crème glacée ?

Alexandre (en souriant) : Seulement si tu es gentille.

Joséphine : Et on rentrera pour regarder un petit film ?

Alexandre : Je crois qu'il va être tard. Mais samedi, j'ai justement prévu une grosse matinée pyjama pour regarder tes émissions en boucle.

Joséphine : YOUPI !

Alexandre : Et tu sais ce qu'on fera ensuite ? On ira visiter grand-papa Louis et grand-maman Lucie.

Joséphine : Et ils me donneront du sucre à la crème ?

Alexandre (en souriant) : Oui. Et je crois qu'ils ont même une autre surprise pour toi.

Joséphine : C'est quoi ?

Alexandre : Ils m'ont fait promettre de garder le secret. Alors il faudra attendre jusqu'à samedi !

Moi : Et dimanche matin, je reviendrai à temps pour le brunch et tu n'auras même pas eu une seconde pour t'ennuyer.

Joséphine s'est mise à sautiller de joie.

Moi (en poursuivant, pince-sans-rire) : Et tu verras que maman a de gros cernes et un teint vert qui lui donne l'air d'un poireau.

Ma fille s'est esclaffée de rire avant de retourner jouer avec ses poupées.

Alexandre (en me serrant contre lui) : Peut-être que ça se déroulera mieux que tu le penses. Des fois, on appréhende tellement le pire qu'on est agréablement surpris !

Moi (en poussant un soupir) : Ça, c'est sous-estimer ma famille.

Vendredi

Dès que j'ai aperçu le shack au loin, j'ai senti ma mâchoire se crisper. J'avais pourtant redoublé d'efforts pour rester zen. Avant de quitter Montréal, j'étais allée me chercher une viennoiserie réconfortante ainsi qu'un latté dans mon petit café de quartier préféré. En route, j'avais écouté de la musique joyeuse afin de chasser mes pensées négatives et j'avais même fait des exercices de respiration pour contrôler mon degré de stress.

Quand j'ai finalement emprunté la sortie menant au chalet, je me sentais calme. Comme Alex me l'avait si bien répété avant mon départ, j'étais parée contre toute éventualité, et il valait mieux arriver là-bas avec une attitude positive.

Mais les cris stridents de Brigitte ont eu raison de mes bonnes intentions, et ma zénitude s'est envolée dès que je l'ai vue sortir du shack et se diriger vers moi en gesticulant frénétiquement.

Moi (en baissant ma vitre d'auto) : Salut !

Ma mère (les yeux exorbités) : Baisse ta musique ! Je te crie depuis tantôt qu'il faut que tu stationnes ta voiture tout au fond pour faire de la place aux autres.

Moi (en observant les autos garées autour de moi) : Quels « autres » ?

Ma mère : Il manque Nicolas. Et comme je ne sais pas s'il viendra avec une petite auto ou une fourgonnette pour emporter des meubles, je préfère que tu lui fasses de la place.

J'ai acquiescé en me retenant de péter sa bulle.

Moi (en sortant de la voiture avec mon petit sac de voyage) : Tiens ! Nicolas aura même assez d'espace pour stationner un dix-huit roues.

Ma mère (en roulant les yeux) : Arrête de jouer à l'enfant et viens embrasser ta vieille mère.

Je lui ai fait la bise et je l'ai suivie dans le chalet, qui semblait avoir rétréci de moitié depuis la dernière fois où j'y avais mis les pieds.

Mon père (en m'accueillant avec un verre de mousseux et un sourire) : Salut, ma puce ! Tu as fait bonne route ?

Moi (en serrant mon père contre moi) : Oui ! Merci, papa.

Ma mère : Voyons, Raymond ! Il est bien trop tôt pour boire !

Mathilde (surgissant d'une chambre à gauche et soulevant un verre de vin rouge dans les airs) : Ça dépend des perspectives. Salut, la sœur !

Moi (en claquant mon verre contre le sien) : Allo, Mathilde ! Contente de te voir !

Mathilde (en me serrant le bras) : Et moi, donc.

Moi (en souriant) : Et Rosalie ?

Ma mère : Elle est allée faire un peu de randonnée près du lac. Elle devrait rentrer bientôt.

Moi (en dévisageant Mathilde) : Et tu préfères rester ici pour boire de l'alcool plutôt que d'aller faire de l'exercice dans la nature ?

Mathilde (en riant) : En fait, je joins l'utile à l'agréable. J'ai trois dossiers à lire pour lundi et je trouve ça plus le fun de le faire avec du *vino*.

Ma mère : Je t'avais pourtant demandé de ne pas apporter de travail au chalet. Ça va te faire du bien de décrocher un peu de tes histoires de procès.

Mathilde : Je sais, maman, mais c'est impossible. La vie du bureau ne s'arrête pas de tourner parce que je pars trois jours dans les bois.

Mon père : Je sais bien, ma puce, mais il faut aussi que tu écoutes ton corps et que tu prennes le temps de te reposer. Je pense que je suis un bon exemple de ce qui arrive quand on se pousse trop à bout.

Ma sœur et moi avons échangé un regard tristounet. Mon père faisait référence à l'infarctus qui l'avait secoué trois ans auparavant, alors qu'il se rendait chez un client. Même si son opération avait permis de réparer une grande partie des dommages, nous avions eu très peur de le perdre.

L'incident avait non seulement précipité sa retraite, mais il l'avait aussi forcé à suivre un régime très strict et à limiter certains déplacements. Ma mère le surveillait de très (trop) près pour l'empêcher de faire des écarts, et je sentais bien que son nouveau mode de vie lui pesait par moments. Un peu comme Mathilde, papa était passionné par sa profession et s'était toujours senti à sa place dans un grand bureau.

Mathilde : Je te promets de faire attention, papa.

Rosalie est entrée sur ces entrefaites. Elle portait un legging, une veste de sport et des souliers de course. Elle avait relevé ses cheveux en chignon et ses joues étaient rosies par l'effort. Même si elle était l'aînée de la famille, elle avait l'air d'avoir cinq ans de moins que Mathilde et moi.

Rosalie (en me serrant contre elle) : Salut, Jasmine ! Ça fait longtemps.

Moi : Mets-en ! On dirait même que tu as rajeuni depuis la fête de ton gars !

Ma grande sœur habitait et enseignait à Terrebonne. Elle partageait sa vie avec le même homme depuis plus d'une décennie et elle était la maman de trois garçons blondinets de dix, huit et six ans.

Rosalie (en riant) : Arrête ! J'ai aperçu mon premier cheveu blanc, ce matin.

Mathilde (en se servant une autre coupe de vin) : Tu ne fais pas pitié ! Ça fait quatre ans que je me teins !

Ma mère : Ce ne serait pas le cas si tu passais un peu plus de temps dans la nature et un peu moins d'heures devant ton ordinateur.

Mathilde (pince-sans-rire) : C'est vrai que les écrans d'ordi sont reconnus pour faire pousser les cheveux blancs.

Moi : Il paraît même que les iPhone rendent chauves.

Ma mère : Vous pouvez vous moquer de moi tant que vous voulez, mais je suis certaine que le joli teint de Rosalie a quelque chose à voir avec son mode de vie.

Rosalie (en se mordant la joue) : Je mettrais plus ça sur le dos des hormones…

Ma mère (en écarquillant les yeux) : Pas la ménopause, toujours ? Tu n'as même pas trente-cinq ans !

Moi (en souriant) : Je pense plutôt que c'est le contraire, maman.

Mon père (en serrant Rosalie dans ses bras) : Non ? Tu es enceinte ?

Rosalie a acquiescé en retenant ses larmes.

Moi (en la serrant à mon tour) : Félicitations ! Je ne savais même pas que vous en vouliez quatre !

Rosalie : Ce n'était pas vraiment le cas, non plus.

Mathilde : Ben là ! Ne viens pas me faire croire qu'après douze ans de vie commune, la passion est tellement forte entre Tom et toi que vous vous arrachez encore vos vêtements et que vous ne prenez pas le temps de mettre un condom ?

Ma mère (offusquée) : Mathilde !

Rosalie (en riant) : C'est correct, maman.

Moi : Veux-tu nous raconter ce qui s'est passé ?

Rosalie : Tom serait ultra gêné que je vous dise ça, mais après la naissance de Philémon, on s'était dit qu'il était temps de fermer boutique. Trois gars, ça déplace assez d'air !

Mathilde : Es-tu en train de dire que sa vasectomie n'a pas fonctionné ? Parce qu'il y a des mesures légales que tu peux entreprendre pour régler ça !

Rosalie : En fait, Tom ne s'est jamais fait opérer. On remettait toujours le rendez-vous à plus tard. Je pense qu'inconsciemment, nous n'étions pas prêts à faire le deuil.

Mathilde (en haussant le sourcil) : Le deuil de quoi ?

Ma mère : De la parentalité, c't'affaire !

Mathilde : Je trouve pourtant que, avec trois enfants, vous avez déjà assez contribué à la démographie mondiale !

Rosalie (en rougissant) : Je sais, mais on dirait que ma famille n'était pas complète. Il me manquait encore quelque chose. Je pense que c'est Jasmine qui a semé un premier doute dans ma tête.

Moi (surprise) : Hein ? Moi ? Comment ça ?

Rosalie (en me souriant) : Depuis que je te vois aller avec Joséphine, je t'envie un peu.

Mathilde : Si c'est parce qu'elle en a juste une, c'est un peu tard pour retourner les tiens à l'usine...

Rosalie (en riant) : Ce n'est pas ça. J'adore mes garçons et je ne les échangerais pour rien au monde, mais je pense que c'est le désir d'avoir une fille qui nous a freinés avec la vasectomie et qui nous a poussés à ne pas nous protéger il y a deux mois.

Mathilde : Vous aviez donc prévu le coup ?

Ma mère : Mathilde, veux-tu bien arrêter de poser des questions indiscrètes ?

Elle avait beau rouspéter, je voyais bien que ma mère était contente d'être dans les confidences de ma grande sœur.

Rosalie : Oui. Mais ce n'est arrivé qu'une seule fois. Tom et moi nous sommes dit que ce serait le destin qui déciderait. Et apparemment, je suis toujours aussi fertile qu'il y a sept ans !

Moi (en me mordant une lèvre) : Mais Rosalie, tu sais que tu n'as que cinquante pour cent de chance d'avoir une fille. Tu n'as pas peur d'être déçue si jamais tu apprends que tu attends un autre garçon ?

Rosalie : Ça m'a traversé l'esprit, mais quand on est allés entendre son petit cœur hier, j'ai tout de suite compris que je me foutais éperdument du sexe. Tout ce que je veux, c'est un autre bébé en santé.

Mathilde : Et es-tu sûre que si c'est un gars, tu ne réessaieras pas tant que tu n'auras pas de fille ? Parce qu'à ce rythme-là, tu pourrais former ta propre équipe de hockey.

Rosalie : Impossible, car Tom s'est fait opérer la semaine dernière. Je pense qu'il avait justement peur que je me rende à dix !

Mathilde : Il n'est pas trop magané ?

Rosalie (en rougissant) : Il va bien. Et ses parents lui donnent un coup de main avec les enfants pendant mon absence.

Moi : En tout cas, tu as toute mon admiration. Je me sens déjà débordée avec une, alors je ne sais pas ce que je ferais si j'en avais trois autres !

Rosalie (en souriant) : C'est sûr que c'est du travail, mais depuis que les gars sont à l'école, ils sont pas mal plus occupés. Il y a des soirées et des fins de semaine plus rock'n'roll que d'autres, et je me doute bien que l'arrivée du bébé va probablement chambarder la routine, mais mon chaos me rend heureuse.

Moi (en souriant) : C'est ça l'important.

Mathilde : Ça veut dire que tu partiras en congé de maternité après les fêtes ?

Rosalie (en se mordant une lèvre) : En fait, ça va se faire avant ça.

Moi : Comment ça ? Le médecin t'envoie en retrait préventif ? Tu n'attends pas des jumeaux, quand même ?

Rosalie : Non ! C'est... C'est une autre grosse nouvelle que j'aurais aimé vous annoncer avec Tom, mais... J'ai décidé de quitter mon emploi.

Moi : Pourquoi ? Tu n'aimes plus l'enseignement ?

Mathilde : C'est vrai qu'être prof au primaire quand tu as quatre enfants, ça devient redondant. Mais il n'est pas trop tard pour faire une maîtrise et enseigner au cégep.

Mon père : Mathilde a raison. Tu es encore jeune et tu peux même changer de domaine si c'est ce que tu veux.

Rosalie : Vous m'avez mal comprise. Je n'ai pas démissionné pour retourner aux études ou pour changer de commission scolaire. Je l'ai fait pour m'occuper de ma famille.

Il y a eu un moment de silence, suivi par le toussotement de mon père et les applaudissements de ma mère.

Ma mère : Bravo, ma grande ! Je pense que tu fais le bon choix. Tes enfants te remercieront plus tard.

Mathilde (en fronçant les sourcils) : La remercier de quoi ? De ne pas avoir été assez « égoïste » pour penser un petit peu à elle et faire des choix motivants et stimulants pour sa carrière ?

Ma mère : Combien de fois vais-je devoir te répéter que c'est extrêmement louable de prioriser sa famille ? D'ailleurs, si tu prenais un peu exemple sur ta sœur aînée et que tu arrêtais de penser à ton nombril, deux secondes, tu le réaliserais bien assez vite !

Mathilde : Ça veut dire quoi, ça ?

Ma mère : Qu'il est temps que tu te trouves un mari et que tu t'établisses.

Mathilde a pouffé de rire.

Mathilde : « Que je m'établisse » ? Parce qu'à tes yeux, c'est ça, la réussite ? Vivre dans l'ombre d'un homme et se crever pour rendre les autres heureux ?

Ma mère : Tu es trop immature pour comprendre que les enfants, c'est le centre du monde.

Mathilde : C'est peut-être le centre du tien et de celui de Rosalie, mais apparemment, on ne vient pas de la même galaxie, car ma définition du bonheur ne se résume pas au don de soi et au changement de couches.

Ma mère : Tu es tellement ingrate ! Voir si on parle comme ça à sa famille !

Mathilde (en se levant d'un bond) : Ce n'est pas parce que j'ai le courage de dire à ma sœur que je pense qu'elle fait une erreur et que je te dis ma façon de penser que je suis une ingrate. Sur ce, je vais aller prendre l'air. Félicitations pour le bébé, Rosalie.

Elle est sortie du chalet en faisant grincer la porte. Je me suis tournée vers ma grande sœur, qui regardait le sol, l'air un peu triste.

Moi : Mathilde ne pense pas ce qu'elle dit, Rosalie. Elle est juste contrariée.

Ma mère : Pff. Elle est bien trop susceptible. Pas moyen de discuter avec elle sans qu'elle monte sur ses grands chevaux !

Moi (en ignorant ma mère et en prenant la main de ma sœur) : Eille, ça va ?

Rosalie (en clignant des yeux comme si elle sortait de la lune) : Oui, oui. Mais je pense que j'ai une baisse de tension.

Mon père (en se levant et en lui servant un verre de jus) : Tiens, ma grande. Bois ça et va t'allonger quelques minutes.

Elle s'est exécutée sans dire un mot. Pour ma part, j'ai rempli mon verre et celui de Mathilde de mousseux avant de me diriger vers la sortie.

Ma mère (en me voyant ouvrir la porte) : Jasmine ? Tu vas où, comme ça ?

Moi : Dehors, rejoindre Mathilde.

Ma mère : Laisse-la bouder et commence plutôt à nettoyer les toilettes.

Moi : Je préfère aller la voir, maman. Elle avait l'air pas mal à l'envers.

Ma mère : Tu sais bien qu'elle fait tout le temps ça pour attirer l'attention. Là, tu fais juste entrer dans son jeu.

Moi : Je ne crois pas que ce soit un « jeu », maman. Je suis une adulte, et Mathilde aussi. Je comprends que tu aies besoin de mon aide pour la salle de bain, mais ça va attendre, car je tiens d'abord à prendre soin de ma petite sœur.

Je suis sortie avant qu'elle ne puisse ajouter quoi que ce soit. J'ai marché jusqu'au lac et j'ai aperçu Mathilde qui s'était installée sur le quai.

Moi (en m'assoyant près d'elle et en lui tendant son verre de vin) : Wow. Ça faisait longtemps qu'on ne s'était pas réfugiées ici.

Mathilde (un peu songeuse) : En effet. Je pense que ça remonte à la fois où maman a sauté sa coche parce qu'elle avait trouvé du *pot* dans ma veste.

Moi : C'était aussi parce que je venais de lui annoncer que j'allais prendre une année sabbatique à la fin de mon premier baccalauréat pour tenter ma chance à New York.

Mathilde (en riant) : C'est vrai ! D'ailleurs, qu'est-ce qui est arrivé avec ce beau projet-là ?

Moi : Il a avorté quand j'ai réalisé que les appartements à Soho coûtaient genre 5 000 dollars américains par mois. J'ai donc choisi de retourner aux études.

Mathilde : Pour faire ta technique en design ?

Moi : Yep. Une autre décision qui n'avait pas fait l'unanimité.

Mathilde : À ta décharge, je crois que c'est humainement impossible de combler les attentes de maman. À moins, bien sûr, de s'appeler Rosalie.

Moi : La bonne nouvelle, c'est que tu as toujours eu papa de ton bord.

Mathilde : Pff. Il ne m'a même pas défendue quand maman s'en est prise à moi.

Moi : Est-ce que je peux dire quelque chose que tu n'aimeras pas entendre ?

Mathilde : Quoi ?

Moi : Je pense que papa n'a pas voulu s'en mêler parce qu'il juge que tu y as peut-être été un peu fort avec Rosalie.

Mathilde : Pourquoi ? Parce que j'ai dit haut et fort ce que toi et papa pensiez tout bas ?

J'ai pris une profonde inspiration avant de poursuivre.

Moi : Je sais que ça t'apparaît bizarre que Rosalie laisse tomber sa carrière pour élever ses enfants, mais elle mène une vie complètement différente de la nôtre. Elle doit gérer quatre enfants, Mathilde, et je crois que si elle en est arrivée à cette décision, c'est parce qu'elle ne voyait pas comment elle allait s'en sortir autrement.

Mathilde : Qu'est-ce que tu veux dire ?

Moi : Je n'ai qu'un enfant et j'ai déjà de la difficulté à gérer mon temps. Si je ne travaillais pas de la maison et que je n'étais pas disponible pour les journées de gastro, de fièvre, les rencontres chez le pédiatre et les rendez-vous de suivi, je ne sais pas comment on s'arrangerait. Bref, je ne peux pas juger Rosalie, parce que je ferais probablement la même chose si j'étais à sa place.

Mathilde : Bullshit. Je te connais, Jas. Tu ne serais pas heureuse si tu devenais une femme au foyer.

Moi : Peut-être pas, mais c'est probablement un sacrifice qu'Alexandre ou moi aurions à faire durant quelques années pour joindre les deux bouts et éviter de faire un *burnout*.

Mathilde a fixé le lac, songeuse.

Moi : Je sais que ce n'est pas une réalité que tu comprends, mais c'est celle de notre grande sœur. Et je pense que même si elle se montre forte, une partie d'elle-même doit être triste de quitter son emploi. C'est pour ça qu'il faut l'épauler sans la juger.

Mathilde : Je peux t'avouer quelque chose ?

Moi : Bien sûr.

Mathilde : L'an dernier, je suis tombée enceinte. Une histoire de condom percé avec un gars que je fréquentais. Apparemment, je suis aussi fertile que Rosalie et toi !

Moi (stupéfaite) : Pourquoi tu ne m'as rien dit ?

Mathilde (les yeux embués) : Parce que j'avais honte de t'avouer que je ne pouvais pas garder l'enfant que je portais.

Moi : Ça veut dire que tu t'es fait avorter toute seule ?

Mathilde : Non. Mon amie Émilie m'a accompagnée. Mais tu sais quoi ? Juste avant d'entrer dans la pièce et de subir l'intervention, j'ai eu un moment d'hésitation.

Moi : C'est normal, je pense.

Mathilde : Ouais, mais dans mon cas, ce n'était pas parce que j'éprouvais un désir enfoui d'avoir des enfants avec un presque inconnu. C'était parce que ça m'apparaissait comme la seule façon d'attirer l'attention de maman et d'avoir son respect. Peux-tu croire ?

Elle a poussé un long soupir avant de laisser tomber sa tête sur mon épaule.

Mathilde : C'est là que j'ai compris que j'avais besoin d'une thérapie.

Ma sœur et moi avons alors éclaté de rire.

Moi : Bienvenue dans le club !

Mathilde : Penses-tu que toutes les familles sont aussi *fuckées* que la nôtre ?

Moi : Je pense que tout le monde doit gérer sa part de problèmes, mais que les Richer remportent la palme sur plusieurs plans.

Mathilde : J'aimerais juste ça me sentir un peu plus en paix.

Moi : Ta psy ne t'aide pas ?

Mathilde (en haussant les épaules) : Pour l'instant, elle s'acharne sur mon incapacité à créer des liens profonds avec les hommes. Elle a du *stock* pour une couple d'années, je pense !

Nous avons alors entendu un craquement derrière nous. Je me suis retournée et j'ai aperçu mon père qui nous observait d'un air attendri.

Mon père : J'aurais dû apporter mon kodak.

Mathilde (en se relevant pour marcher vers lui) : Si tu avais un téléphone intelligent comme les autres habitants de la planète, tu pourrais prendre des photos sans ton « kodak ».

Mon père : Je suis trop vieux pour comprendre ces bébelles-là !

Mathilde (en le prenant par le bras) : Toi, vieux ? Pff ! Si je te croisais dans la rue, je te donnerais à peine cinquante ans !

Mon père s'est mis à rire. Mathilde et lui ont toujours partagé une relation très étroite. Quand nous étions petits, Nicolas s'amusait même à la traiter de fille à papa.

Mon père : Vous venez ? J'ai sorti les fromages, les pâtés et une baguette. On va se ravigoter l'estomac avant de se mettre au travail.

Nous l'avons suivi jusqu'à l'intérieur du chalet. Mathilde a alors choisi d'ignorer ma mère, mais de s'excuser auprès de Rosalie. Apparemment, mon petit discours avait fait son bout de chemin.

Mathilde (en s'étendant sur le lit à côté de notre grande sœur) : Je m'excuse d'avoir capoté. Si tu penses que c'est une décision qui va te rendre plus heureuse, alors je suis contente pour toi. Et pour le nouveau bébé. En espérant que ce soit une fille.

Rosalie (en se tournant vers elle) : Je te pardonne à condition que tu ailles me chercher une eau gazeuse. J'ai la nausée.

Mathilde s'est exécutée tandis que je m'assoyais auprès de ma grande sœur.

Moi : Ça me rappelle de mauvais souvenirs.

Rosalie : Je capote. Ça me pogne toujours sur l'heure du midi. Ça n'a jamais été aussi intense pour mes autres grossesses.

Moi : C'est peut-être le signe que c'est une fille !

Rosalie a esquissé un sourire, qui s'est vite transformé en grimace.

Rosalie (en se levant d'un bond) : Tasse-toi ! Je vais être malade !

Elle a couru vers les toilettes pour se vider les tripes dans la cuvette.

Ma mère (en passant la tête dans la chambre) : Une chance que tu as procrastiné ! Sinon, tout ton travail serait à refaire.

Moi (sarcastique) : Il n'y a pas de doute. Je suis la fille la plus chanceuse de l'Univers.

* * *

Ma mère : Jasmine ? As-tu enfin fini de nettoyer la douche ? Ton père veut se laver !

Mathilde : Et moi, j'ai envie de pipi.

Moi (en roulant les yeux) : Les nerfs, tout le monde ! Je ne suis pas Cendrillon, et il y a dix ans de crasse accumulée dans cette salle de bain. C'est dégueulasse.

Ma mère : Tu exagères ! Je la récure chaque fois que je viens.

Moi : Apparemment, tu n'as pas donné tes instructions à ton fils et à ses amis.

Ma mère : Pff. Nicolas n'est pas venu ici depuis très longtemps, alors ne rejette pas la faute sur son dos.

Rosalie : Parlant de lui, il est où ? Il va bientôt faire nuit !

Ma mère (en consultant nerveusement son cellulaire) : Il m'avait dit qu'il serait là pour le souper. Il doit être coincé dans le trafic.

Mathilde : Est-ce qu'on est obligés de l'attendre ? J'ai soulevé des livres tout l'après-midi et je meurs de faim !

Mon père (en ouvrant la porte du four) : Et le pâté chinois de ta mère sent tellement bon !

Rosalie (d'un air dégoûté) : Ne me parle pas de bouffe, s'il te plaît !

Moi (en les rejoignant dans la cuisine) : J'ai fini. Dorénavant, chacun devra torcher après son passage aux toilettes.

Mathilde : D'ailleurs, il me semble que ce n'était pas super logique de nettoyer la salle de bain aujourd'hui alors qu'on passera deux jours à la salir de nouveau.

Moi : En tout cas, il n'est pas question que j'y retouche. J'ai assez contribué en matière de décrottage de traces de *brake*.

Rosalie (un peu verte) : Arrête. Je t'en supplie.

Moi : Oups. Désolée, grande sœur. Mathilde, pour en revenir à ton commentaire, il faut formuler ta plainte à maman. C'est elle qui est responsable de l'organigramme.

Ma mère : C'était important de commencer par un gros nettoyage de fond.

Moi (en grimaçant) : C'est vrai que ce que je viens de faire, c'est un curetage profond du bol !

Ma mère (en poursuivant son explication) : Alors que dimanche, ce ne sera qu'un petit nettoyage superficiel.

Rosalie : Sérieusement, est-ce qu'on peut parler d'autre chose que de cuvette crottée ?

Tout le monde a rigolé. J'ai pris une douche en vitesse, pour laisser la place à mon père, puis je suis allée aider à mettre la table.

Ma mère (en me voyant poser les ustensiles) : Qu'est-ce que tu fais ?

Moi (pince-sans-rire) : C'est évident que je suis en train de traire une vache, maman.

Ma mère : Arrête de niaiser, grande drôle. Ma question portait plus sur le nombre de couverts que tu es en train de poser sur la table. Tu as oublié une place.

Mon père (en posant une main sur l'épaule de ma mère) : Nicolas ne répond pas à son cellulaire, Brigitte. Je ne crois pas qu'il faille compter sur sa présence.

Ma mère (en se dégageant de son étreinte) : Pff! Ne sois pas de mauvaise foi! Si Nicolas ne répond pas, c'est parce qu'il conduit et que ce serait irresponsable de le faire.

Mathilde (entre ses dents) : Depuis quand Nico se préoccupe-t-il de respecter les règles?

Ma mère : Je t'ai entendue, Mathilde Richer. Je voulais justement vous dire deux mots avant que Nicolas arrive. Je sais qu'il a commis des erreurs qui ont pu vous blesser et vous décevoir, mais ça demeure votre frère et je compte sur vous pour l'accueillir à bras ouverts.

Rosalie : Il ne faut pas trop nous en demander, maman.

Mathilde et moi avons échangé un regard interloqué. Moi qui croyais que Rosalie était la seule des trois à avoir repris contact avec Nicolas et qu'elle joindrait ses efforts à ceux de notre mère pour essayer de le réintégrer à la famille!

Ma mère (en dévisageant ma sœur comme si elle s'était transformée en crapaud) : Qu'est-ce qui te prend, Rosalie? Je croyais que tu t'entendais bien avec ton frère!

Rosalie (en haussant les épaules) : Ce n'est pas parce que j'ai accepté de prendre un café avec lui il y a deux mois que tout est réglé, maman. Et honnêtement, je ne sais pas si j'ai l'énergie nécessaire pour gérer les drames que sa présence pourrait occasionner.

Mon père : Je suis sûr que tu t'en fais pour rien, ma poulette.

Ma mère : Ton père a raison. Je suis certaine que tout ira très bien.

Je pouvais toutefois sentir que la remarque de ma sœur avait ébranlé la confiance de ma mère. Nous avons soupé sans faire d'autre allusion à la place inoccupée à la droite de mon père, et, avant de me coucher, j'ai préféré m'abstenir de tout commentaire quand j'ai éteint les lumières et que j'ai surpris Brigitte qui regardait par la fenêtre de la cuisine en priant les dieux pour que Nicolas apparaisse et lui donne raison.

Samedi

Joséphine : Tantôt, papa m'a promis qu'on irait à la boutique de jouets pour que je puisse me choisir une surprise.

Alexandre (sa tête surgissant derrière celle de ma fille) : Une PETITE surprise.

Joséphine (en souriant) : Pas petite. GROSSE !

Moi : Et vous prévoyez toujours passer la matinée en pyjama ?

Joséphine : Oui ! Avec plein de films !

Son regard s'est alors porté sur la télé.

Joséphine : Bye, maman. Mon émission commence.

Alexandre est aussitôt apparu devant moi.

Moi : Ça me rassure. Vous avez l'air de survivre sans moi !

Alexandre : Oui. Mais elle s'ennuyait beaucoup de toi, hier soir. C'est pour ça que je lui ai promis une surprise.

Moi : Je m'ennuie aussi. Une chance que la technologie existe, car je n'aurais pas pu passer deux jours sans voir sa petite face.

Alexandre : Et la mienne non plus, j'imagine ?

Moi : Évidemment.

Alexandre : Tu aurais quand même dû en profiter pour faire la grasse matinée au lieu de nous appeler à huit heures !

Moi (en pouffant) : Penses-tu vraiment que c'est une chose possible, ici ?

Alexandre : Hein ? Tes sœurs sont déjà debout ?

Moi : Oh que oui. Mathilde m'a réveillée à six heures trente en tapotant sur son clavier d'ordi et Rosalie a officiellement mis fin à ma nuit quinze minutes plus tard quand elle s'est mise à faire du yoga prénatal à dix centimètres de mon lit.

Alexandre : Je n'en reviens toujours pas qu'elle soit enceinte. Joséphine ne sera plus le bébé de la famille !

Moi : Elle ne l'est déjà plus depuis trois ans.

Alexandre (en se tapant le front) : C'est vrai. J'oublie toujours le petit Jérémie.

Moi : À ta décharge, ce n'est pas facile de te rappeler de quelqu'un que tu n'as jamais rencontré.

Alexandre : Parlant de ça, ton frère ne s'est toujours pas pointé ?

Moi : *Nope.* Et il ne répond pas non plus à son cellulaire.

Alexandre (en me regardant d'un air triste) : Je suis désolé, chérie.

Moi (en haussant les épaules) : C'est correct. Je me sens un peu mal de l'avouer, mais une partie de moi est presque soulagée qu'il ne soit pas là. Si Rosalie n'a pas d'énergie pour gérer sa présence, imagine comment moi je me sens.

Alexandre : Je crois pourtant que ça t'aurait fait du bien de le voir. Je sais à quel point il a compté pour toi, *babe*.

Ma mère (en hurlant de la cuisine) : Jasmine ? C'est ta dernière chance de manger. Dans cinq minutes, je range tout !

Moi (en soupirant) : Je vais devoir te laisser. Colonelle Brigitte m'ordonne de déjeuner dans les trois cents prochaines secondes.

Alexandre : C'est correct. Je dois préparer les rôties de Joséphine, de toute façon.

Moi : OK. Je vous aime. Et je m'ennuie.

Alexandre : Nous aussi.

Moi (en souriant) : Plus qu'un dodo. On se parle plus tard !

J'ai éteint Skype et j'ai rejoint la famille dans la cuisine.

Moi (en dévisageant Rosalie, qui avait enfilé une tenue de sport et qui était en train de boire une tisane glacée) : Tu as donc bien l'air fraîche pour quelqu'un qui a vomi sa vie, il y a quelques heures à peine !

Rosalie (en souriant) : Je sais ! Je me suis réveillée en pleine forme, ce matin. Je ne sais pas si c'est l'air de la campagne ou le fait d'avoir dormi huit heures sans me faire réveiller par des pleurs ou des petits pieds froids, mais j'ai même eu assez d'énergie pour aller courir. Seulement cinq petits kilomètres, mais quand même.

Moi : Ben là ! Dans mon livre à moi, ça équivaut presque à un marathon ! Qu'est-ce que tu en penses, Mathilde ?

Je me suis tournée vers ma sœur, qui était assise à table et qui tapotait encore frénétiquement sur les touches de son ordinateur portable.

Moi : Allo ? La Terre appelle Mathilde !

Ma mère (en surgissant de nulle part, un râteau à la main) : Ne perds pas ton temps à lui parler. Madame est sur le gros nerf depuis qu'elle a appris que l'un de ses procès était devancé. Elle n'a pas l'air de comprendre que son aide est sollicitée ailleurs. Parlant de ça, je vais commencer à nettoyer le terrain. À plus tard !

Mathilde (en levant les yeux vers moi) : Mon procès est devancé d'un mois. Peux-tu le croire ? Je n'ai même pas commencé à préparer ma défense. Je pense que je vais devoir rentrer au bureau tout de suite.

Moi : Ben là, si tu pars, je vais y aller aussi. J'ai mon grand bébé de quatre ans qui m'attend.

Rosalie : Et moi, trois monstres qui pleurent chaque soir parce que leur maman n'est pas là. Avec mes histoires de nausées, j'étais presque contente de m'échapper quelques jours pour prendre du repos, mais maintenant que je me sens mieux, j'ai aussi envie de me retrouver auprès des miens...

Mon père (en tapant sur la table avec sa main) : NON !

J'ai sursauté et je me suis retournée vers lui. Il n'avait pas l'habitude de hausser le ton, et encore moins d'aller à l'encontre de la volonté de ses filles.

Mon père (en toussotant) : Je n'aime pas devoir crier pour me faire entendre, mais il est hors de question qu'aucune de vous quitte ce chalet avant demain. Non seulement nous avons besoin de votre aide, mais votre mère s'est donné beaucoup de mal pour préparer cet événement.

Il a pris une grande inspiration et a poursuivi.

Mon père : Vous savez que je ne vends pas ce chalet de gaieté de cœur, et je crois que ça m'aiderait beaucoup si je pouvais compter sur le soutien de mes trois grandes filles pour le faire.

Mathilde a baissé les yeux, tandis que Rosalie et moi étreignions papa.

Moi : Tu as raison. Désolée, papa.

Rosalie : Je m'excuse aussi. Ce doit être les hormones qui me font dérailler.

Mon père a souri avant de s'asseoir près de Mathilde.

Mathilde : Je me sens ingrate. Je suis désolée, papa. C'est toujours difficile de quitter le bureau, surtout quand il y a des rapaces qui attendent que je saute une coche pour prendre ma place.

Mon père : C'est si pire que ça ?

Mathilde : Tu connais le milieu. La compétition est forte et j'ai toujours l'impression d'avoir une épée de Damoclès au-dessus de la tête.

Mon père (en enfilant ses lunettes et en scrutant l'écran de son ordi) : Le mieux à faire est d'ignorer les vautours.

Mathilde (en souriant) : J'essaie, mais ce n'est pas facile.

Mon père (en retirant ses lunettes et en posant une main sur son épaule) : Tu sais ce que j'ai appris depuis quelque temps, ma puce ?

Mathilde : Qu'Internet existe et que ton VHS ne sert plus à grand-chose ?

Mon père : Non. J'ai compris qu'il y avait des choses pas mal plus importantes que le travail.

Mathilde (en croisant les bras) : Ah, non ! Ne me dis pas que tu vas t'y mettre, toi aussi ? Je ne veux pas d'enfant, papa. En tout cas, pas tout de suite.

Mon père (en souriant) : Je ne parle pas de ça, ma puce. Ce sont des choix qui t'appartiennent. Je faisais plutôt référence à ton travail. Je suis content de t'avoir transmis ma passion, et je suis extrêmement fier de la femme entêtée et ambitieuse que tu es devenue. Mais je ne voudrais pas que tu passes à côté du bonheur à cause de ça.

Mathilde : Mais papa, mon travail me rend heureuse.

Mon père : Je sais, mais il y a plus que ça, Mathilde. Je ne sous-entends pas que tu dois te trouver un mari. Je pense simplement qu'il faut que tu arrives à décrocher et à profiter aussi des petits plaisirs de la vie.

Mathilde (sarcastique) : Tu penses que je serais une fille plus épanouie si je faisais de l'horticulture, que j'acquérais une passion pour le Costa Rica et que je me mettais à fabriquer des confitures ?

Mon père : Tout ce que je sais, c'est que ce petit séjour dans la nature vous sera profitable à toutes les trois.

Je n'ai pu m'empêcher de rouler les yeux.

Mon père : Ne fais pas cette face-là, Jasmine. Si ta mère ne t'avait pas tordu le bras pour que tu viennes nous aider, nous ne t'aurions pas vue avant Noël. Ta présence te permettra donc de te reconnecter un peu avec ta famille. Celle de Rosa-lie lui offrira un peu de répit dans son tourbillon familial, et je n'ai pas besoin de répéter à quel point Mathilde a besoin de décrocher.

Mathilde a soupiré, mais elle s'est finalement résignée à fermer le rabat de son ordi.

Mathilde : Tu sais que ça va me forcer à faire une semaine de plus de soixante heures, ça ?

Mon père (en lui faisant un clin d'œil) : Je viendrai te donner un coup de main.

Mathilde: Pff! Après le discours que tu viens de me faire? Non merci!

Mon père: Ce n'est pas parce que je sais apprécier les moments en famille que j'ai perdu tout intérêt pour le droit!

Il a tendu la main à ma sœur.

Mon père: Est-ce qu'on a un *deal*?

Mathilde (en souriant): OK. Mais tu as intérêt à te mettre à jour. Tu dois être rouillé!

Mon père: Pff. Je ne suis pas un vieux vélo, quand même!

Mathilde a ri en se servant une autre tasse de café. Je l'ai imitée, puis je me suis installée dans la minuscule véranda. Rosalie m'y a rejointe quelques minutes plus tard.

Moi (en pointant sa tasse fumante): Tu triches?

Rosalie (en haussant les épaules): Ce n'est pas *un* café qui va me tuer.

Moi (en souriant): Ce n'est pas ce que tu me disais quand j'étais enceinte de Joséphine.

Rosalie: Ouin. Je m'excuse. J'étais beaucoup trop intense à l'époque, mais j'ai appris à lâcher prise après le troisième.

Elle a pris une gorgée de café, puis a continué.

Rosalie: Est-ce que c'est pour ça que tu t'es éloignée de moi?

Moi (un peu surprise par sa question): Qu'est-ce que tu veux dire?

Rosalie (en me faisant de gros yeux): *Come on*, Jasmine. Je ne suis pas dupe. Je le vois bien que tu te confies beaucoup plus à Mathilde qu'à moi. Si ce n'était des anniversaires, je pense que je n'aurais plus aucune nouvelle de toi.

Moi : Je... Hum. Ça fait deux commentaires que je reçois à propos de mon ingratitude en moins de dix minutes.

Elle m'a jeté un regard inquisiteur.

Moi : Je faisais référence à papa.

Rosalie : Il a juste dit que ta présence ici te permettrait de renouer des liens avec nous. Et il n'a pas tort. Qu'est-ce qui se passe, Jas ?

J'ai pris une profonde inspiration.

Moi : Je t'avoue que ce n'est pas une conversation que je pensais avoir à jeun.

Rosalie : Je ne me soûlerai quand même pas à neuf heures du matin pour te rendre la tâche plus facile.

Moi : Ce que je veux dire, c'est que ce n'est pas facile pour moi de t'expliquer ce qui me pousse parfois à... prendre mes distances.

Rosalie (en haussant un sourcil) : C'est à cause de maman ?

Moi (en acquiesçant) : Ça résume assez bien la situation.

Rosalie : Je sais que ta relation avec elle n'est pas simple, mais il ne faut pas tous nous mettre dans le même bateau.

Moi : Tu as sans doute raison. C'est juste que maman m'a tellement cassé les oreilles avec ses comparaisons à la noix que ç'a fini par jouer avec ma tête.

Rosalie : Qu'est-ce que tu veux dire ?

J'ai pris une gorgée de café avant de poursuivre.

Moi: Dans sa tête, la famille est composée de deux érudits, Nicolas et toi, et de deux brutes, Mathilde et moi.

Rosalie n'a pu s'empêcher de sourire.

Rosalie: Tu exagères!

Moi: Tellement pas! La preuve, c'est que Nico a beau se mettre dans le trouble à répétition, elle le louange comme s'il avait inventé la roue! Et toi... tu représentes à ses yeux un modèle de perfection. Et crois-moi, ce n'est vraiment pas évident de se mesurer à ça.

Rosalie: Je sais que maman est maladroite et qu'elle a tendance à être intransigeante avec toi, mais ce n'est pas une raison pour me fuir. Je ne suis pas responsable de l'image qu'elle se fait de moi, Jasmine. Et sans vouloir péter plus haut que le trou, je pense que tu gagnerais à te faire ta propre opinion de moi, en essayant de me connaître un peu mieux, au lieu de te baser sur ses «comparaisons à la noix».

J'étais sans mot. Ma sœur faisait preuve d'un courage et d'une honnêteté que je n'avais pas.

Moi: Wow. Tu as complètement raison, Rosalie. La vérité, c'est que j'ai pris mes distances avec toi parce que je t'associais beaucoup à maman. Et là, tu viens de me faire réaliser que tu n'as rien à voir là-dedans. Bref, j'ai sûrement été injuste avec toi. Je suis désolée.

Rosalie (en haussant les épaules): C'est correct. Tu as sûrement eu raison de le faire. Après tout, j'ai eu des périodes où j'étais particulièrement détestable.

Moi : Tu parles de ta phase *vegan* et du jour où tu as décidé de me faire la morale parce que je portais des Converse avec un logo en cuir ?

Rosalie : Oui. Et de l'époque où je te jugeais parce que tu ne faisais pas tes propres purées.

Moi : Ah oui. Je m'en souviens. Il y a aussi eu ta face de dégoût quand je t'ai annoncé le prénom de ma fille.

Rosalie (en baissant les yeux) : Ça, c'est parce que j'étais jalouse. Tu avais choisi le prénom que j'aurais voulu donner à la mienne.

Moi : Ben là ! Tu aurais dû me le dire ! J'ai bitché contre toi pendant des mois à cause de ça.

Rosalie : Je sais, mais je n'étais pas capable de m'assumer. Et j'imagine que, inconsciemment, j'avais peur que ça t'éloigne encore plus de moi.

Moi : Pourquoi tu dis ça ?

Elle a respiré à fond.

Rosalie : Je sais qu'on est très différentes, mais ça m'a toujours fait un pincement au cœur de voir à quel point tu me percevais comme une étrangère, alors que tu n'avais aucune difficulté à te confier à notre sœur.

Moi : Ma relation avec Mathilde ne t'enlève rien, Rosalie.

Rosalie : À part le fait de ne pas avoir la même complicité avec vous.

Nous sommes restées silencieuses pendant quelques instants.

Moi : Je m'excuse de t'avoir jugée trop vite à cause de maman.

Rosalie : Et moi, je m'excuse d'avoir été aussi *rushante* avec toi dans le passé. Je pense que ça n'a pas dû m'aider.

Moi (en riant) : Pas tellement, non.

Rosalie : Tu vois ? On est capables d'avoir une conversation intense sans consommer d'alcool.

Moi : Ha ! Ce doit être ça, la maturité !

Ma mère est alors apparue devant nous, son râteau à la main.

Ma mère : Jasmine, arrête de procrastiner et mets-toi au travail ! Il y a quatre gros coffres à jouets que tu dois classer dans la salle de rangement.

Rosalie : Et moi ?

Ma mère (en souriant) : Toi, tu te reposes, ma chérie. Tu attends mon sixième petit-enfant. C'est déjà assez de travail.

J'ai jeté un regard de travers à Rosalie, qui m'a fait un clin d'œil.

Rosalie : C'est correct, maman. Je ne suis pas handicapée. Je vais aider Jasmine.

Ma mère : Comme tu veux. Mais assure-toi que ta petite sœur ne te fasse pas soulever de boîtes et ne t'oblige pas à travailler à sa place.

Moi : Je suis ici, maman. Pas besoin de parler de moi à la troisième personne.

Ma mère : C'est la seule façon de te faire entendre raison.

J'ai soupiré et j'ai suivi Rosalie à l'intérieur du chalet.

Moi : Inspire. Expire.

Rosalie (en ouvrant un coffre) : Pourquoi tu ne lui dis pas que ça t'énerve quand elle te rabaisse ?

Moi : Ou quand son contrôle excessif m'empêche de passer plus de dix minutes dans la même pièce qu'elle ? *Come on*, Rosalie. Tu sais bien que maman réagirait très mal à un tel discours.

Rosalie : Qu'est-ce que tu as à perdre ? Ce n'est pas comme si vous étiez *BFF* !

Moi (en haussant les épaules) : Je vais y penser.

Rosalie et moi avons entamé le grand ménage. Le premier coffre était surtout rempli de médailles, de trophées et de souvenirs d'enfance de Nico.

Rosalie (en me voyant jeter une collection de macarons) : Tu ne veux pas lui demander s'il veut les garder avant de les mettre à la poubelle ?

Moi : Les absents ont toujours tort. Et je ne voudrais pas qu'ils vendent ses vieux timbres pour se payer de la drogue.

Rosalie m'a décoché un regard réprobateur.

Rosalie : Tu exagères, Jas. Il avait l'air vraiment mieux la dernière fois que je l'ai vu.

Moi (en haussant les épaules) : Il restera toujours un dépendant.

Rosalie : C'est une maladie, Jasmine. Pas une faiblesse. Quand tu parles comme ça, tu es aussi intransigeante que…

Moi : Ne termine pas ta phrase, s'il te plaît. Tu as raison. Mes paroles ont dépassé ma pensée. Je crois que si je suis aussi dure, c'est parce que je ne me suis jamais vraiment remise de sa dernière débandade.

Rosalie: Je te comprends. Moi non plus.

Moi: Ah non? Pourtant, ce n'est pas trop ton genre d'éprouver de la rancœur.

Rosalie: Je ne t'ai jamais raconté ça, mais quelques jours avant le fameux réveillon, j'ai invité Nicolas à souper à la maison. Juste avant de passer à table, je l'ai surpris dans les toilettes, en train de faire une ligne de coke. Il s'est confondu en excuses en me suppliant de ne rien vous dire et en me promettant qu'il se ressaisirait. Deux jours plus tard, il arrivait chez moi complètement intoxiqué et faisait tomber le sapin à un mètre de Samuel. J'ai disjoncté. Il pouvait gâcher sa vie s'il le voulait, mais il était hors de question qu'il mette mes enfants en danger.

Moi: Je te rejoins sur ce point.

Rosalie (en me souriant): Tu vois? C'est une chose qu'on a en commun, toi et moi.

Moi: La maternité? C'est vrai. Quoique avec ton quadruple statut, je commence à me sentir pas mal novice.

Ma sœur a éclaté de rire.

Moi: Je peux te poser une question sans que tu me juges?

Rosalie: Oui.

Moi: Comment tu fais pour ne pas virer folle?

Rosalie: J'y vais un jour à la fois et j'essaie de profiter au maximum de chaque étape.

Moi: Et ça marche?

Rosalie: Oui. La plupart du temps, je me sens choyée d'avoir une maison aussi remplie!

Moi : Wow ! C'est génial.

Rosalie (en baissant les yeux) : C'est sûr qu'il y a des moments où je capote. Genre quand il y a une épidémie de gastro ou une invasion de poux à la maison. Ou quand les gars sont de mauvaise humeur et passent la journée à se chamailler.

Moi : Je te comprends.

Rosalie : Et il y a aussi des moments où je vous envie, Mathilde et toi.

Moi (surprise) : Ah ouais ? Pourquoi ?

Rosalie s'est mordu la lèvre supérieure avant de me répondre.

Rosalie : Parce que Mathilde s'épanouit dans sa carrière, et que toi, tu as encore une vie de couple.

Moi : Tu n'es pas obligée de quitter ton emploi, Rosalie. Vous n'avez qu'à engager de l'aide.

Rosalie : Je sais qu'il y a d'autres options, mais c'est le choix le plus naturel pour moi. Du moins pour l'instant. On révisera si jamais je pète les plombs après quelques semaines.

Moi : Et avec Tom, est-ce que ça va ?

Rosalie : Oui, mais comme ça fait très longtemps qu'on est ensemble, je sens qu'on aurait parfois besoin de remettre un peu de piquant dans notre couple. Et ce n'est pas facile de trouver du temps quand on gère trois enfants.

Moi : Pourquoi ne planifiez-vous pas une fin de semaine en amoureux avant l'arrivée du bébé ?

Rosalie : Qui s'occuperait des gars ? Les parents de Tom sont toujours partis et tu sais comme moi que maman n'est pas fana du gardiennage.

Moi : Tu me les laisseras.

Rosalie (en souriant) : Tu es gentille de me l'offrir, mais tu es déjà débordée avec une, alors je ne t'en mettrai pas trois autres sur les bras.

Moi : Je ne vais pas mourir pour une fin de semaine de chaos. Sans compter que Joséphine serait super contente de passer deux jours avec ses cousins.

Rosalie : Et où les ferais-tu dormir ? C'est tout petit chez toi !

Moi (en haussant les épaules) : On pourrait venir vivre dans ta grosse maison pour la fin de semaine.

Rosalie : Ce n'est pas fou, ça. Ça te permettrait même de tomber en amour avec la banlieue.

Moi : J'en doute. Mais je ne me plaindrai pas d'avoir accès à ta piscine creusée.

Rosalie : Ni au spa.

Moi : Hein ? C'est nouveau, ça !

Rosalie : Ouais. Tom et moi essayons d'en profiter un peu quand les gars sont couchés.

Moi : J'ai déjà hâte de me prélasser dedans ! Est-ce qu'on a un *deal* ?

Rosalie : Je t'avoue que ton offre est assez tentante...

Moi : Alors, c'est réglé !

Nous avons tout à coup entendu un bruit de klaxon et des éclats de voix provenir de l'extérieur. Rosalie et moi avons échangé un regard interrogateur.

Moi : Nicolas ?

Rosalie : Ça ne se peut pas.

J'ai tendu l'oreille. Les cris de joie de ma mère confirmaient bel et bien l'arrivée de son fils chéri.

Moi : J'étais certaine qu'il ne viendrait pas.
Rosalie : Moi aussi.

Nous sommes restées silencieuses pendant quelques secondes.

Rosalie : Tu viens ? Il faudrait quand même aller le saluer.
Moi : Vas-y. Je te rejoins dans deux minutes.

La vérité, c'est que j'avais besoin de me retrouver seule avant de voir mon frère. Je ne m'attendais tellement pas à ce qu'il se pointe que je n'avais même pas réfléchi à la façon dont j'allais réagir si je me retrouvais face à lui. J'ai pris une profonde inspiration et j'ai agité mes mains pour me défaire du picotement que je ressentais dans mes doigts.

Je me suis approchée de la porte coulissante du chalet pour observer la scène qui se déroulait devant moi. Ma mère était en train de caresser les cheveux de mon frère, qui avait pris du poids depuis la dernière fois que je l'avais vu. Il avait rasé sa longue crinière, et sa barbe de trois jours lui donnait un air taquin que je reconnaissais bien. J'étais forcée d'admettre qu'il avait l'air en forme.

Mathilde et Rosalie l'ont embrassé à leur tour.

Nicolas : Et Jasmine, elle est là ?
Ma mère : Oui. Elle doit se cacher quelque part.

J'ai roulé les yeux et je suis sortie. Mon frère a levé les yeux vers moi et a esquissé un large sourire.

Nicolas : Salut, Jas.

Moi : Allo, Nico. On ne t'attendait plus.

Nicolas : Ouin. Je suis désolé. J'ai eu un petit empêchement.

Mathilde (en croisant les bras sur sa poitrine) : Genre quoi ? De la visite sur le feu ?

Ma mère : Mathilde ! Veux-tu bien arrêter d'être indiscrète ?

Mathilde : J'ai le droit de lui demander des explications. Tu nous avais expressément demandé d'arriver hier matin et il se pointe avec plus de vingt-quatre heures de retard.

Nicolas (en marchant vers le chalet) : J'avais un cocktail dînatoire hier soir. J'espérais pouvoir m'en sortir, mais comme je faisais un petit discours, ma présence était requise.

Rosalie : Euh, ce n'est pas le genre d'événement que tu devrais éviter étant donné ta... condition ?

Nicolas a déposé sa valise dans l'entrée et s'est servi une tasse de café avant de répondre.

Nicolas (en souriant) : Je ne suis quand même pas mourant, Rosalie !

Mon père : Elle s'inquiète pour toi, Nico. Comme nous tous, d'ailleurs.

Nicolas : Eh bien, vous n'avez aucune raison de vous en faire pour moi. Je suis sobre depuis deux ans et demi et je mène une vie super tranquille.

Mathilde (en haussant un sourcil) : Parsemée d'événements où on sert de l'alcool ?

Nicolas (en pointant une bouteille de vin qui reposait sur le comptoir de la cuisine) : Mathilde, je ne peux pas éviter tous les endroits qui servent des boissons alcoolisées. Sinon, je ne pourrais plus aller nulle part.

Ma mère (en rangeant rapidement la bouteille) : Oh ! Je m'excuse, mon grand ! Je n'aurais jamais dû laisser ça là !

Nicolas (en riant et en prenant ma mère par les épaules pour la calmer) : Relaxe, maman. Vous pouvez prendre un verre devant moi, je ne craquerai pas plus que je ne le fais quand je marche devant une SAQ ou un bar.

Un ange est passé.

Mon père : Parlant de ça, veux-tu quelque chose à boire ?

Nicolas : Un gin tonic, s'il te plaît.

Mon père l'a regardé en écarquillant les yeux.

Nicolas : C'est une blague, papa !

Mes parents et mes sœurs ont finalement ricané.

Rosalie : En tout cas, tu n'as pas perdu ton sens de l'humour.

Nicolas : Non. D'ailleurs, j'attendais avec impatience cette réunion avec vous tous pour vous faire part de mon évolution. J'ai même préparé un petit discours dans ma tête. Je vais commencer par parler de l'éléphant dans la pièce, c'est-à-dire mes problèmes de dépendance. Je sais que j'ai fait des conneries dans le passé. Et que je vous ai tous déçus. J'en suis désolé. Je m'excuse sincèrement pour le mal que je vous ai fait. Mais là, je suis ailleurs. J'ai obtenu un certificat et j'enseigne le yoga. Je médite, je prends soin de moi et je m'engage dans toutes sortes de causes.

Mathilde (légèrement sceptique) : Et ton cocktail dînatoire, c'était pour quel organisme ? Le cancer du sein ?

Nicolas (en souriant) : Non. Quand j'étais à Bali, j'ai rencontré un Québécois avec qui ç'a vraiment cliqué. Il a vécu des choses intenses quand il était jeune et il a fait un séjour en Inde de plusieurs mois qui l'a complètement transformé. Son histoire m'a inspiré, et j'ai repris contact avec lui dès que je suis rentré à Montréal. C'est là qu'il m'a embauché pour donner des cours de yoga dans son studio. Ses affaires vont tellement bien qu'il a récemment entrepris d'ouvrir un centre de détente en Estrie. J'ai d'ailleurs décidé de me lancer dans l'aventure avec lui, et c'est pour ça que j'avais un cocktail, hier soir. On voulait célébrer l'ouverture imminente du centre.

Mathilde : C'est le fun que tu aies de beaux projets, Nico, mais tu aurais pu téléphoner à maman pour l'avertir que tu serais un jour en retard dans les Maritimes.

Rosalie : C'est vrai ça. Elle s'est fait un sang d'encre pour toi.

Nicolas : Comme une pieuvre dans un gros bac chinois ?

Rosalie : Hein ?

Nicolas : Je citais Jean Leloup.

Ma mère : Vous exagérez ! Je savais que Nicolas allait finir par arriver.

Nicolas (en faisant une moue d'enfant) : Les filles ont raison, maman. J'aurais dû te prévenir. Mais je me suis dit que ce serait plus cool de te faire une surprise.

Ma mère : L'important, c'est que tu sois ici.

Mon père : Et tu dois avoir faim ! On s'apprêtait justement à dîner.

Rosalie : Personnellement, je m'autodigère.

Mon père (en souriant) : Ça, c'est parce que tu as deux estomacs à nourrir !

Nicolas s'est tourné vers ma sœur, les yeux écarquillés.

Nicolas : Tu es enceinte ?

Rosalie (en souriant) : Oui. De quelques semaines.

Nicolas (en la soulevant et en la faisant virevolter) : Félicitations !

Rosalie (en riant) : Arrête ! Tu vas faire revenir mes nausées !

Nicolas (en la posant par terre) : Je m'excuse, mais je suis tellement content pour toi ! Je savais bien qu'un jour tu aurais une fille !

Rosalie : Ne t'emporte pas trop vite. On ne connaît pas encore le sexe.

Nicolas : Pff. Je le sens. Il y a un vagin dans ton ventre.

Rosalie et Mathilde se sont presque étouffées.

Ma mère (en me dévisageant) : Jasmine ? Est-ce que tu comptes te joindre à nous pour le repas ?

Moi : Euh, non merci. Je n'ai pas super faim. Je vais me remettre au travail. J'ai encore trois coffres qui m'attendent.

J'ai toussoté nerveusement avant de regagner la salle de rangement. J'ai classé rapidement le deuxième coffre qui contenait principalement les souvenirs de Mathilde, puis quelqu'un est venu m'interrompre alors que j'ouvrais le troisième.

Mon père : Toc, toc !

Moi (en sursautant) : Papa ! Tu m'as fait peur !

Mon père (en me tendant un sandwich) : Tiens. Je me suis dit que tu aurais faim.

Moi (en prenant une bouchée) : Merci !

Mon père : Ça va ?

Moi : Oui, pourquoi tu me demandes ça ?

Mon père : Parce que je sens que ce n'est pas le manque d'appétit qui t'a fait fuir la cuisine.

Moi (en haussant les épaules) : Maman m'a donné pas mal de travail.

Mon père : Je te connais, ma puce. Il y a quelque chose qui te chicote. C'est ton frère, hein ?

Moi (en chuchotant) : Je sais que tu voudrais que je « reconnecte » avec tout le monde, mais ça ne se fait pas en claquant des doigts, papa. Et ça va me prendre plus qu'une blague et un beau discours pour me faire oublier tout ce qui est arrivé.

Mon père : Je comprends.

Moi (en déposant mon sandwich et en poursuivant mon discours) : Je vous entendais rire pendant votre repas, et je trouve que Nico l'a pas mal facile. Mathilde, qui me casse les oreilles depuis trois ans à propos de la colère qu'elle éprouve contre lui, passe l'éponge en moins d'une heure, alors que Rosalie, qui m'a confié pas plus tard que ce matin à quel point elle lui en voulait d'avoir mis la vie de son fils en danger, agit comme si de rien n'était. Je ne comprends rien !

Mon père : Je crois simplement que tes sœurs réalisent à quel point ton frère a changé.

Moi : Ça n'efface pas ce qu'il a fait, ça !

Mon père : Nicolas en est bien conscient, Jasmine. Je crois simplement qu'il essaie d'aller de l'avant. Et c'est ce qu'on devrait faire, nous aussi.

Moi (en rangeant rageusement des dessins dans un sac) : Pff !
Facile à dire.

Mathilde a interrompu notre conversation.

Mathilde : Jasmine, je viens prendre la relève. C'est moi qui
terminerai de ranger les coffres.

Moi : Pourquoi ?

Mathilde : Parce que selon le super organigramme de maman,
ta présence est requise dans l'atelier.

Moi : Tant pis pour son plan d'action. Je n'ai pas envie d'y aller.

Mathilde et mon père ont échangé un regard.

Mon père (en faisant un clin d'œil à Mathilde) : Je te la laisse.
Bonne chance !

Mathilde (en refermant la porte derrière lui) : OK. *Shoot !*
Qu'est-ce qui se passe ?

Moi (sèchement) : Rien.

Mathilde : Es-tu en SPM ?

Je lui ai lancé un regard noir.

Mathilde (en riant) : Désolée. Je pensais que c'était l'arrivée
imminente de tes règles qui te rendait aussi rayonnante.

Moi : *Nope.*

Mathilde (en pointant mon nez) : Dommage. Ç'aurait aussi
expliqué l'apparition de ton gros bouton.

Le sourire qu'elle a esquissé m'a finalement fait craquer.

Moi (en riant) : T'es conne.

Mathilde : C'est pour ça que tu m'aimes.

Moi (en m'assoyant par terre et en pointant en direction d'une minuscule fenêtre qui laissait entrevoir les rayons du soleil) : Penses-tu que je pourrais m'enfuir par là ?

Mathilde : Tu peux essayer, mais c'est clair que tes fesses ne passeront pas.

Moi (en lui lançant un toutou) : Eille !

Mathilde (en riant et en s'installant à côté de moi) : Allez, raconte ! Pourquoi as-tu snobé le hachis de maman ?

Moi : Parce que je n'étais plus capable d'endurer le petit théâtre d'été de Nicolas. D'ailleurs, je ne te pensais pas aussi naïve, Mathilde.

Mathilde : De quoi tu parles ?

Moi : Tu es aussi crédule que maman en embarquant dans ses histoires de zénitude et de méditation.

Mathilde : Premièrement, merci de me comparer à maman. Ça me fait chaud au cœur. Deuxièmement, je ne suis pas épaisse, Jasmine. Je sais bien qu'il s'agit probablement d'une autre de ses lubies. Mais ça ne change pas le fait qu'il s'est pointé ici et qu'il est abstinent depuis un bon bout. C'est ma job de saluer ses efforts.

Moi : Je pensais que tu étais en colère contre lui, toi aussi.

Mathilde : Oui, mais il s'est excusé.

Moi : Et c'est tout ce que ça te prend pour passer l'éponge ?

Mathilde : C'est mon frère, Jasmine. Je ne vais quand même pas le renier !

J'ai poussé un long soupir.

Moi : Je sais que tu as raison, mais on dirait que je lui en veux plus que je le pensais. Je ne sais pas quoi faire pour gérer cette colère-là.

Mathilde : Tu pourrais commencer par nettoyer l'atelier avec lui, comme c'est si bien indiqué dans la pièce jointe du courriel de maman ?

J'ai poussé un grognement avant de me relever et de secouer mes pantalons.

Moi (en m'éloignant tranquillement) : OK, mais je ne garantis rien.

Mathilde : Fais ton possible. Tu verras bien !

Moi : Et qu'est-ce que je suis censée lui dire ?

Mathilde : La vérité. Qu'est-ce que tu as à perdre ?

C'était la deuxième fois dans la même journée qu'on me posait cette question. Et dans les deux cas, la même réponse qui m'était venue en tête : rien.

Je suis allée me servir un verre d'eau et j'ai pris le balai, les chiffons et l'eau savonneuse que ma mère avait préparés pour moi avant de me rendre dans l'atelier. Nicolas s'y trouvait déjà.

Nicolas (en me souriant et en pointant une vieille bouteille de rhum couverte de poussière) : Penses-tu que maman l'a mise ici pour me tester ?

Je me suis contentée de hausser les épaules.

Nicolas (en toussotant) : Te souviens-tu de la fois où on a dormi ici, avec ton amie Julie ?

Moi (en mentant) : Non.

Nicolas : Je devais avoir dix ans et toi, quatorze. Je me souviens qu'on avait joué au Ouija et que Julie avait délibérément fait bouger la planche. Tu l'avais questionnée, mais elle t'avait juré qu'elle n'avait rien fait et que c'était un esprit qui essayait d'entrer en contact avec nous. Tu lui avais répondu que tu ne croyais pas en ces choses-là, et pour lui prouver ton point de vue, tu nous avais forcés à dormir dans l'atelier.

Moi (en craquant un peu malgré moi) : Ça me revient, là. Elle n'avait pas dormi de la nuit !

Nicolas : Moi non plus !

Moi : Pourquoi étais-tu resté, alors ?

Nicolas : Parce que même si les grincements me faisaient sursauter, je ne voulais pas avoir l'air d'un pissou à côté de ma grande sœur.

J'ai esquissé un petit sourire avant d'épousseter une vieille tablette vermoulue.

Nicolas : Et parce que j'avais un méga *kick* sur Julie.

Je l'ai regardé d'un air perplexe.

Moi : Ça veut dire quoi, ça ? Que tu espérais scorer avec elle pendant que je dormais à côté ?

Nicolas (en riant) : Oui ! Je savais bien que ma face de pré-pubère ne m'aiderait sûrement pas, mais j'avais espoir de pouvoir me rapprocher d'elle en la rassurant si jamais elle se mettait à paniquer.

Moi : Visiblement, ton plan a échoué.

Nicolas : Je sais, mais je me suis repris deux ans plus tard avec Annie Thibodeau.

Moi : Notre voisine ? Mais elle avait presque mon âge !

Nicolas : Yep ! J'avais douze ans, et elle, quinze.

Moi (laissant ma curiosité l'emporter) : Qu'est-ce qui s'est passé ?

Nicolas : Mathilde et toi aviez organisé une danse pour la Saint-Valentin, et j'en avais profité pour attirer Annie dans la garde-robe. On avait joué au docteur ensemble.

Moi : Tu me niaises ? Elle ne m'a jamais raconté ça !

Nicolas (en haussant les épaules) : Ça ne me surprend pas ! Elle m'avait fait promettre de n'en parler à personne. Elle ne voulait sûrement pas se vanter d'avoir vécu ses premières petites expériences avec un gars de sixième année.

Moi (en secouant la tête) : Tu as toujours été précoce.

Nicolas : C'est inévitable avec trois grandes sœurs.

J'ai continué le nettoyage en silence jusqu'à ce que mon frère reprenne.

Nicolas : Et te souviens-tu de nos guerres de pets ?

Moi (en souriant) : Les odeurs sont malheureusement encore fraîchement imprégnées dans ma mémoire.

Nicolas : Chaque fois que je ne filais pas ou que quelque chose me tracassait, je m'en allais dans ta chambre pour que tu me racontes ta vie et que tu me changes les idées. Et ça se terminait toujours en bataille de pets puants. Je sais que c'est bizarre, mais ça réussissait toujours à me redonner le sourire.

Moi : Nico, pourquoi tu me dis tout ça ?

Nicolas : Premièrement, parce que je veux combler le silence. Et deuxièmement, parce que je tiens à ce que tu saches que tu as toujours été importante pour moi et que je n'ai rien oublié.

Moi : C'est bon à savoir.

Nicolas : Pourquoi tu dis ça ?

Moi : Pour rien.

Nicolas (en déposant son balai et en m'affrontant du regard) : *Come on*, Jasmine ! Dis-moi ce que tu as sur le cœur au lieu de me bouder !

Moi (en poussant un soupir d'exaspération) : Je n'ai plus cinq ans, Nicolas. Je ne boude pas.

Nicolas : Ah non ? C'est pour ça que tu avais presque l'air déçue de me voir débarquer ce midi et que tu n'as pratiquement pas prononcé un mot depuis que je suis arrivé ? C'est aussi parce que tu n'as aucune rancœur envers moi que tu n'arrives pas à me regarder dans les yeux et que je t'ai entendue chialer auprès de papa et Mathilde que je « l'avais facile » ?

Moi (en soupirant et en me tournant vers lui pour planter mon regard dans le sien) : T'es content, là ?

Nicolas : C'est un début. Mais ça manque de substance.

Moi : Je suis en crisse contre toi, Nico.

Nicolas : Ça s'améliore. Pourquoi ?

Moi : Tu me niaises, là ?

Nicolas : Non.

Moi : Euh, parce que tu es un irresponsable ? Un tout croche qui a passé des années à nous mentir et qui revient dans nos vies comme si de rien n'était parce que la religion l'a sauvé ?

Nicolas : Tu confonds la méditation avec la prière, Jasmine. Je ne suis pas dans une secte. Je prends soin de moi. C'est différent.

Moi : Tu ne peux pas avoir autant changé en si peu de temps.

Nicolas : Trois ans, c'est assez pour réaliser que j'étais effectivement un irresponsable et un tout croche, et que je n'ai plus envie de vivre comme ça.

Moi (en reprenant mon balai et en époussetant frénétiquement le sol) : Ça ne peut pas être aussi facile, Nico. Tu ne peux pas te métamorphoser en claquant des doigts.

Nicolas : Tu as raison. Mais je peux prendre conscience de mes erreurs et de mes faiblesses et travailler là-dessus pour devenir une meilleure personne.

Je l'ai dévisagé.

Nicolas : Je consulte un psy.

Moi (un peu à court d'arguments) : C'est cool que tu sois allé chercher de l'aide. Et que tu te sois rapproché de gens un peu granoles qui te font du bien. Mais ça ne répare pas le passé.

Nicolas : Je sais, Jasmine, mais je travaille très fort pour *me* pardonner et continuer d'avancer. Et ce qui m'aiderait vraiment, c'est de sentir que tu ne m'en veux plus.

Moi : Pour ça, il faudrait que tu commences par me demander pardon.

Nicolas : Je l'ai déjà fait mille fois.

Moi : Bullshit ! Tu t'es excusé à la va-vite devant tout le monde parce que tu es trop peureux pour nous faire face un par un. Ce dont j'ai besoin, c'est que tu sois capable de me regarder dans les yeux et d'assumer pleinement tes erreurs.

Nicolas m'a regardée, visiblement ébranlé par mes paroles.

Nicolas (en baissant les yeux) : Tu as raison, Jasmine. Sur toute la ligne. J'avoue que j'évitais surtout de te faire face parce que je m'en veux de t'avoir déçue. J'ai trahi ta confiance plusieurs fois, j'ai agi comme un imbécile à Noël et je sais que je t'ai blessée. J'espère qu'il n'est pas trop tard pour te présenter des excuses. Pas juste pour mes histoires de dépendance et pour la déroute du réveillon, mais aussi pour les dernières années où je n'ai pas eu le courage de t'appeler pour te dire tout ça.

Sa voix s'est brisée.

Nicolas : Mon plus grand regret dans tout ça, c'est de t'avoir fait de la peine et de sentir que je t'ai un peu perdue. Tu n'étais pas juste ma grande sœur, Jas. Tu étais aussi ma meilleure amie.

C'était à mon tour d'être décontenancée.

Nicolas (doucement) : Tu ne dis rien ?

Moi (en détournant le regard) : Merci. Ça fait du bien d'entendre ça. Et si ça peut te rassurer, il n'est jamais trop tard pour me présenter des excuses.

Nico a souri. Il avait l'air soulagé.

Moi (en toussotant et en fixant le sol) : Et t'sais... Je pense que j'ai peut-être aussi mes torts dans cette histoire.

Nicolas : Qu'est-ce que tu veux dire ?

Moi (en levant mon regard vers lui) : Je me suis toujours sentie un peu responsable de ce qui t'était arrivé.

J'ai fait un effort surhumain pour éviter de pleurer. Nico a fait un pas vers moi et a pris ma main.

Nicolas : Ben voyons, Jasmine ! Tu n'as rien à voir avec mon dérapage !

Moi : Pourtant, tout a commencé quand je suis partie de la maison.

Nicolas a secoué doucement la tête, puis il m'a guidée vers un petit banc en bois. Je me suis assise à côté de lui.

Nicolas : J'avais commencé à me tenir avec des mauvaises graines bien avant que tu partes en appartement. La seule différence, c'est que je ne pouvais plus venir en discuter avec toi dans ta chambre.

Moi : Pourquoi tu ne m'as pas appelée, alors ? Je t'aurais enfermé chez nous pour t'empêcher de fréquenter tes graines !

Nicolas a ri de mon jeu de mots.

Nicolas : La vérité, c'est que j'avais envie de me péter la face, et que ton départ était un bon prétexte pour sauter dans le vide sans filet. Au cours des dernières années, j'ai réalisé que j'avais un penchant pour l'autodestruction qui m'a complètement dominé pendant cette période de ma vie. Même si tu avais voulu, tu n'aurais pas pu m'empêcher de faire des conneries.

Moi (en le regardant dans les yeux) : Et qu'est-ce qui te fait croire que les choses ont changé ?

Nicolas : J'arrive à me maîtriser. Je dirais même que j'ai envie d'être heureux. Et Jérémie est en grande partie responsable de ça. Je n'ai pas été présent dans ses premières années de vie, mais j'essaie de me reprendre. Sa mère est assez indulgente pour me donner une deuxième chance. Et j'espère que ce sera pareil pour toi.

J'ai souri.

Moi : Tu me gosses.

Nicolas : Pourquoi ?

Moi : Parce que je m'étais promis de ne pas tomber dans ton piège et que je sens que tu es en train de m'avoir.

Nicolas : J'ai bien des défauts, mais je n'ai aucune malice, la sœur. Je suis juste ici pour essayer de réparer les pots cassés et pour vous montrer que je suis capable de me reprendre en main.

Moi : En arrivant un jour en retard ?

Nicolas (en riant) : La ponctualité n'a jamais été mon fort.

Moi : Sérieux, j'aimerais tellement ça, connaître ton truc.

Nicolas : Quel truc ?

Moi : Celui que tu utilises pour te pointer ici sans prévenir et te faire pardonner toutes tes erreurs en moins de trois heures. Ce doit être un nouveau record !

Nicolas : C'est ma beauté et mon charme qui me rendent irrésistible.

Moi : T'es con.

Nicolas : Si tu m'insultes, est-ce que ça veut dire que tu m'aimes encore un peu ?

Moi : Je n'ai jamais arrêté de t'aimer, imbécile.

Nico a paru soulagé.

Nicolas : J'espère que tu es un peu plus douce quand tu t'adresses à Alex. Tu es encore avec lui, j'espère ?

J'ai acquiescé.

Nicolas : C'est maman qui doit manger ses bas. Elle pensait que vous ne dureriez même pas trois mois.

J'ai souri.

Nicolas : Et Joséphine, comment elle va ?

Moi (en souriant) : Super bien. Elle est belle, sensible, allumée et vraiment drôle.

Nicolas : Tout le portrait de son oncle, quoi !

J'ai ri.

Moi : Et Jérémie, il est comment ?

Nicolas : Éveillé, sportif et extrêmement curieux. Il a d'ailleurs très hâte de commencer la maternelle en septembre.

Moi : Tu le vois souvent ?

Nicolas : Il dort chez moi une ou deux fois par semaine.

Moi : Je suis contente pour toi. Et pour lui. C'est bien qu'il puisse compter sur son papa.

Nicolas : Ouais. Je m'en veux tellement d'avoir raté le début de sa vie. Heureusement que sa mère est en couple avec un gars qui a vraiment de l'allure et qui a pu agir comme figure paternelle.

Moi : Et lui, ça ne le fait pas trop rusher de te voir revenir dans le décor ?

Nicolas : Non. Il est travailleur social, alors il est habitué aux bibittes comme moi. Et je pense que ce qui compte le plus pour lui, c'est que Jérémie soit bien entouré. Mais parle-moi donc un peu de toi. Deux ans sans nouvelles, c'est long !

J'ai commencé par lui résumer mes plus gros contrats de travail, puis je lui ai décrit le nouvel appart qu'Alex, Joséphine et moi habitions depuis quelques mois.

Moi : Et toi, tu vis où ? Chez ton gourou ?

Nicolas (en souriant) : Arrête avec ça. Il s'appelle Jean.

Moi : Jean Gourou ?

Nicolas (pince-sans-rire) : Non. Jean Coutu.

Moi : C'est cool. Il doit avoir plein d'amis.

Mon frère a souri avant de reprendre.

Nicolas : Pour répondre à ta question, j'habite dans un appart à Verdun, et quand on ouvrira le centre, je devrai faire la navette entre Montréal et l'Estrie. La famille en ville et le travail en campagne.

Moi : Tu vas te louer un pied-à-terre à Magog ?

Nicolas : Non. Je vais rester avec Jean. Il a une maison au bord du lac.

Moi : Ouin, c'est plus payant que je pensais, la méditation !

Nicolas : Il a hérité de la résidence quand son père est mort et il a décidé de la rénover pour l'habiter une fois que le centre sera ouvert.

Moi : Et, ça ne le dérange pas que tu cohabites avec lui ?

Nicolas : Au contraire.

Moi : Il n'a pas de blonde ?

Nicolas : Pas vraiment.

Moi : Ça veut dire quoi, ça ?

Nicolas : Qu'il a un brun.

Moi : Hein ?

Nicolas : Il a un chum.

Moi : Et ça n'emmerde pas son amoureux que tu viennes coller chez lui ?

Nicolas : Ben non !

Moi : Comment ça ?

Nicolas : C'est moi, son amoureux.

Je l'ai regardé, interdite.

Moi : Je... Je ne suis pas sûre de comprendre.

Nicolas : Jean et moi, nous formons un couple.

Moi : Mais... Tu me niaises, là ?

Je n'ai pu m'empêcher de rire.

Moi : Es-tu soudainement devenu gai ?

Nicolas : *Come on*, Jas ! Ne viens pas me dire que tu fais partie de ceux qui doivent absolument coller une étiquette aux gens !

Moi : Ce n'est pas une question d'étiquette, Nico. Tu es le gars le plus *player* que je connaisse. Avec les filles !

Nicolas : Tu exagères.

Moi : Tu es un tombeur de femmes ! Tu as dû avoir soixante-quinze blondes dans ta vie, alors pardonne-moi ma surprise quand tu m'annonces ton homosexualité !

Nicolas : Chut ! Tu vas causer un infarctus à maman. Et je n'ai jamais dit que j'étais gai. Je suis juste tombé amoureux d'un homme.

Moi : De Jean ?

Nicolas : Oui.

Moi : Et de son âme ?

Nicolas : Entre autres.

Moi (en grimaçant) : Ça veut dire quoi, ça ?

Nicolas (en haussant un sourcil) : Qu'il y a plein d'autres choses qui me plaisent chez lui.

Son sous-entendu m'a évidemment fait réagir.

Moi : Es-tu sûr qu'il n'a pas un vagin ?

Nicolas (un peu choqué) : Jasmine !

Moi : Quoi ?! Ce n'est quand même pas ma faute si j'ai de la difficulté à t'imaginer en cuillère avec monsieur Illuminé !

Nicolas (en fronçant les sourcils) : Honnêtement, je ne m'attendais pas du tout à ce que tu réagisses comme ça. Je me suis même dit que ce serait super facile de t'en parler, étant donné que tu es supposément ouverte d'esprit. Avoir su, je l'aurais d'abord annoncé à papa. Il n'est pas homophobe, lui.
Moi : Ça n'a rien à voir avec l'homophobie, Nico. Ta nouvelle m'a simplement prise de court. Mais si tu es sincèrement amoureux et que ta relation avec Jean te rend heureux, alors je suis contente pour toi.

Nicolas : Merci.

Je me suis mordu la lèvre inférieure avant de poursuivre.

Moi : Est-ce que je peux te poser une question indiscrète ?

Nicolas : Tu ne veux pas de détails graphiques, j'espère ?

Moi : Non !

Nicolas : Alors, vas-y.

Moi : Éprouves-tu encore du désir pour des femmes ?

Nicolas : J'ai encore des yeux pour spotter les belles filles dans le métro, si c'est ce que tu veux dire.

Moi : Donc, tu es bisexuel ?

Nicolas : Je ne sais pas. Je ne pense pas que je puisse me décrire en un mot.

Moi : C'est vrai que, dans ton cas, on aurait besoin d'un dictionnaire multilingue.

Nicolas (en me donnant une bine amicale) : Eille !

Moi : Sans blague, tu ne crois pas que ce soit juste une phase ?

Nicolas (en me souriant) : Non. Je l'aime. Ça fait plus d'un an qu'on est ensemble, et c'est une relation saine qui me remplit et me satisfait complètement.

Moi : Et Jean, est-ce qu'il a toujours été aux hommes ?

Nicolas : Non. Il a déjà été marié et il a deux enfants.

Moi : Les as-tu présentés à Jérémie ?

Nicolas : Oui, mais comme ils sont déjà grands, il les perçoit plus comme des surveillants que des compagnons de jeu.

Moi : Hum. J'en déduis que Jean est plus âgé ?

Nicolas : Oui.

Moi : De combien ?

Nicolas : On s'en fout, Jasmine.

Moi : Tu es vraiment devenu un hippie, hein ?

Nicolas a éclaté de rire.

Nicolas : Il a quarante ans. Plus d'une décennie de plus que moi.

J'ai hoché la tête sans rien dire.

Nicolas: Allez! Dis ce que tu penses!

Moi: Je ne pense rien.

Nicolas: Pff! Je le vois bien que tu ventiles!

Moi: Au contraire. Je pense que c'est sage que tu fréquentes quelqu'un de plus mature.

Nicolas: Et de plus *straight*.

Moi: Ton adjectif est drôlement choisi.

Nicolas (en souriant): Ce que je veux dire, c'est qu'il n'a jamais touché à un joint de sa vie.

Moi: Tu ne disais pas qu'il avait un passé un peu lourd?

Nicolas: Ouais. Son père est parti de la maison quand il avait quatre ans et sa mère est morte d'une overdose, trois ans plus tard. Il a passé sa jeunesse dans des centres d'accueil et il a fréquenté de mauvaises personnes, mais contrairement à moi, il n'est jamais tombé dans l'alcool ou la drogue.

Moi: Ouin. C'est intense.

Nicolas: Je sais. Et ce qui est le plus étonnant dans tout ça, c'est qu'il émane de lui une joie de vivre et une résilience extraordinaires. Il a terminé ses études par lui-même et n'a jamais douté une seule minute qu'il pouvait réussir sa vie. Quand je l'ai rencontré à Bali, il m'a tout de suite inspiré. On a établi une super belle amitié qui a évolué en relation au fil des mois.

Moi (en souriant): C'est une belle histoire.

Nicolas: J'aimerais vraiment ça que tu le rencontres. Je lui ai tellement parlé de toi.

Moi: Qu'est-ce que tu lui as dit?

Nicolas: Que tu avais toujours été celle de qui j'étais le plus proche. Et que ça me donnait la chienne de te faire face, parce que j'avais peur que tu n'arrives plus jamais à me voir de la même façon. C'est d'ailleurs lui qui m'a poussé dans les fesses pour que je me pointe ici et que je règle mes affaires.

Moi (en souriant) : Alex a fait pareil.

Nicolas : Pauvre eux. Ce ne doit pas toujours être facile d'endurer des Richer !

Ma mère a entrouvert la porte.

Ma mère : Qu'est-ce que vous faites ? C'est encore le bordel, ici !

Elle avait beau rouspéter, je pouvais voir dans ses yeux qu'elle était contente de nous voir réunis.

Moi : Désolée, maman. Nico et moi avions pas mal de rattrapage à faire.

Ma mère : Ce n'est pas une raison pour rien faire ! Même les Sept Nains étaient capables de siffler en travaillant.

Nicolas : C'est la faute de Jasmine. Elle me distrait.

Ma mère : Ça ne m'étonne pas !

Nicolas m'a envoyé un regard moqueur. Il avait toujours pris un malin plaisir à rejeter la faute sur moi, sachant que maman prendrait indéniablement son parti. Sauf que cette fois-ci, j'avais des munitions pour lui renvoyer la balle.

Moi : C'est vrai qu'avec la nouvelle que Nico vient de m'annoncer, ce n'est pas évident de me concentrer. Je pense d'ailleurs que je vais aller retrouver Mathilde dans la salle de rangement. Je vais être plus productive là-bas.

Ma mère (en mordant à l'hameçon) : Quelle nouvelle ?

Moi : Ça concerne son bon ami Jean. Je vais laisser Nico te résumer la situation. À plus tard !

J'ai envoyé un clin d'œil à mon frère, qui m'a répondu par un sourire et un doigt d'honneur. Il savait tout comme moi que cet affrontement amical et ces taquineries symbolisaient la fin de notre guerre froide et marquaient le début d'une nouvelle ère.

Mathilde (en me rejoignant dans la cuisine) : J'ai enfin terminé les coffres ! Et l'atelier, ça avance ?

Moi : Moyen. Nico et moi avions pas mal de trucs à nous dire.

Mathilde : Est-ce que ça veut dire que les choses se sont arrangées ?

Moi (en souriant et en reprenant ses paroles) : C'est mon frère. Je ne vais quand même pas le renier !

Mathilde (en prenant une gorgée d'eau) : Je suis contente d'apprendre que je peux être de bon conseil. Maudit que je suis une bonne avocate !

Moi : Humble, surtout.

Mathilde : Si tu veux, je peux me joindre à vous pour terminer dans l'atelier.

Moi : On va attendre un peu. Nico s'apprête à annoncer à maman qu'il est en couple avec un homme.

Mathilde s'est étouffée avant d'éclater de rire.

Mathilde : Tu me niaises ?

Moi : Non.

Mathilde : Son mentor spirituel ?

Moi (en chuchotant) : Jean de son petit nom. Mais il a l'air cool et il semble rendre notre petit frère heureux...

Un cri strident provenant de notre chambre nous a aussitôt fait sursauter.

Mathilde (en courant vers la chambre) : Rosalie ? Ça va ? Es-tu en train d'accoucher ?

Nous avons alors aperçu notre grande sœur qui se tenait debout sur son lit.

Rosalie : Pire. J'ai vu une souris. Ou un rat. Je ne sais pas trop.

Moi (en scrutant le plancher) : Où ça ?

Rosalie (en pointant vers la valise de Mathilde) : Là ! En dessous du chandail !

Mathilde et moi avons hurlé en apercevant une queue surgir des vêtements.

Moi (en sautant sur le lit et en m'agrippant à Rosalie) : Vas-y ! Chasse-la !

Rosalie : Non ! Ça m'écœure bien trop ! Demande à Mathilde !

Mathilde (en se cachant derrière nous) : Pas question que je touche à ça ! C'est plein de maladies. Je suis même prête à lui laisser ma veste de cuir pour qu'elle nous fiche la paix !

Mes parents et Nico sont alors apparus dans l'embrasure de la porte.

Mon père : Voulez-vous bien me dire ce que vous avez à hurler comme ça, pour l'amour du bon Dieu ?

Rosalie : Il y a une souris dans la valise de Mathilde. Ou un rat. Ou une marmotte. On ne sait pas trop.

On s'est remises à hurler en apercevant un museau surgir sous une paire de jeans.

Ma mère (en grimaçant) : Votre père va s'en occuper.

Mon père (visiblement effrayé) : Euh, je pense que c'est mieux de demander à Nicolas. J'ai trop mal dans le dos. Et il est plus agile que moi.

Nicolas : C'est la pire excuse que j'ai entendue de ma vie !

Il a secoué la tête avant de s'avancer vers la valise de Mathilde et de la fermer en vitesse. Le rongeur était maintenant prisonnier à l'intérieur.

Mathilde : Ark ! Le rat va faire caca dans mes affaires !

Rosalie : Au moins, il est coincé !

Mon père : Je pense que ce n'est qu'un petit mulot, les filles.

Moi : Pff ! J'appellerais plutôt ça un rongeur géant ! Nico, va mettre la valise dehors.

Mathilde : Et rouvre-la pour que la bestiole puisse sortir et que j'aie accès à mes bobettes.

Nicolas a roulé les yeux avant de s'exécuter.

Ma mère (en tapant des mains) : Bon, maintenant que la petite souris est partie, tout le monde peut se remettre à l'ouvrage.

Mathilde : J'ai fini la salle de rangement.

Ma mère : Alors tu pourras aider Rosalie à vider la garde-robe de votre chambre.

Rosalie : Pff ! Pas question ! J'ai bien trop peur de tomber nez à nez avec la petite sœur de Mickey Mouse. C'est dangereux pour les femmes enceintes, ces bibittes-là. Mathilde devra s'en occuper toute seule.

Mathilde : NON ! Je préfère prendre la place de Nico dans l'atelier.

Nicolas (en regagnant la chambre) : Ben là ! Ce n'est pas juste ! Pourquoi c'est moi qui devrais être pogné pour travailler avec les rongeurs ?

Moi : Parce que tu es notre frère et que c'est ton travail de nous protéger.

Mathilde (pince-sans-rire) : Et parce qu'aux dernières nouvelles, tu aimes ça, toi, les bibittes à longue queue !

Mathilde, Nico et moi avons éclaté de rire, sous le regard choqué de ma mère et l'expression confuse de Rosalie et de mon père.

* * *

Nicolas : Je ne peux pas croire que je sois obligé de partager ma suite royale avec mes trois sœurs.

Mathilde : Ça paraît que tu as l'habitude de vivre dans des appartements minables pour appeler ça une suite royale. Ça sent le rat mort, ici.

Rosalie : Arrête, tu vas me donner mal au cœur.

Moi : Rosalie, pousse tes fesses ! Je vais tomber du lit !

À la suite de l'épisode du rongeur, mes sœurs et moi avions refusé catégoriquement de remettre les pieds dans notre chambre, ce qui nous forçait maintenant à partager le grand lit dans celle de notre frère.

Rosalie : Si tu n'es pas contente, tu peux t'installer par terre avec Nicolas.

Moi : Pas question ! Une affaire pour que je me ramasse en cuillère avec un raton laveur !

Nicolas : Vous êtes complètement paranoïaques. Ce n'est pas parce qu'on a vu un petit mulot que votre chambre est infestée de souris !

Moi : Tu as juste à y aller si tu n'as pas peur.

Mathilde : Bonne idée ! Je suis même prête à dormir sur ton matelas difforme pour avoir plus d'espace.

Nicolas : C'est un matelas *orthopédique,* et il est extrêmement confortable, tu sauras. Il me permettra de dormir comme un loir pendant huit heures et de me réveiller avec un teint plus frais que le vôtre.

Moi : Ton homosexualité t'a vraiment rendu douillet, Nicolas !

Même Rosalie n'a pu s'empêcher de rire. Au souper, Nico s'était finalement décidé à annoncer sa grande nouvelle au reste de ma famille. J'avais été agréablement surprise par la réaction positive de mes parents, mais j'avais senti que son aveu avait un peu refroidi ma grande sœur.

Nicolas (en se relevant sur ses avant-bras et en lançant un oreiller à Rosalie) : Maintenant qu'on est seuls, dis-moi donc ce que tu penses vraiment de mon histoire avec Jean.

J'ai senti Rosalie se raidir.

Rosalie : Je te l'ai déjà répété mille fois, Nico : je suis contente pour toi.

Nicolas : Je ne te crois pas.

Rosalie : Tu devrais.

Nicolas : Ta face ne serait pas devenue aussi rouge que la sauce à spaghetti si c'était le cas.

Rosalie : Je t'assure que tu hallucines.

Nicolas (en poursuivant malgré tout) : C'est normal que ça te fasse réagir. Même Jasmine a capoté en apprenant la nouvelle.

Moi (un peu honteuse) : Pendant, genre, une fraction de seconde !

Nicolas : Sans parler de Mathilde et de ses incessantes blagues salaces.

Mathilde : Je les fais par amour. Je m'en fous avec qui tu sors.

Nicolas : Il est normal que ça te surprenne et je crois que tu gagnerais à me dire ce que tu penses au lieu de garder ça en dedans.

Rosalie a finalement poussé un soupir, puis elle s'est assise dans le lit.

Rosalie : Je me trouve matante.

Nicolas : Qu'est-ce que tu veux dire ?

Rosalie : Ce n'est pas le fait que tu sois en couple avec un homme qui me choque. C'est ma propre vie. Je me trouve tellement plate quand je me compare à vous !

Nicolas : Ben, voyons ! Pourquoi ?

Rosalie : Jasmine, tu es une artiste qui fait des choix pour préserver ton indépendance et qui ne tombe jamais dans la routine. Mathilde, tu es une fille de carrière qui animera probablement *L'Arbitre* dans quelques années, et Nico, tu es un modèle à suivre. Tu t'es totalement repris en main et tu assumes complètement ta marginalité.

Nicolas (en éclatant de rire) : Tu exagères, Rosalie !

Rosalie : Non ! La preuve, c'est que tu n'es pas allé à l'école comme tout le monde. Tu as plutôt tracé ta propre route, fait tes propres erreurs et trouvé tes propres solutions pour t'en sortir. Aujourd'hui, tu es devenu un dalaï-lama bisexuel qui trouve son bonheur dans le yoga et la méditation. C'est crissement cool comme vie !

Nicolas, Rosalie et moi avons été pris d'un fou rire. C'était la première fois que j'entendais ma sœur sacrer.

Mathilde : Ta vie est cool aussi, Rosalie ! Tu gères littéralement une PME de la petite enfance.

Rosalie : J'habite en banlieue, j'ai laissé mon emploi pour élever mes quatre enfants et je cuisine du jambon tous les mercredis soir. Il me semble que c'est pas mal moins excitant que ce que vous faites.

Moi : Je ne suis pas d'accord. Ce n'est pas plate de prendre soin de sa famille, d'autant plus quand on s'amuse à le faire. Rappelle-toi quand nous étions petits. On tripait tellement, les jours de pluie, quand on se fabriquait des cabanes avec maman. Tu as hérité de sa patience et de son dévouement. Tu as un don, Rosalie.

Mathilde : Jas a raison. Tu es la mère Teresa de Terrebonne.

Nicolas : Sans compter qu'on a besoin de toi pour repeupler la Rive-Nord !

Ma grande sœur s'est finalement déridée.

Rosalie : Vous me promettez que vous ne me trouvez pas *loser* ?

Moi : Au contraire ! Il faut être *crissement* forte pour gérer les crises de bacon de trois gars et les appels quotidiens de maman.

Tout le monde s'est esclaffé.

Moi : Sans blague, tu es le maillon fort de la fratrie, grande sœur.

Mathilde : Jasmine a raison. J'admire tellement ta patience et ta bonté.

Rosalie : Et toi, Nico ?

Nicolas : Veux-tu vraiment savoir ce que je pense ?

Rosalie : Oui.

Nicolas : Es-tu certaine que tu es capable de l'entendre ?

Rosalie : Oui.

Mon frère a pris une profonde inspiration, puis il a fait un énorme pet qui a pratiquement fait vibrer les murs. Rosalie a rétorqué avec une série de petites bombes puantes.

Moi (en sautant du lit) : ARK ! C'est dégueulasse !

Mathilde (en se bouchant le nez et en faisant semblant de vomir) : Je ne sais pas ce qui est pire entre vivre dans un nuage de pets fraternels ou dormir avec un rat.

Rosalie (en se tordant de rire) : Désolée, mais la grossesse me donne des flatulences.

Mathilde (en riant aussi) : C'est aussi pour ça que je t'aime, Rosalie. Tu es la seule personne que je connaisse qui utilise des mots *fancy* pour parler de ses malaises intestinaux.

Ma grande sœur a rétorqué avec une deuxième séquence de pets qui nous a fait rire aux larmes.

Six mois plus tard

Moi (en m'adressant à Rosalie) : Tu devrais faire «bip, bip» quand tu recules !

Rosalie (en se tournant vers moi et en me bousculant avec son ventre) : Arrête de me niaiser ! Je me sens tellement grosse. Il me semble que je n'ai pas pris autant de poids lors de mes autres grossesses.

Moi (en pointant son bedon) : Ça, c'est parce qu'il y a un petit Hercule, là-dedans !

Rosalie : C'est cute comme prénom. Je l'ajoute à ma liste !

Mathilde (en nous rejoignant dans la cuisine pour mettre la table) : Parlant de ça, tu n'es pas trop déçue d'attendre un autre gars ?

Rosalie (en souriant) : Au contraire. Ça me rassure. Les pénis, je connais ça !

Sa réplique m'a tellement fait rire que j'en ai presque échappé mon bol à salade.

Nicolas (surgissant près de nous) : Qu'est-ce qui est si drôle ?

Mathilde : Des histoires de pénis. Tu vas aimer ça.

Jean (se pointant derrière mon frère, un sourire aux lèvres) : Je comprends maintenant d'où vient l'humour grinçant de votre frère ! Allez, tassez-vous avant que la dinde calcine !

Pour la première fois en quatre ans, nous étions tous réunis pour célébrer Noël, et cette fois chez Jean et Nicolas.

Joséphine (en se faufilant entre nos jambes pour se rendre jusqu'à moi) : Maman, est-ce que je peux avoir mes cadeaux, maintenant ?

Moi : Il va falloir que tu attendes le père Noël, ma puce.

Joséphine : Pourquoi ?

Moi : Parce que c'est lui qui les distribue. C'est la tradition.

Joséphine : Pourquoi ?

Moi : Parce que c'est Noël.

Joséphine : Pourquoi ?

Moi : Parce que c'est la fête de Jésus.

Joséphine : C'est qui, lui ?

Mathilde : Un ami qui nous force à nous empiffrer et à dépenser des centaines de dollars en cadeaux chaque année.

Joséphine l'a dévisagée, les yeux ronds.

Moi : Ta tante dit n'importe quoi. Jésus, c'est celui qu'on célèbre par tradition aujourd'hui. Papa te racontera tout ça un peu plus tard. Pour l'instant, va chercher tes cousins et dis-leur qu'on se mettra bientôt à table !

Joséphine est repartie en gambadant.

Ma mère (assise un peu en retrait) : J'en déduis qu'elle n'a pas encore appris son catéchisme ?

Moi : *Nope*. Pas facile avec deux parents athées. Mais je lui raconterai ça sous forme de conte. Elle va aimer ça.

Mathilde et Rosalie sont allées rejoindre les enfants, tandis que Nicolas, Jean, Alex et Tom se battaient pour couper la dinde. J'en ai profité pour aider ma mère à mettre la table.

Ma mère (en me tendant une pile d'assiettes) : Ton frère a vraiment de la belle coutellerie.

Moi : Ouais. Ça doit venir du père de Jean.

Ma mère (en chuchotant) : Il est vraiment bien, comme garçon.

J'ai souri.

Moi : Maman… Je n'ai jamais eu la chance de t'en reparler, mais je trouve ça cool que tu aies si bien pris la nouvelle.

Ma mère (en pliant des serviettes de table et en jouant l'innocente) : Quelle nouvelle ?

Moi : Tu sais très bien de quoi je parle. La relation entre Nico et Jean.

Ma mère (en haussant les épaules) : On est au xxie siècle, Jasmine. Je ne suis pas arriérée.

Moi : Je sais. Ce n'est pas ce que j'ai voulu dire.

Ma mère a levé les yeux vers moi.

Ma mère : Explique-toi, alors.

Moi (en haussant les épaules) : Disons que tu n'as pas toujours aussi bien réagi aux surprises qu'on t'a annoncées.

Ma mère : Comme quoi ?

Moi : Un exemple ? Ma grossesse.

Ma mère (sur la défensive) : Tu venais juste de terminer tes études et on connaissait à peine Alexandre.

J'ai déposé les fourchettes sur la table et j'ai pris une profonde inspiration. Ça faisait plusieurs mois que je ressassais les paroles de Rosalie dans ma tête, et j'en venais toujours à la même conclusion : si je voulais que ça change, il fallait que je fonce. Je savais bien que le réveillon était probablement l'un des pires moments pour faire face à ma mère, mais ma famille n'en était pas à sa première crise de la Nativité.

Moi : Quand Nico t'a appris qu'il attendait un garçon, il était en pleine débâcle et tu ne connaissais pas la mère, mais ça ne t'a pas empêchée de le soutenir.

Ma mère (en plissant les yeux) : Qu'est-ce que tu essaies d'insinuer, Jasmine ?

Moi : Je ne cherche pas la chicane, maman. C'est juste que des fois, j'aimerais ça avoir ton soutien.

Ma mère : Pour ça, il faudrait que tu m'appelles de temps en temps.

Je me suis mordu la lèvre inférieure avant de poursuivre.

Moi : Je sais, mais je t'avoue qu'il y a quelque chose qui me freine.

Ma mère (en toussant et en s'appliquant à replacer des assiettes) : Peux-tu être plus précise ?

Moi : J'aimerais ça prendre le téléphone et te raconter mes journées. Mais j'hésite toujours à le faire, parce que j'ai peur.

Ma mère : De quoi ?

Moi : Disons que tes réactions peuvent être un peu... imprévisibles.

Ma mère : La vie est trop courte pour faire dans la dentelle.

Moi : Je ne dis pas le contraire. Mais ce n'est pas une raison pour te montrer insensible.

Ma mère a levé les yeux vers moi.

Ma mère : Ça veut dire quoi, ça ?

Moi : Que je t'ai toujours trouvée un peu dure avec moi et que c'est ça qui me pousse à garder mes distances.

J'ai retenu mon souffle. Je m'attendais à une crise de larmes ou à une pluie de critiques, mais à ma grande surprise, ma mère s'est contentée de pousser un long soupir avant de s'asseoir près de moi.

Ma mère : Tu as raison.

Moi (décontenancée) : Euh. Je... Hein ?

Ma mère : Ne lui en veux pas, mais Rosalie m'a glissé un mot à propos de la conversation que vous avez eue au chalet. Elle pensait que tu n'oserais jamais m'en parler de vive voix. Sur le coup, ça m'a fait de la peine, mais en y repensant, j'ai réalisé que j'étais effectivement plus intransigeante envers toi. Et je crois avoir compris pourquoi.

Moi : Je t'écoute.

Ma mère : Tu me fais penser à moi.

Je ne savais pas si je devais rire ou pleurer.

Moi : C'est bizarre que tu dises ça alors que tu n'as jamais approuvé aucun de mes choix.

Ma mère : Tu te trompes. Tout ce que j'ai fait, c'était pour te pousser à trouver ton bonheur et ta niche.

Moi (en secouant la tête) : Désolée de te décevoir, maman, mais tes méthodes d'encouragement sont un peu douteuses.

Ma mère a pris une grande inspiration avant de continuer.

Ma mère : Je ne t'ai jamais dit ça, mais en sortant de l'école, je ne savais pas quoi faire de ma peau. C'était une autre époque, mais je me cherchais beaucoup. Jusqu'à ce que je rencontre ton père et qu'on décide de fonder une famille. C'est finalement auprès de vous que je me suis trouvée.

Moi : C'est génial, maman, mais ça ne veut pas dire que ta solution doit être la nôtre. Personnellement, j'aime errer dans toutes sortes de directions. Il y a plein de choses qui m'intéressent et je carbure au désordre et à l'adrénaline tout autant que Mathilde fonctionne sous pression avec des horaires de fous. Nous sommes différents, mais nous avons tous trouvé notre niche. Il te reste juste à l'accepter.

Ma mère (en hochant la tête, songeuse) : Je sais. Et je travaille très fort là-dessus, ma grande.

Il y a eu un moment de silence. C'était la première fois que ma mère et moi avions une discussion aussi honnête. Un petit pas pour l'homme, mais un grand pas pour les Richer.

Ma mère (en se relevant pour terminer de mettre la table) : Je tiens quand même à ce que tu saches une chose. Je sais que je ne le dis pas souvent, mais je suis fière de toi, Jasmine. Et... je t'aime.

J'ai levé les yeux vers elle, soufflée.

Moi : Merci, maman.

Les enfants sont venus nous interrompre.

Samuel : J'ai faim !

Joséphine : Moi aussi ! Et je veux mes cadeaux !

Jean (en arrivant dans la salle à manger avec le plateau de dinde découpée) : Voilà ! Le souper est prêt !

On s'est tous assis autour de la table, et mon père a levé son verre.

Mon père : Je voudrais trinquer en l'honneur de nos hôtes qui sont si beaux à voir. Et de mes grandes filles qui vieillissent si bien. Et de mes petits-enfants qui me permettent de rester jeune !

Mathilde (en frappant son verre contre le sien) : Joyeux Noël, papa ! À tes gènes d'avocat !

Rosalie (en trinquant aussi) : Et à tous les petits gars qui m'entourent. Dont celui qui pousse dans mon ventre.

Ma mère (émue) : À ma belle et grande famille, qui est enfin réunie.

Moi (en souriant tout en levant mon verre) : Et à notre chaos. Vive les Richer !

Jean : *Namasté !*

Le petit chaperon blanc

JOSÉE BOURNIVAL

À my love

Béatrice observa sa main. Elle s'était métamorphosée. En trente-quatre années, elle pouvait compter sur ses doigts le nombre de fois où elle avait abandonné ses ongles aux bons soins d'une manucure. Le résultat la stupéfiait immanquablement. On aurait dit les mains d'une autre.

En temps normal, il y avait toujours de la couleur incrustée en dessous du peu d'ongle qu'elle réussissait à conserver. À la garderie où elle travaillait, il ne se passait pas une journée sans que la gouache, la pâte à modeler et les feutres des bambins donnent à ses mains un aspect laissant croire qu'elle avait mal retiré son vernis à ongles. Ses phalanges étaient bariolées, comme un chef-d'œuvre collectif créé par son groupe d'enfants.

Quelques minutes plus tôt, la technicienne en pose d'ongles lui avait demandé de choisir la couleur de son vernis. Devant la palette étendue de coloris disponibles, Béatrice s'était figée. Les tendances de cet automne ne lui plaisaient pas. Toutes ces teintes foncées de prune, ces rouges sanguins, ces gris qui rappelaient les jours mornes de novembre... C'était déprimant ! Elle se souciait du moral des copines qui se peignaient toujours les ongles de ces couleurs sombres. Au même titre qu'elle s'inquiétait lorsqu'un tout-petit n'utilisait que du gris et du noir dans ses dessins.

– Je les aimerais au naturel...

– On peut faire une manucure française. Naturels, mais avec le bout blanc, s'était sentie obligée d'ajouter la manucure devant l'inexpérience de sa cliente.

Béatrice avait accepté la proposition, non sans avoir tergiversé pendant de longues minutes. Elle avait le chic pour faire les mauvais choix. Elle se souvenait encore du baptême de sa nièce où elle avait craqué pour un rose tendre. La teinte pastel jurait avec ses vêtements et ne convenait pas à sa carnation. Elle aimait s'en remettre à plus expérimenté qu'elle. Le résultat élégant qu'elle observait déjà sur sa main gauche la confortait dans son choix. Samuel remarquerait assurément le changement.

Ils avaient beau être en couple depuis une décennie, son amoureux notait encore la moindre nouveauté la concernant. Il faisait mentir l'idée populaire voulant que les hommes soient aveugles aux détails. Il n'hésitait pas à la féliciter pour une coupe de cheveux différente ou à s'informer de la provenance d'un vêtement neuf. Jamais elle n'avait eu le désagréable sentiment d'être invisible à ses yeux. Samuel la couvait du regard comme au premier jour. Dieu qu'elle l'aimait !

– Vous avez une occasion spéciale ?

– Non, mentit Béatrice.

Dans deux jours, son amoureux et elle fileraient vers le nord pour une fin de semaine de repos dans un chalet. Le même chalet qu'ils louaient chaque automne depuis neuf ans. Celui qui avait été témoin de la floraison de leur amour.

Béatrice observa le revers de sa main. Avec les faux ongles, ses doigts paraissaient plus longs, plus délicats. C'était parfait. Parfait pour ce qui allait se passer au chalet. Elle avait la conviction que d'ici la fin de leur séjour en amoureux, son annulaire gauche allait être orné d'une bague diamantée.

* * *

Chapitre 1
Préparer les petits pots de beurre

Les deux valises avaient l'air de se faire la conversation. Côte à côte sur le lit, leur couvercle relevé, elles semblaient se murmurer des secrets comme des amants après l'amour. Béatrice sourit en établissant des parallèles entre ces objets et son couple. À l'image du duo de bagages, Samuel et elle étaient fort différents.

«Les contraires s'attirent», pensa-t-elle.

Celui qui avait prétendu que «qui se ressemble s'assemble» devait être célibataire. Bien sûr, il fallait des objectifs et des champs d'intérêt communs pour former un couple solide, mais en ce qui concerne les caractères, mieux valait chercher son complément. Voilà précisément ce que Béatrice avait trouvé en Samuel.

De nouveau, elle compara sa valise avec celle de l'homme de la maison. Elles ne pouvaient être plus différentes. Celle de gauche, fleurie, renfermait une quantité astronomique de vêtements plus ou moins ordonnés en pile. À l'image du caractère indolent de sa propriétaire, on aurait dit que ses chiffons refusaient de perdre leur énergie à se classer efficacement. Son indécision chronique se reflétait aussi dans le nombre de vêtements composant son bagage, alors qu'à droite, la valise noire du jeune avocat prometteur ne contenait que quelques vêtements de qualité, choisis en vitesse, sagement pressés et ordonnés. Dans sa valise à elle, le séchoir flirtait avec une brosse à dents sous le regard attentif du tube de crème pour les mains. Dans la valise de Samuel, les articles de toilette s'entassaient dans un sac. Rien n'était laissé au hasard. Il avait même utilisé la sangle de protection afin que le contenu ne se déplace pas pendant le trajet. Elle ignorait jusqu'à l'existence d'une telle ceinture dans sa propre valise. Si Béatrice avait l'intention de laisser ses vêtements en tas durant tout le week-end, Samuel n'hésiterait pas à suspendre les siens sur des cintres lorsqu'ils seraient arrivés à destination.

«Dis-moi comment tu fais ta valise et je te dirai qui tu es», s'amusa-t-elle.

Elle admirait chez lui ce qui faisait cruellement défaut chez elle : méthode, organisation, structure. Elle ne doutait pas que, de son côté, Samuel lui enviait sa folie, son lâcher-prise et sa zénitude. Quelle était la raison du couple sinon de trouver chez l'autre matière à vous rendre complet? Amputé de sa douce moitié, on existait en être inachevé. Heureusement qu'eux formaient un tout à la vie, à la mort. Pour le meilleur et pour le pire.

La vision des valises amoureuses enchanta Béatrice. Il n'y avait rien de plus excitant que cette escapade annuelle au chalet. Après plusieurs semaines de travail acharné pendant lesquelles ils agissaient parfois comme de simples colocataires, le séjour au chalet leur permettait de passer en mode amoureux et amants. Les attentes de Béatrice étaient toujours élevées avant le départ. Elle souhaitait qu'ils aient du temps de qualité, des échanges sincères et qu'ils s'éloignent de leur entourage familial et professionnel. Tout ce qui lui permettrait de supporter le quotidien jusqu'à la prochaine escapade.

Elle allait refermer le couvercle des valises lorsqu'elle se mordit la lèvre inférieure. Samuel avait laissé la sienne grande ouverte. Soit il n'avait rien à cacher, soit il ignorait encore à quel point Béatrice aimait fouiller. Elle espérait secrètement que la deuxième raison était la bonne et que sa fouille lui permettrait de mettre la main sur un précieux écrin.

La grande demande approchait. Béatrice avait imaginé la scène des centaines de fois. Au chalet, il y avait ce grand chêne, majestueux, près duquel ils aimaient s'asseoir enlacés. Il avait sûrement retenu cet endroit pour lui demander d'unir leurs vies. Elle le connaissait tellement qu'il en devenait prévisible.

La jeune femme inspira doucement et tendit l'oreille. Le silence régnait dans la chambre. Une lueur de malice dans l'œil, elle plongea la main sous la chemise se trouvant sur le dessus de la pile. À tâtons, elle glissa ses doigts entre les étoffes. Ils ne se frottèrent qu'à la douceur du pull en cachemire se trouvant en dessous.

Sans perdre de temps, elle reprit le même manège un étage plus bas. Sous le tricot, Samuel avait plié une paire de jeans. Le tissu rêche ne semblait rien dissimuler. Déçue, Béatrice décida de s'attaquer à la pile de sous-vêtements. Il lui fallait être délicate. Un caleçon replié différemment serait suffisant pour que Samuel remarque l'intrusion. Sa fouille devait demeurer secrète.

Elle souleva un premier sous-vêtement et laissa échapper un petit rire nerveux en voyant un vieux boxer troué. C'était le boxer fétiche de son chum. Celui qu'il portait en cour les jours où il devait plaider. Celui qu'il refusait que Béatrice jette, car il lui portait chance. Celui qu'il allait assurément revêtir pour la demander en mariage.

– Une chance qu'on s'aime, se moqua-t-elle avec affection.

La longévité d'un couple pouvait excuser ce genre d'indélicatesse. Aucune femme ne tolérerait la présence de sous-vêtements aussi misérables dans la garde-robe d'un amoureux potentiel. Un vêtement troué pouvait à lui seul anéantir une histoire d'amour naissante. Mais Béatrice ne se formalisait pas du fait que Samuel oublie à l'occasion de la charmer. Elle en déduisait que leurs liens étaient suffisamment solides pour passer par-dessus un détail aussi superficiel.

Elle n'enviait pas les copines qui sacrifiaient leurs soirées à se raidir les cheveux et à se peindre le visage pour camoufler la moindre imperfection. Pas plus qu'elle n'aurait changé de place avec celles qui dilapidaient leur argent pour des traitements esthétiques dont elles seules remarquaient les résultats supposément miraculeux. Moins de rides, vraiment? Au contraire. Savoir que l'autre vous aimait au naturel, sans artifice ou camouflage, était rassurant. Se rentrer le ventre en toutes circonstances demandait une énergie que Béatrice préférait mettre ailleurs.

Elle replia le vêtement fétiche et glissa la main dans la mallette pour l'y déposer. Un ongle gratta le fond de la valise et un coin de la prothèse ongulaire s'arracha.

– Merde, souffla Béatrice.

Elle devait impérativement repêcher le bout d'ongle incriminant. En le découvrant là, Samuel saurait qu'elle avait fouillé sa valise. Elle ne voulait surtout pas lui donner l'impression qu'elle pouvait gâcher sa surprise.

* * *

Avec une patience d'ange et une dextérité surprenante, Francine guida le fil à travers tous les crochets et aiguilles de la surjeteuse. La mère de Béatrice ne pouvait pas se contenter d'apporter sa machine à coudre. Elle débarquait avec un arsenal digne de l'atelier de Coco Chanel.

Elle disposa ses ciseaux, sa pelote à aiguilles et sa multitude d'accessoires sur le comptoir de la cuisine. Quand elle eut la conviction que tout était prêt, elle prit possession de la robe que tenait sa fille.

– C'est ça qui pressait pour le chalet?

– C'est ma robe préférée.

Béatrice refusa de se justifier davantage. Elle pouvait bien garnir sa valise comme bon lui semblait.

– Tu vas geler avec ça sur le dos! critiqua sa mère.

– On annonce chaud en fin de semaine.

– On est en octobre.

– Au début d'octobre.

– Y a toujours un p'tit vent frisquet...

– J'ai une veste, coupa court Béatrice.

Francine étendit le vêtement sur la table, le lissa de la main et repéra rapidement le problème.

– C'est pas déchiré, juste décousu.

Béatrice n'y connaissait rien en couture. Francine avait bien tenté de l'initier à cet art des plus pratiques, mais jamais sa fille n'avait reprisé un chandail ou effectué un bord de pantalon. Visiblement, encore aujourd'hui, elle ne faisait pas la différence entre un accroc et une couture qui cède.

– Une robe blanche dans le bois... C'est pas très pratique, me semble.

Sa mère la fixait d'un œil suspect.

– Samuel veut faire des photos.

Béatrice savait qu'en prononçant le prénom de son chum, elle amadouerait aussitôt sa mère. Francine voyait son gendre dans sa soupe. Il était l'incarnation d'un dieu, à l'entendre le vanter.

Béatrice se déculpabilisait en songeant qu'elle n'avait proféré qu'un demi-mensonge. Son amoureux adorait lui croquer le portrait. Il profiterait assurément du paysage coloré pour garnir leur cadre numérique de photos plus récentes. Il n'avait simplement pas demandé que Béatrice porte cette robe pour la séance photo. Un détail que la jeune femme garda pour elle.

Francine abandonna la bataille. Quand sa fille rentrerait du chalet avec une robe ruinée et un rhume carabiné, elle se ferait un plaisir de lui remettre sous le nez le fait qu'elle l'avait prévenue.

Elle s'affaira donc à l'inspection de la robe. Plusieurs surjets rendraient l'âme au prochain lavage du vêtement. Si les coutures de solidification se brisaient, la suture principale ne tarderait pas à s'effilocher, créant de nouveaux trous. Elle allait renforcer le tout. En couture comme dans la vie, les garde-fous garantissaient la solidité des choses. Les surjets pour la couture ; les parents pour les enfants.

Francine jouait ce rôle de fée marraine pour le couple formé par Samuel et Béatrice. Dès qu'un désaccord survenait entre les jeunes amoureux, la maman s'employait à les réconcilier. Elle soulignait à sa fille à quel point elle aurait de la difficulté à trouver un aussi bon parti que Samuel. Qu'il valait mieux apprendre à composer avec ses menus défauts que de jeter la serviette et de recommencer avec pire. Francine flirtait entre ingérence amoureuse et soutien maternel.

– Qu'est-ce que je ferais sans toi ? déclara Béatrice en déposant un baiser sonore sur la joue de sa mère.

– Tu ferais dur ! riposta la maman avec humour.

Elle savait que Béatrice avait largement les moyens de se payer les services d'une couturière professionnelle. La réparation d'un vêtement tenait lieu de prétexte pour la faire venir auprès d'elle. En sa qualité d'avocat, Samuel gagnait un très bon salaire. Heureusement d'ailleurs, car Béatrice butinait de contrat en contrat.

– T'as déniché du travail pour la fin de l'année ? s'inquiéta soudainement la maman.

– Pas encore. Mais je suis confiante.

Elle venait tout juste de terminer un remplacement de congé de maternité. Dans les garderies de la région, la plupart des éducatrices comptaient une trentaine de printemps. Il y avait beaucoup de demande pour les contrats de douze mois. Bientôt, ce serait son tour.

Francine espérait tant que son bébé la ferait grand-mère. Surtout avec un aussi bon parti que Samuel. Ses trois fils avaient tous accueilli des bébés dans leurs foyers ces dernières années. Seule Béatrice, en bon mouton noir, n'avait toujours pas de berceau à la maison.

Son unique fille était passionnée par son travail. Peut-être trop. Pour l'instant, les enfants des autres semblaient suffire à son besoin de bercer, de cajoler et de chérir. Les employeurs se l'arrachaient. Elle n'avait peut-être pas encore de permanence, mais ça viendrait. Chaque chose en son temps.

– Si t'as pas de travail, vous pourriez en profiter pour faire des bébés.

Francine actionna la machine à coudre afin d'enterrer les protestations de sa fille. Béatrice avait l'âge de fonder une famille. Elle avait le désir d'avoir des enfants. Sa situation amoureuse était parfaite. Francine se demandait toujours pourquoi le jeune couple ne se lançait pas dans l'aventure parentale.

Quand la machine cessa de fonctionner, Béatrice sourit à sa mère. Plutôt que de répéter pour une millième fois qu'ils avaient le temps, que Samuel travaillait beaucoup ou qu'ils y songeaient, elle laissa tomber une petite phrase prometteuse :

– Ça s'en vient.

Il fallait faire les choses dans l'ordre. Samuel et elle s'entendaient à merveille sur ce point. D'abord un mariage et ensuite des enfants.

* * *

Le hayon se souleva dans un silence impressionnant. Une odeur de forêt boréale vint chatouiller les narines de Béatrice. Elle en conclut que Samuel avait encore fait laver la Mercedes.

Une fois le hayon totalement ouvert, Béatrice glissa la tête dans le coffre pour vérifier s'il restait de l'espace.

Il y avait tant de matériel à emporter. Tant de détails à vérifier. Ils ne quittaient la ville que pour trois jours et cela faisait déjà plus d'une semaine qu'ils préparaient leurs effets personnels, leurs vêtements, les articles de literie, etc.

Samuel avait procédé au chargement de leurs bagages. Le lendemain, dès que la demi-journée de travail de l'avocat serait terminée, ils pourraient s'enfuir vers le nord. Il avait obtenu la permission spéciale de quitter son bureau à midi. Un avantage chaudement négocié avec le patron.

Avec surprise, entre sa valise et la grande couverture pour pique-niquer, Béatrice découvrit leur cafetière. Samuel avait sûrement oublié qu'il y en avait une au chalet.

– Qu'est-ce que tu fais?

Béatrice leva les mains en l'air et se mit à rire comme une enfant prise la main dans la jarre à biscuits. Elle tenta de faire diversion.

– Tu viens de prendre un ton d'avocat. Je suis innocente jusqu'à preuve du contraire.

Il s'approcha d'elle, un sourire crispé sur les lèvres.

– Déformation professionnelle, plaida-t-il avant de l'embrasser.

Elle tenta de se défaire de son emprise pour se saisir de la cafetière, mais il la garda serrée contre lui. Pourquoi se mettait-elle le nez partout? Elle allait tout gâcher.

– Je vais reposer ma question, s'amusa-t-il. Qu'est-ce que tu faisais à fouiner dans le coffre?

– Je vérifie le contenu, admit-elle.

Ils se jaugèrent un instant.

– Déformation professionnelle, invoqua-t-elle à son tour.

– Pardon?

– C'est ma défense. Faut toujours repasser derrière les enfants...

– J'suis pas un enfant.

– Qu'est-ce qui le prouve?

La situation l'amusait. Il resserra son étreinte et laissa ses yeux dévorer le cou et la poitrine de sa tendre moitié.

– Parce qu'un gamin de quatre ans aurait pas le genre de pensées que tu m'inspires en ce moment.

– Objection, votre Honneur! L'avocat essaie de détourner le sujet.

Elle se libéra finalement et se dépêcha de le contourner afin de prendre la cafetière.

– Ça, c'est inutile.

– J'ai besoin de caféine.

– Y en a une au chalet.

– Pas comme celle-là.

– Elle est presque identique.

– Tu insultes ma cafetière, se froissa faussement Samuel.

– L'autre a très bien fait le travail, l'an dernier.

«Si j'insiste, elle va se douter de quelque chose», songea Samuel.

– T'as raison, lui concéda-t-il avec l'intention de remettre l'appareil dans le coffre dès qu'elle aurait le dos tourné.

En parfait gentleman, Samuel prit possession de la cafetière. Délestée de son fardeau, Béatrice referma le hayon. Il remarqua ses ongles parfaitement manucurés. Avec douceur, il lui saisit une main.

– C'est nouveau?

– Un test.

– Tu préférais pas attendre le retour du chalet avant de te faire manucurer?

– Pourquoi? T'as l'intention de m'envoyer bûcher du bois?

– T'as déjà commencé on dirait, la taquina-t-il en apercevant un ongle amputé.

– T'as dit qu'on s'en va se reposer. À ce que je sache, le repos n'abîme pas les ongles.

– Ça dépend du type de détente, laissa-t-il planer.

Béatrice se dirigea vers la maison pour cacher son amusement. Pour que Samuel lui serve une allusion coquine, il fallait que son cerveau soit déjà en mode vacances. Ce commentaire et ses yeux lui fouillant le décolleté un peu plus tôt tranchaient radicalement avec sa façon de la charmer au quotidien.

Après dix ans de relation, ils ne savaient plus quoi imaginer pour se réinventer. Les jeux de rôle, les accessoires érotiques, très peu pour elle. Leur vie sexuelle se résumait souvent aux mêmes positions, dans le même ordre, au même endroit. L'horaire de travail de Samuel rendait difficilement accessibles les scénarios romantiques qui la faisaient fantasmer. Les amoureux prenaient rarement le lit d'assaut à la même heure, l'un dormant quand l'autre venait l'y rejoindre.

Au chalet, son homme consentait à de plus longs préliminaires. En retour, elle acceptait de quitter le confort du matelas de la chambre à coucher. Chacun faisait un effort pour pimenter la relation.

Béatrice rêvait qu'on lui susurre des mots sensuels à l'oreille, mais hésitait toujours à en faire la demande. Au même titre que Samuel n'exigeait jamais de relations plus fréquentes, alors qu'elle savait très bien qu'il l'espérait. C'était sans doute la paresse qui repoussait la réalisation de ces fantaisies pourtant faciles à assouvir.

Béatrice ne s'attardait pas trop au déclin de leur passion sexuelle. La solidité d'un couple ne repose pas sur la fusion des corps. Elle préférait voir ce que les années leur avaient apporté :

la connaissance intime de l'autre et des chemins les plus effi-
caces pour atteindre l'extase.

— Tu fais semblant de pas m'entendre? la relança-t-il.

Elle lui fit face, croisa les bras sur sa poitrine et attendit la suite.

— Si tu me lacères le dos, ça pourrait briser tes ongles.

Béatrice resta de marbre.

— T'as envie de me grafigner le dos? Un peu?

Finalement, elle aurait préféré entendre parler de la fréquence
de leurs relations sexuelles plutôt que de sadomasochisme. Elle
n'était pas à l'aise avec le concept et n'osait pas trop demander
d'éclaircissements sur le sujet. Était-il sérieux?

— Au prix où j'ai payé mes faux ongles, j'ai pas l'intention de
les arracher à te grafigner le dos.

Béatrice était prête à s'offrir en pâture à un loup aussi séduisant, mais pas à abattre toutes ses pudeurs.

Pendant que Samuel rebranchait la cafetière à la cuisine,
elle comprit que préparer le matériel en vue d'une escapade en
amoureux était une bagatelle. Se préparer mentalement à être
en mode vacances l'était un peu moins.

Chapitre 2
S'engager dans la forêt

Les chiffres de l'horloge intégrée à la cafetière changèrent de nouveau. Béatrice hésita entre lancer le foutu appareil au bout de ses bras ou pratiquer les exercices de relaxation qu'elle enseignait aux enfants à la garderie. Elle prit une inspiration profonde et décida de s'allonger sur son tapis de yoga. Elle adorait les cafés au lait préparés par son amoureux. Inutile de passer sa frustration sur la cafetière.

Fidèle à sa mauvaise habitude, Samuel étirait ses heures au bureau. Il avait envoyé un laconique texto pour avertir qu'il aurait quelques minutes de retard. «Quelques» signifiant «soixante-douze» jusqu'à présent, selon les calculs de Béatrice. Ils auraient dû prendre la route une heure plus tôt afin d'être à destination à temps, pour faire les courses tranquillement et préparer un bon souper.

Samuel avait toujours été un bourreau de travail. Sa détermination, sa combativité et son ardeur au boulot avaient jadis charmé Béatrice. Puis ces qualités s'étaient métamorphosées en irritants. La détermination devenait de l'entêtement. La combativité, de la provocation. L'ardeur au travail, une fuite face à leur couple. La jeune femme trouvait que le problème s'amplifiait avec les années. À moins que ce ne fût sa patience à elle qui déclinait?

Lorsqu'elle entendit la voiture de Samuel s'engager dans l'entrée, elle décida de demeurer allongée quelques secondes.

Son instinct lui aurait plutôt dicté de se lever prestement, tel un chien de garde souhaitant aboyer son agacement. Leurs vacances ne pouvaient pas commencer sur cette note discordante. Elle avait besoin de respirer quelques minutes de manière consciente pour afficher un sourire de circonstance et ne pas souligner mesquinement le retard de son amoureux. Elle était irritée. Il le savait. À quoi bon insister?

— T'es pas prête? lança Samuel en passant la porte.

Elle détestait qu'il minimise ses mauvais coups. Qu'il les balait sous le tapis avec une blague de mauvais goût. Ça, elle l'avait en sainte horreur depuis leur rencontre. Elle avait été naïve au point de croire qu'elle pourrait le changer et lui apprendre le pouvoir des mots «je suis désolé». Après toutes ces années, elle avait perdu foi en le Dieu-qui-change-les-mauvais-garçons-en-maris-exemplaires.

— Je fais juste ça, être prête. Depuis presque deux heures.

Avec un sourire ravageur, il vint l'embrasser.

La magie opéra: le baiser du prince charmant lui fit oublier la longue attente qu'il venait de lui imposer.

— Donne-moi deux minutes et on décampe.

Deux minutes... un laps de temps si court quand on est en amour!

Samuel ressentit un pincement au cœur. Il ne savait plus quoi inventer pour justifier ses défections. Il essayait pourtant de s'améliorer. Malgré toute sa bonne volonté, il ne parvenait pas à des résultats tangibles. Il devait s'amender et vite. Il fallait commencer les vacances du bon pied.

— Deux minutes, pas plus.

Béatrice ne put s'empêcher de regarder de nouveau le cadran intégré à la cafetière. Elle était prête à chronométrer.

— Tu me mets au défi!

Samuel suivit le regard de sa blonde et fit semblant de s'offusquer de son commentaire.

Quand les chiffres changèrent de nouveau, Béatrice y alla d'un «go» retentissant. Plutôt que de filer vers sa penderie pour changer de vêtements, faire une toilette sommaire et revenir dans le temps alloué, Samuel attrapa sa compagne et la chargea sur son épaule à la manière d'un sac de patates. Elle eut beau protester entre deux fous rires, il tint bon et déchargea sa cargaison sur le lit. Il prit soin de grimper sur elle afin qu'elle ne quitte pas le matelas.

— On n'a pas le temps pour ça, essaya-t-elle de le raisonner en le voyant retirer sa cravate, les yeux remplis de désir.

— Quoi? J'me change, mentit-il.

— Il te reste une minute.

— Ça risque d'être un peu plus long...

Béatrice eut beau se débattre, Samuel connaissait ses points faibles. Elle se fit la réflexion qu'elle n'enviait pas les histoires d'amour qui s'écoulent comme un long fleuve tranquille. Elle préférait sa rivière amoureuse avec ses rochers et ses rapides dangereux. Les amoureux qui sont toujours au diapason se privent des réconciliations charnelles qui suivent immanquablement les disputes. Béatrice connaissait ce secret et elle en profita plus d'une fois avant de quitter la chambre.

* * *

Leurs corps rassasiés, les amoureux se mirent en branle pour le départ. Béatrice s'apprêtait à s'engouffrer dans l'habitacle de la Mercedes par la portière du passager lorsque Samuel lui offrit les clés de la voiture.

— Tu veux conduire?

C'était une première. Samuel n'envisageait jamais la possibilité de ne pas être derrière le volant. Son éducation lui recommandait d'ouvrir la portière de sa conjointe et d'être le chevalier servant qui guide l'attelage. Il aimait prendre le contrôle et ça se reflétait même dans sa conduite automobile.

— T'aimes la route qui monte vers le nord, ajouta-t-il comme pour expliquer cette proposition surprenante.

Béatrice observa le trousseau de clés, les sourcils froncés. L'offre cachait sûrement quelque chose. Le panorama sinueux menant au chalet ne pouvait pas justifier à lui seul la proposition de monsieur.

Dans un couple façonné par la routine et les habitudes, la nouveauté est souvent perçue comme un danger. Une menace à l'ordre établi. On oublie parfois que l'autre a une vie en dehors du couple et qu'il peut, à l'occasion, rapporter quelque chose de cette vie vers le couple. On se demande alors d'où vient cette connaissance d'un nouveau restaurant, cette envie d'une nouvelle position au lit ou ces vêtements fraîchement dégotés. La nouveauté est souvent louche dans l'œil des amoureux au long parcours.

— Ta Mercedes est tellement extraordinaire qu'on voit à l'extérieur, peu importe où on s'assoit, blagua Béatrice avant de poser ses fesses sur son siège habituel, celui qui était réglé pour la longueur de ses jambes et avec l'inclinaison idéale pour son dos.

Samuel soupira, fit le tour de la voiture et lui tendit de nouveau les clés.

— Si tu conduis, je vais pouvoir en profiter pour travailler, admit-il finalement.

« Et moi qui craignais la nouveauté ! » pensa Béatrice.

— Wow ! Beau début de vacances en amoureux, ironisa-t-elle en lui arrachant le trousseau.

— C'est exactement ce que je me disais dans la chambre, y a quelques minutes, reprit-il avec douceur.

La référence à leurs ébats fit naître un faible sourire sur les lèvres de Béatrice. Il en profita pour exposer ses arguments.

– Je travaille maintenant. Je suis libre au chalet.

Il croulait sous les documents à lire et ceux à rédiger. Il avait trimé dur toute la semaine pour dégarnir son bureau et être disponible pour elle. Il voulait arriver au chalet et laisser son cellulaire et son portable dans la voiture. Mais pour ça, il devait impérativement bosser en chemin.

– OK, mais à condition que je puisse mettre de la musique.

Samuel soupira en espérant qu'elle aurait l'amabilité de choisir la station de musique classique.

Béatrice adorait la radio. Les chansons populaires collaient à merveille aux forêts multicolores du mois d'octobre. Elle aimait se faire surprendre par les choix des directeurs musicaux et découvrir de nouvelles ritournelles. Samuel préférait le bruit du moteur de sa bagnole. Pour une fois, elle n'aurait pas à négocier sur ce point. Elle s'enivrerait de mélodies jusqu'à destination.

Ils prirent place. Elle ajusta la position du siège, les rétroviseurs et sélectionna la chaîne de radio qu'elle souhaitait syntoniser. À de multiples reprises, elle testa le confort d'une position différente, modifia l'angle des miroirs et changea de station.

– Tu veux que je reporte notre réservation à demain ?

Elle lui tira la langue et embraya en reculons. Samuel attira alors son attention.

– J'ai programmé le chemin à prendre sur le GPS.

Béatrice fit marche arrière en souriant. Même assis dans le siège du passager, Samuel cherchait à tenir le volant.

– Je connais très bien le chemin. Ça fait neuf ans qu'on loue le même chalet.

Samuel choisit de se taire, mais un sourire énigmatique se peignit sur ses lèvres. Il orienta l'appareil de navigation vers Béatrice.

Le tracé qui apparut à l'écran était inconnu de la jeune femme. Elle le questionna du regard, mais, d'un air naïf, il se contenta d'ouvrir son portable et de commencer à travailler.

– T'as loué un nouveau chalet?

– Ouaip!

– En quel honneur?

– Tu le sauras bien assez vite, laissa-t-il tomber, le nez rivé à son écran.

* * *

La demande en mariage n'aurait pas lieu sous le grand chêne.

Béatrice essaya de cacher sa déception. «Peu importe le lieu, c'est la manière qui compte. Lui, ses mots, ses émotions», essaya-t-elle de se consoler.

Quand la chanson de Bruno Mars succéda à la voix de l'animateur radio, Béatrice monta subtilement le volume. Elle n'appréciait pas particulièrement la pop bonbon de ce chanteur américain, mais sa chanson *Marry me* résonnait aujourd'hui comme une promesse.

Du coin de l'œil, elle chercha à savoir si Samuel était réceptif à cette demande en mariage musicale. Malgré son air innocent et concentré, il pouvait bien être à l'origine de cette demande spéciale. L'animateur avait précisé qu'un auditeur voulant garder l'anonymat la dédiait à sa tendre moitié qu'il avait l'intention de demander en mariage au cours du week-end. Ça ne pouvait pas être une coïncidence. Quand Béatrice espérait quelque chose, elle voyait des signes partout.

Les chansons d'amour se succédèrent, tout comme les montagnes bariolées de rouge, d'orangé et de jaune. Béatrice se laissait même aller à fredonner certaines chansons d'amour.

– Ça te dérange pas?

– J'adore quand tu chantes. Ça me rend heureux, dit-il de façon expéditive en lui embrassant la main.

Elle chantait comme un pied, mais y mettait du cœur. Entre les fausses notes, ses silences étaient mélodieux. Il se gardait bien de lui gâcher son plaisir. Il existe tant de facteurs pouvant déclencher une guerre nucléaire entre deux amoureux. Il était inutile que de simples bémols soient soulignés à grands traits. Mais Samuel se demandait souvent si les enfants de la garderie se bouchaient les oreilles quand elle leur apprenait une nouvelle comptine.

Le GPS prétendait qu'il y avait encore une heure de route à faire avant d'être à bon port. C'était beaucoup plus loin que leur destination habituelle. Béatrice se prit à rêver d'un chalet inaccessible, où ils seraient coupés du monde extérieur. Un endroit où les ondes cellulaires ne pourraient pas les atteindre. Samuel savait qu'il était atteint d'une dépendance aux nouvelles technologies. Sans compter son affection pour le travail. Peut-être que le choix du chalet visait justement à l'éloigner de ces tentations, afin qu'ils soient vraiment coupés du reste du monde, unis, dans une bulle d'amour.

Sans perdre la route des yeux, Béatrice tenta de trouver une voie alternative, plus courte.

– Me semble que le chemin que t'as programmé nous rallonge.

– C'est le plus beau. J'ai pensé que tu serais sensible aux paysages d'automne.

– Ohhhh! T'as fait ça pour moi.

Encore un mensonge blanc. Samuel se mordit l'intérieur de la joue. «Concentre-toi, mon vieux.» Il détestait mentir à Béatrice, mais ce n'était pas le temps de se morfondre. Il devait terminer ce rapport au plus vite. Son patron, toujours aussi intransigeant, avait exigé que le document en question se trouve sur son bureau au début de la semaine suivante. Il savait bien que Béatrice ne le lui pardonnerait pas s'il travaillait au chalet. Il avait donc délibérément rallongé le trajet pour abattre plus de besogne. Son entourloupette semblait fonctionner, à voir la réaction de sa blonde.

— Dans une demi-heure, y a un bel observatoire. On va pouvoir y pique-niquer.

— Tu m'as dit qu'on ferait l'épicerie en arrivant. J'ai pas de provision, s'excusa Béatrice.

— J'ai des sushis et une bouteille de blanc. Y a des *ice pack* pour pas que ça soit chaud. Et oui, ça vient de ton resto préféré, pas du comptoir pour emporter de l'épicerie.

Il avait tout débité sans détacher ses yeux de l'ordinateur. L'achat des sushis et du vin – lesquels justifiaient en partie son arrivée tardive à la maison – visait à mieux faire avaler la pilule du long trajet à sa blonde. Le chardonnay aidait toujours à faire passer une vérité amère.

— T'es un amour ! essaya-t-elle de le duper.

« Touché », se félicita Samuel en se remettant au travail.

Béatrice était déçue. Depuis le visionnement d'un documentaire sur la pêche durable, elle boycottait les sushis. Ils avaient eu une discussion sur le sujet quelques jours plus tôt. Sans compter qu'elle préférait nettement le saké au vin blanc pour accompagner ce mets japonais. Comment avait-il pu se fourvoyer à ce point ? Mais inutile de lui mettre son erreur sous le nez. Le contenu de son assiette n'allait quand même pas gâcher leur fin de semaine en amoureux.

Elle regarda Samuel. Il semblait nerveux. Une nervosité qu'il lui communiqua. Le plan lui apparaissait maintenant comme une évidence. Samuel avait planifié sa demande en mariage dans les moindres détails, Béatrice n'en doutait pas. Un pique-nique romantique, en plein cœur d'une nature haute en couleur, au début d'un long week-end en amoureux. Il s'apprêtait à faire sa demande en mariage. Elle regretta d'avoir glissé sa robe blanche dans sa valise plutôt que de l'avoir enfilée avant le départ. Dans quelques minutes, elle prononcerait le « oui » le plus important de sa vie.

Quelques kilomètres plus loin, la conductrice gara la voiture en bordure de la route. À regret, Samuel rabattit l'écran de son portable. Il n'avait pas terminé. Il était même loin du compte.

– C'est ça, ton éden à sushis ?

L'avocat regarda enfin à travers le pare-brise de la voiture. L'observatoire vanté par un collègue de travail se résumait à un vieux banc de bois, en bordure d'une route passante. Un siège inconfortable faisant face à de grands conifères cachant toute la palette des couleurs automnales.

– Le paradis, c'est d'être avec toi, lui offrit-il en guise de consolation.

Chacun sourit pour ne pas décevoir l'autre.

Les amoureux emportèrent leur festin à l'extérieur. Rapidement, ils constatèrent que les mouches et autres charmants insectes étaient toujours légion malgré l'automne naissant.

– Du poisson cru, je veux bien, mais pas des bibittes, s'indigna Béatrice lorsque Samuel tua un moustique qui atterrit dans le contenant de sauce soya.

– Tu préfères qu'on mange dans la voiture ?

« J'espère surtout que tu réalises que c'est pas le contexte rêvé pour une demande en mariage », songea Béatrice en acquiesçant.

– On va pouvoir mettre le chauffage, ajouta Samuel pour lui faire plaisir. L'air est frais.

L'idée de laisser tourner le moteur pendant leur repas choquait Béatrice. D'autant plus qu'elle avait chaud.

Samuel sortit son téléphone intelligent dès qu'il posa les fesses sur le siège de la Mercedes.

– Pas de téléphone à table.

– On est dans la voiture.

– Pas de travail pendant le repas, se reprit-elle.

Samuel garda l'appareil en main avant de le retourner vers eux et d'immortaliser ce ridicule souper d'amoureux, coincé entre les sièges chauffants, le tableau de bord et le GPS. Dans quelques années, ils regarderaient cette photo en s'avouant à quel point c'était raté comme ambiance. Le temps permettait toujours à la vérité de ressurgir.

* * *

Une fois l'estomac rempli, le couple reprit la route. Samuel se replongea rapidement dans ses travaux, alors que Béatrice passait en revue le confort de la voiture. Elle possédait une petite sous-compacte qui avait pour fonction de l'amener du point A au point B. La vieille voiture convenait très bien à cette tâche, mais elle échouait à offrir une expérience de conduite agréable, à protéger adéquatement des éléments extérieurs et probablement même à sauver les passagers en cas d'impact. La voiture de Samuel remplissait à merveille tous ces rôles. Mais comme nul n'est parfait...

– La voiture est désalignée.

– Ben non.

– J'te dis, ça tire vers la gauche.

– Depuis quand t'es experte en Mercedes ?

Béatrice n'avait pas l'intention de participer à une joute verbale qu'elle savait perdue d'avance. Elle se contenta de lever les mains en l'air et d'attendre que la voiture s'incrimine toute seule.

Après quelques secondes, Samuel releva le nez de son écran et comprit ce qui était en train de se passer.

– Veux-tu tenir le volant, s'il te plaît ?

– Tu vois bien qu'on est déportés vers la gauche.

– La route est croche.

– Je peux recommencer, dit-elle en lâchant le volant.

– Arrête ça!

Déjà qu'il n'était pas à l'aise qu'elle conduise sa voiture, si en plus elle commençait à se prendre pour un cow-boy, il allait regretter de lui avoir tendu les rênes.

Il conduisait cette voiture depuis deux ans. Chaque jour, il s'assoyait derrière le volant. Jamais il n'avait remarqué le problème détecté par sa douce. Et présentement, il perdait un temps précieux à chercher la cause du problème plutôt qu'à travailler. Avait-il traversé un dos d'âne trop rapidement? Est-ce qu'il avait heurté une chaîne de trottoir à cause de sa conduite audacieuse? Était-ce plutôt un nid-de-poule qui était à l'origine du désalignement? Il suffisait parfois d'une accumulation de petites aspérités pour que le problème prenne de l'ampleur. Le conducteur ne s'en rendait pas compte, jusqu'à ce que le problème soit si envahissant qu'il faille intervenir. La détérioration d'un couple se passait souvent de cette manière sournoise.

– La voiture est désalignée, claironna-t-elle.

Elle crut percevoir un serrement de mâchoires chez son passager.

– Je vais prendre rendez-vous.

Il n'aimait pas avoir tort, mais il était content que Béatrice ait découvert le problème. Ça lui permettrait de le régler. Maintenant, il pouvait se concentrer sur son travail.

Croyant que son homme boudait, Béatrice monta le volume de la radio pour chanter de plus belle. Pas question de se laisser contaminer par la mauvaise humeur de l'autre. Monsieur-le-diable-est-dans-les-détails n'avait pas remarqué le désalignement. Il fallait qu'il soit terriblement préoccupé par sa demande en mariage pour négliger à ce point sa voiture chérie.

– Arrête de chanter, s'il te plaît.

C'était un véritable supplice pour les oreilles. Samuel avait du mal à se concentrer avec autant de cacophonie.

Béatrice accepta de se fermer le clapet, mais elle maintint le volume élevé de la radio. Pas question de laisser un silence lourd de reproches envahir l'habitacle. Si Samuel se trouvait vexé parce qu'elle était plus attentive que lui aux problèmes de sa Mercedes, tant pis.

– Pourrais-tu baisser le volume, s'il te plaît?

La demande était correctement formulée : conjuguée au conditionnel présent et additionnée d'un mot magique. Béatrice répétait tous les jours aux enfants que ces deux ingrédients composaient la politesse. Qu'avec eux, ils obtiendraient ce qu'ils désiraient. Aussi accéda-t-elle à la demande de Samuel.

Quelques minutes plus tard, lorsqu'elle se mit à fredonner cet autre succès musical qui lui plaisait tant, Samuel perdit patience et éteignit la radio.

– Fais-tu exprès? J'arrive pas à me concentrer.

Béatrice fixa la route. Samuel fixa son écran. Le silence se fixa autour d'eux. Un ménage à trois que Béatrice cherchait pourtant à éviter.

Chaque année, Béatrice attendait leurs vacances au chalet avec excitation. Comme pour tous les couples, ces quelques jours loin du travail et du quotidien représentaient de l'or à ses yeux. Pourtant, chaque fois, elle s'étonnait de constater à quel point ils se chicanaient. Jamais les murs de leur maison n'assistaient à autant de querelles que ceux du chalet.

Ils n'attendaient même pas d'être arrivés pour se chicaner et commençaient en chemin. Comme si, hors de leur routine bien huilée, ils peinaient à entrer en relation avec l'autre. Chaque fois, Béatrice se désolait de constater à quel point il était facile d'être ensemble, séparés par une tablette, un bac de linge sale ou une boîte de céréales au déjeuner. Sans distractions, ils avaient de la difficulté à être aussi proches l'un de l'autre, et aussi longtemps. L'horaire de travail de Samuel agissait comme un garde-fou de leur union. En retirant cet élément de l'équation, ils devaient réellement vivre l'un avec l'autre et ils n'en avaient pas l'habitude. De la même manière que bien des couples vivant à distance explosent au moment où les amoureux choisissent de vivre ensemble. Il est plus facile d'être un couple séparé qu'un couple uni. Plus facile d'être des colocataires qui jouent au couple que d'être un couple.

Écrasée par le chagrin, déçue que le week-end débute ainsi, Béatrice se fit la réflexion que, finalement, l'escapade au chalet n'était peut-être pas le meilleur moment pour une demande en mariage.

* * *

Chapitre 3
Profiter de la balade

Le bruit des doigts de Samuel pianotant sur son clavier d'ordinateur réveilla Béatrice. La Belle au bois dormant crut d'abord qu'il pleuvait et que les gouttes s'abattaient sur le toit du chalet. C'était plutôt l'amoureux qui abattait du travail. Elle se laissa tout de même caresser par ce bruit de fond et replongea dans le sommeil.

Samuel en profita pour avancer sa besogne. « Bourreau de travail » était une expression qui le définissait bien. Le jeune avocat se demandait toujours si, dans l'œil des autres, ce terme était péjoratif ou admiratif.

Il s'en voulait à l'occasion d'avoir le travail tatoué sur le cœur. Si on lui avait demandé de faire la liste de ses priorités, il aurait placé sa conjointe sur la première ligne et son travail sur la seconde. L'ordre était établi pour satisfaire aux exigences sociales. Mais au fond de lui, Samuel savait que son emploi tenait le haut du pavé. Ses paroles affirmaient le contraire, mais ses actions le prouvaient au quotidien.

Dès sa rencontre avec Béatrice, il avait été inflexible sur le sujet : il avait besoin de s'accomplir professionnellement. Heureusement, sa perle rare comprenait son ambition et le soutenait. Son désir égoïste de dépassement s'était tranquillement mué en un instinct de protection. Il travaillait pour elle, pour eux. Il avait besoin d'être le pourvoyeur, celui qui leur offrait une sécurité matérielle. S'il avait cherché à gravir les échelons rapidement, c'était pour qu'ils aient une belle vie, avec des enfants et tout le tralala!

Béatrice, de par sa nature calme et pondérée, l'aidait à garder les pieds ancrés dans la réalité. Elle lui rappelait l'importance des êtres chers, alors que lui sacrifiait tout un chacun au nom du dieu Business. Trop souvent, Samuel souffrait de se comparer à elle. Sa blonde possédait tant de qualités humaines. Elle lui apportait tant. Il n'avait pas l'impression de la mériter. Normal qu'il cherchât à se l'attacher avec ce qu'il possédait : un talent professionnel démesuré. Il espérait juste qu'elle saisirait, à travers son obsession de la loi, à quel point il l'aimait et tenait à elle.

Déconcentré par ses pensées, Samuel s'approcha de sa douce. Il souffla doucement contre sa joue pour la réveiller. Dès qu'elle entrouvrit les paupières, il passa à l'attaque :

– J'ai faim.

– Dévore-moi, proposa-t-elle, faussement sensuelle en essayant de lui éviter son haleine matinale.

Il prit le temps de la regarder. Réellement. Il vit le gonflement de ses paupières, l'obstination de son toupet à défier la gravité à cause d'une rosette, ce vieux t-shirt faisant office de pyjama depuis trop longtemps. Devant ce tableau quotidien, il ne parvenait plus à voir la Béatrice des premiers jours. La passion ardente qu'elle suscitait chez lui était pourtant toujours vivante. Mais elle hibernait et ses étés étaient courts.

Samuel se questionnait à l'occasion sur l'état du désir de sa blonde. Il se demandait si elle remarquait ses rides à lui et le fait que son front se dégarnissait un peu. Il gardait la forme, mais sa peau n'avait plus le même tonus. Ses dents n'avaient plus l'éclat de leurs vingt ans, malgré les blanchiments auxquels il les avait soumises. Si seulement il parvenait à réduire un peu sa consommation de café.

— Tu me dévores pas? remarqua-t-elle.

— Tu contiens de la caféine?

— Pas à ma connaissance, répliqua prudemment Béatrice sans savoir si c'était une bonne ou une mauvaise chose.

— Dommage... j'ai besoin d'un café. Ça fait deux heures que je travaille.

Béatrice rembobina le fil de sa pensée et revit la cafetière cachée dans la valise de la voiture. Elle se remémora les deux autres tentatives de son chum pour débrancher l'appareil et le mettre en cachette dans la voiture. Elle avait déjoué chacun de ses efforts. Son obsession à trimbaler sa précieuse cafetière au chalet lui faisait même craindre un début d'alzheimer. Pourtant, Samuel ne perdait pas la boule. Il savait que le nouveau chalet n'était pas équipé d'un percolateur. Il avait joué le jeu pour ne pas gâcher sa surprise. Pour elle.

— Qui est assez fou pour apporter son café et sa cafetière au chalet?

Samuel se désigna tout en grimaçant comme un demeuré.

— T'as gagné, le débile! Je m'habille.

* * *

La boulangerie sympathique vantée par Samuel se révéla plutôt être une épicerie de village proposant du café soluble et des viennoiseries commerciales jouant à la roulette russe avec leur date de péremption.

Pas question de refaire une heure de route pour trouver un marché d'alimentation digne de ce nom. Ils allaient se contenter des denrées disponibles. Béatrice pouvait faire un festin d'aliments banals. Et puis, l'important, c'était d'être ensemble, pas d'élaborer un menu digne de Ricardo.

Samuel revint vers l'entrée du commerce et attrapa un chariot en vue d'y déposer leurs victuailles. Puisque deux des roues refusaient de collaborer, il porta son attention sur le seul autre panier disponible, lequel avait une roue cliquetant à chaque poussée.

– Musique de fond pour me chanter la pomme?

– On va être chanceux si on trouve du café et une cafetière ici, éluda-t-il.

– En tout cas, si y en a, on va les trouver facilement, pouffa Béatrice.

Ils avaient l'habitude des trop nombreuses allées du super-marché situé près de leur maison de banlieue, un géant de l'alimentation qui les noyait dans les nouveautés chaque semaine. Ici, le misérable chariot n'avait que quelques mètres d'allées à parcourir. L'épicerie ne comportait que trois rangées.

Le couple commença à déambuler dans la première allée. Béatrice jeta son dévolu sur un pot de tartinade noisettes-chocolat tandis que Samuel prenait, à défaut de trouver mieux, un pot de café instantané. Pour faire rire sa douce, il en dévissa le couvercle, retira la pellicule protectrice et se versa une infime quantité du produit directement dans la bouche.

Elle lui asséna une claque amicale sur l'épaule.

– Franchement!

– Je t'ai dit que j'avais besoin de caféine, plaida-t-il avant de sourire de toutes ses dents maculées de grains noirs.

Elle adorait quand il faisait le bouffon de la sorte. Malheureusement, son statut professionnel d'avocat lui interdisait les sottises publiques. Il n'y avait que dans l'intimité et au chalet que Samuel redevenait, l'espace d'un instant, ce jeune adulte insouciant dont elle était tombée amoureuse. Elle se rappelait vaguement un adage voulant que ce ne soit pas la destination qui compte, mais le chemin pour s'y rendre. En couple, on oubliait trop souvent cette maxime. Il fallait saisir chaque joie avant qu'elle ne se fane. Cueillir les bonheurs quotidiens sans chercher à les replanter dans l'avenir. La félicité d'aujourd'hui prenait rarement racine dans la terre du futur.

Après avoir craché son café soluble dans un mouchoir, Samuel partit à la chasse au fromage.

– Faites qu'ils aient autre chose que du fromage en tranches emballées...

Béatrice fit la course, comme une gamine, en direction du comptoir réfrigéré.

– Fromage emballé! cria-t-elle victorieusement en mettant la main sur les tranches orange fluo.

– C'est pas juste, le chariot va tout croche, invoqua comme excuse Samuel afin de justifier sa lenteur.

– Comme prix de participation, je t'offre une omelette au faux fromage! s'amusa Béatrice.

– Je peux pas croire que Jean-Marc...

Samuel étouffa le reste de son idée avant de se mettre davantage les pieds dans les plats. Pour faire diversion, il se mit à farfouiller dans les cartons de lait, à la recherche de celui qu'ils consommaient habituellement.

– Quoi, Jean-Marc?

– Je prends du 1%?

– Qu'est-ce que ton patron vient faire dans notre magnifique épicerie?

Voilà exactement la raison pour laquelle Samuel préférait être honnête avec sa blonde. Les cachotteries finissaient toujours par être mises au jour, et lui, par payer le prix de son silence. En vitesse, il chercha une réponse qui soit à mi-chemin entre la vérité et le mensonge. En sa qualité d'avocat, on le payait exactement pour cette raison: afin qu'il trouve les mots justes pour dominer la conversation, avec le juste dosage de divulgation d'informations et de retenue. Il se dirigea vers les douzaines d'œufs, question de paraître détaché du sujet.

– C'est lui qui m'a recommandé le chalet que j'ai loué. Et je l'imagine mal manger ça, affirma-t-il en pointant le paquet de vingt-quatre tranches de fromage et le café en poudre.

– Ce que les gens dégagent et ce qu'ils sont vraiment...

– Es-tu en train de me dire que ma superbe blonde compréhensive est en fait un pichou grincheux?

Il avait le chic pour les compliments bien tournés. Béatrice l'embrassa. Inutile d'insister. «Tu as raison» s'insérait rarement dans le vocabulaire de son homme. Il ne la contredisait pas, c'était déjà ça de gagné.

Béatrice n'hésita pas une seconde avant de déchirer l'emballage du paquet de fromage et d'engloutir une tranche, toujours recouverte de plastique. Le temps que dura la surprise de Samuel, elle détacha son chignon, fit une séparation en plein centre de son front et rabattit ses cheveux derrière ses oreilles. Elle se mit à loucher et à chialer sur le fait que c'était difficile à mastiquer.

– T'es vraiment un pichou grincheux.

Il approcha sa bouche de la sienne et mordit dans le bout de plastique qu'elle laissait pendre intentionnellement. C'était aussi amusant que dégoûtant. Ils se baissèrent pour éviter de croiser le regard du commis qui les dévisageait avec désapprobation.

Ils se sourirent. À ce moment précis, Béatrice eut la certitude d'être toujours en présence de celui qu'elle avait choisi pour compagnon, dix ans plus tôt. Quand le couple revient à son premier ballet, une félicité s'empare de lui. Les amoureux saisissent à quel point ils s'aiment et retrouvent toutes les raisons qui les ont fait se choisir mutuellement. Mais en même temps, c'est le triste rappel de ce qui n'est plus. Le constat que le temps a passé, emportant avec lui la légèreté des débuts.

– Du fromage en tranches jusqu'à ma mort, si c'est pour le manger avec toi.

Samuel était touché droit au cœur. Il savait que Béatrice le suivrait au bout du monde s'il en faisait la demande. Il n'aurait probablement pas la même générosité à son endroit et c'était ce qui le troublait le plus. Être aimé de la sorte donnait parfois le vertige.

En se dirigeant vers la caisse pour payer, Samuel ressentit une boule dans son estomac. Ni le café ni le fromage n'en étaient responsables. Il avait peur.

* * *

Chapitre 4
La rencontre du grand méchant loup

L'omelette n'avait rien de mémorable, mais elle était mangeable et digeste. Les amoureux l'engloutirent en quelques fourchetées.

Après le repas, Samuel se dirigea vers la chambre. Béatrice, elle, se posta à la fenêtre. Le paysage était à couper le souffle. Elle remarqua la chaloupe qui paressait sur la rive, à côté du quai. Vestes de flottaison et pagaies remplissaient son ventre. L'orangé des gilets lui rappela le fromage qu'elle venait d'avaler. Elle aurait aimé partager cette observation avec les enfants. Ils auraient ri en prétendant que madame chaloupe avalait des omelettes aux gilets de sauvetage.

– Je sais très bien ce que t'as en tête.

– T'es devin ?

– Avocat, se vanta-t-il.

En public, quand il brandissait sa carte professionnelle, un halo de respect planait sur l'assemblée. Quand, au détour d'une discussion, il parvenait à mentionner son gagne-pain, on s'intéressait davantage à lui.

Béatrice n'avait pas besoin de se retourner pour savoir que son homme bombait le torse. S'il savait à quel point sa profession lui importait peu. Bien sûr, il y avait des avantages non négligeables : l'excellent salaire leur permettant de dormir dans des draps en coton égyptien et le régime de retraite payé en partie par l'employeur. Mais était-ce suffisant pour occulter les heures supplémentaires consenties chaque semaine, l'absence aux réunions de famille et le cellulaire toujours à la main pour répondre aux urgences? Il y avait bien des raisons pour aimer Samuel, mais pour Béatrice, sa carrière d'avocat n'en faisait pas partie.

– T'as l'intention de lire sur le quai, déclara-t-il à ses omoplates.

– Peut-être.

– Tu feras ça demain.

– Pourquoi?

– Parce qu'aujourd'hui j'ai une surprise pour toi.

Béatrice se retourna et constata que Samuel avait changé de tenue.

– T'es chic!

– Pas tant que ça.

Le sourire aux lèvres, il dégrafa son jeans et tira sur l'élastique de son vieux sous-vêtement troué.

– On s'en va plaider?

– Genre, répondit-il, énigmatique.

Il avait enfilé ses boxers chanceux. Aussi, elle décida de se changer et de porter sa robe blanche agencée à une paire de sandales coquettes.

– Je t'amène marcher en forêt, crut important de préciser Samuel devant ce choix vestimentaire peu adapté à ce qu'il avait en tête.

Béatrice s'obstina à conserver sa tenue de je-m'apprête-à-dire-oui-à-une-demande-en-mariage. Son amoureux s'était saisi de l'appareil photo. Il en profiterait sûrement pour immortaliser la scène. Pas question de gâcher la beauté du moment en portant de grosses espadrilles.

Elle noua ses cheveux en une lourde natte, mais le résultat ne la satisfaisait pas. Elle tenta une coiffure décentrée qui déséquilibra son visage fin. À bout de patience, elle se contenta de son traditionnel chignon lâche sur le dessus de la tête. À son retour dans la pièce principale, elle constata que l'expression de Samuel traduisait clairement son étonnement devant le temps qu'elle avait mis à composer cette coiffure plus que sommaire. Mais l'amoureux n'émit aucun commentaire sur le sujet.

« Il a bien choisi la journée pour la grande demande », songea Béatrice en mettant le nez dehors. L'air était doux et chargé de cette odeur de terre caractéristique de l'automne. Le soleil dardait ses rayons et faisait briller de mille feux le lac en contrebas. On aurait dit une pluie de confettis argentés prête à déferler sur eux pour célébrer leur amour. Même les feuilles mortes, jonchant le sol, formaient un tapis nuptial sans pareil. Leurs couleurs n'avaient d'égales que la musique qu'elles provoquaient lorsqu'on les foulait.

La matinée avait été exemplaire ; elle les sentait en parfaite symbiose, en parfaite communion. Il ressentait visiblement la même chose qu'elle pour choisir de se déclarer enfin ouvertement sur leur avenir à deux.

Samuel entrelaça ses doigts à ceux de son amoureuse. Il adorait lui faire des surprises. D'un tempérament plus souple que le sien, Béatrice s'adaptait en toutes circonstances. Alors que lui était rigide, aimait la routine et souhaitait tout contrôler, Béatrice se laissait porter par le vent, telle une feuille à l'automne. « Pas étonnant qu'elle aime autant octobre », songea Samuel.

Il avait toujours su qu'il passerait sa vie aux côtés de Béatrice. S'ils s'étaient donné du temps avant de fonder un foyer, c'était simplement pour assouvir un tantinet son ambition professionnelle. Il souhaitait se placer les pieds pour ensuite mieux investir dans la famille. Maintenant qu'on lui offrait la reconnaissance souhaitée au bureau, il était prêt à franchir le pas.

Un vent frisquet balaya la forêt. La brise insistante décrocha des dizaines de feuilles qui se mirent à valser en direction du sol. La scène était digne des films les plus poétiques. Samuel ne doutait pas que Béatrice soit aussi émue que lui devant ce spectacle naturel. Il fit une pause, attira sa belle contre lui et l'embrassa passionnément.

Béatrice s'apprêtait à reprendre la marche lorsqu'elle sentit que Samuel tirait légèrement sa main vers l'arrière.

– Attends...

Lorsqu'elle se tourna vers lui, le temps se suspendit. Au ralenti, elle le vit poser un genou au sol. L'émotion la gagna. Il gardait le regard toujours tourné vers la terre. Il devait réciter mentalement le texte qu'il avait préparé pour la demander en mariage. Elle était prête à dire oui. À le crier même ! Son cœur voulait lui sortir de la poitrine. Elle savait que l'émotion la submergerait au moment de la grande demande. Elle en avait déjà discuté avec ses copines mariées et avec sa mère qui célébrait cette année ses noces de nacre. Quarante-deux années de mariage ! Peut-être qu'elle aurait la chance d'en vivre autant si monsieur se décidait enfin à poser la grande question.

– Je vais me planter.

Elle eut envie de l'encourager. L'avocat sûr de lui faisait place à l'amoureux incertain. C'était touchant. Peu importe les mots, elle allait dire oui. Il n'avait qu'à se lancer.

C'est alors qu'elle remarqua qu'il rattachait le cordon de son espadrille.

Ignorant tout du drame intérieur qui venait de secouer sa tendre moitié, Samuel repartit à grandes enjambées. Il avait hâte d'arriver à destination. Derrière lui, Béatrice peinait à suivre le rythme. Elle s'essoufflait, ne sachant trop si c'était la petite taille de ses pas qui la ralentissait ou le poids de sa déception.

Voyant qu'elle tirait de l'arrière, Samuel ralentit et lui tendit la main. Elle fut reconnaissante qu'il consente à s'adapter à sa vitesse de croisière. Dans un couple, il fallait constamment ajuster son pas à celui de l'autre. Même en marchant dans la même direction, sur le même chemin, les amoureux devaient fournir des efforts pour être au diapason. Béatrice se consolait en voyant qu'elle précipitait peut-être ses enjambées, mais qu'en retour Samuel l'attendait.

Ils arrivèrent à la croisée des chemins. Sans même la consulter, Samuel bifurqua vers la gauche, vers le lac. Elle aurait préféré s'enfoncer dans la forêt, à droite. Elle resserra la prise qu'elle avait sur les doigts de son amoureux. Une peur diffuse la gagnait.

Samuel savait exactement où il se dirigeait dans la vie. Il y allait d'un pas affirmé, rapide. À l'inverse, elle cherchait encore le sentier qu'elle souhaitait fouler. À défaut de se fixer, elle se laissait guider. Il était reposant, à l'occasion, de s'en remettre à l'être cher pour la prise de décisions. Mais parfois, ce rôle passif la gênait. Béatrice était reconnaissante que Samuel ne se formalise pas de ses hésitations, qu'il l'accepte avec ses tergiversations, ses contradictions, ses égarements. Il ne jugeait jamais son inaction, son laxisme ou sa paresse. Cette part d'ombre qu'elle portait en elle, tous ses amoureux l'avaient rejetée et décriée. Samuel, au contraire, semblait l'embrasser. Jamais un autre homme ne lui avait donné l'impression d'être aimée en entier, dans sa globalité. C'était un cadeau inestimable. Un cadeau qu'on reçoit rarement plus d'une fois dans sa vie...

Le sentier débouchait sur le bord du lac. Samuel afficha un large sourire. Si les indications données par son patron se révélaient exactes, ils parvenaient enfin à destination.

De l'autre côté de l'eau, le quai de leur chalet était visible. Ils avaient marché un bon moment. Béatrice regrettait déjà le choix de ses chaussures. Dire qu'elle allait devoir parcourir la même distance pour rentrer.

– Photo.

Samuel mitrailla sa blonde, dos au lac.

– J'espère qu'on s'en vient pas se baigner, frissonna-t-elle en frictionnant ses bras de ses propres mains.

Des plaisanciers s'adonnaient à la pratique du ski nautique. Béatrice, peu sportive, n'avait jamais envisagé d'entreprendre une activité aussi risquée.

– J'ai justement loué de l'équipement pour ça.

Elle resta interdite un instant avant de comprendre qu'il faisait une blague. Son chum était sportif, athlétique même. Jamais il n'en faisait mention, mais Béatrice avait la conviction qu'il la trouvait paresseuse. Les années avaient ajouté quelques kilos à son tour de taille, alors que Samuel avait encore la physionomie de ses vingt ans. Lorsqu'elle se regardait dans le miroir, elle se rappelait souvent qu'elle devait surveiller son alimentation, faire de l'exercice, prendre soin d'elle. C'était une question de santé à long terme, d'estime de soi, mais aussi de séduction. Lui n'avait aucun effort à fournir pour demeurer aussi séduisant. Quelle injustice !

– Tu le sais que j'ai peur de l'eau.

– Pas vrai. T'en bois tous les jours, la taquina-t-il.

Elle pouvait patauger dans la piscine municipale sans problème, mais se baigner dans un lac la rendait nerveuse. Elle ne supportait pas l'idée de s'ébattre dans une eau noire qui gardait pour elle le secret de sa profondeur et de son contenu animalier.

– C'est pas pire que le ski de fond, tenta Samuel. Faut juste garder les skis dans le même sens.

Béatrice adorait cette activité hivernale. Elle la pratiquait à son rythme, sans désir d'excellence ni de performance. Le ski de fond représentait le hobby parfait pour une rêveuse comme elle.

Les pistes, tracées chaque matin par la surfaceuse, lui permettaient d'avancer tout en contemplant le décor. Pas besoin de faire un effort conscient pour garder les skis parallèles. Les pistes agissaient, telles des ornières, afin que les skieurs gardent le cap.

– Les skis dans le même sens, hein ? Tu diras ça à la fille qui vient de se planter.

La pauvre skieuse avait eu un moment d'inattention et un de ses skis s'était éloigné de son semblable. Avant d'effectuer un grand écart digne des gymnastes chinoises, elle avait abandonné sa prise et foncé, la tête la première, dans le lac. C'est ce qui arrivait quand les skis n'allaient pas dans la même direction.

– Tu pourras lui dire toi-même. C'est la femme de Jean-Marc.

* * *

Un sourire factice plaqué sur le visage, Béatrice accepta la coupe de vin qu'on lui tendait. Elle plongea ses lèvres dans le liquide frais en espérant que le pourcentage d'alcool serait suffisamment élevé pour l'engourdir un peu. Elle détestait les surprises de Samuel.

Sheryll était à l'étage, occupée à se refaire une beauté. Après son plongeon en ski nautique, elle voulait enfiler une tenue confortable et se sécher les cheveux. Tandis que Jean-Marc se dirigeait vers son gigantesque barbecue pour commencer la préparation du souper, Béatrice décida de servir sa colère en apéritif à son chum.

– T'aurais pu me le dire.

Samuel haussa les épaules innocemment.

– Je me serais habillée différemment.

– T'es parfaite. On est au chalet.

Chalet était un terme très bien choisi pour définir l'habitation qu'ils avaient louée pour trois jours, mais c'était un terme réducteur pour désigner la résidence secondaire du patron. Si eux dormaient dans la maison du deuxième petit cochon, Jean-Marc et Sheryll avaient élu domicile dans la maison de pierre de l'aîné des trois frères. L'immense structure faisait rêver.

Béatrice ferma les yeux. Elle revit Sheryll sur le bateau, la combinaison de ski rabattue sur les hanches, les mains et poignets ornés de bijoux, les lunettes Gucci sur le nez. Elle n'avait pu s'empêcher de penser que de nombreuses montures griffées devaient se trouver au fond du lac.

Avec sa robe blanche raccommodée par sa mère, son chignon retenu par un élastique et ses sandales hors saison, Béatrice ne supportait pas la comparaison. Elle aurait donné cher pour un tube de mascara ou, mieux encore, une baguette magique pouvant la métamorphoser. Elle avait l'air de Cendrillon... avant sa rencontre avec sa fée marraine.

– J'suis pas à l'aise avec Sheryll.

Le visage de Samuel marqua la surprise.

– Tu m'as déjà dit que tu l'aimais.

Béatrice baissa le regard. Le printemps dernier, le cabinet avait donné un bal en l'honneur d'une fondation qu'elle représentait. Le jeune couple avait participé à l'événement. Samuel y nageait comme un poisson dans l'eau, serrant la main à des partenaires, accostant des donateurs fortunés, blaguant aussi bien en français qu'en anglais. Pendant ce temps, sur ses talons, Béatrice se contentait de sourire. Un rôle de second plan qu'elle endossait parce qu'elle voyait l'importance de l'événement pour son amoureux. Ce soir-là, ils avaient mangé à la table du grand patron. Sheryll s'était gentiment employée à lui faire passer un bon moment pendant que les hommes discutaient business. Au retour, elle avait menti, affirmant qu'elle avait adoré sa soirée et qu'elle avait presque une nouvelle copine en la personne de Sheryll.

La femme du patron avait tout des *Beautés désespérées*. C'était une anglophone fortunée, drapée dans des robes griffées hors de prix. Elle affichait un air distingué en tout temps. Béatrice était certaine que lors de sa chute en ski, le faciès de Sheryll avait embrassé l'onde avec une grâce digne de la princesse des cygnes. Si Béatrice avait été sur les skis, elle se serait bêtement écrasée la face la première dans le lac comme un vilain petit canard. Même les mots jouaient en faveur de Sheryll.

Devant le silence de sa blonde et sa frénésie à enchaîner les gorgées de vin, Samuel sourit tendrement.

– Je suis là, lui souffla-t-il à l'oreille.

Tout s'enchaîna rapidement : l'apéro, les bouchées, la serviette à mettre sur les genoux, les trop nombreuses fourchettes à côté de son assiette. Béatrice observait les autres convives.

Sheryll tamponna les commissures de ses lèvres avec la serviette de tissu. La manœuvre visait surtout à cacher le contenu de sa bouche tandis qu'elle riait. Les anecdotes de Samuel semblaient hilarantes. Béatrice n'aurait su le dire puisque la conversation portait uniquement sur le cabinet, les contrats en cours ou les articles de lois dont elle ne connaissait rien. Elle se sentait comme la pantoufle de vair dans l'histoire du Petit Chaperon rouge : au mauvais endroit.

Être ainsi étrangère à la conversation aurait pu la blesser. Il aurait été de bon goût que Samuel fasse un effort pour l'inclure dans les discussions et qu'il cherche à mettre sur la table des sujets où elle serait mise en valeur. Mais Béatrice n'en prenait pas ombrage. Elle était trop absorbée par la redécouverte de son amoureux.

Avec les années, l'humour pétillant de Samuel lui semblait banal et désuet. Quand il blaguait, elle esquissait à peine un sourire, alors qu'elle croulait de rire dix ans plus tôt. Elle anticipait si bien la moindre de ses réactions que son humour ne la déridait plus. Au quotidien, elle avait l'impression qu'il avait perdu la main. Que son travail d'avocat l'avait emprisonné dans un trois-pièces de rigidité et de sérieux. Ce soir, elle réalisait qu'il maniait toujours aussi bien ses effets de surprise. Si elle se fiait à l'hilarité des autres convives, c'était elle qui avait moins d'humour.

— Est-ce que la demoiselle a accepté la proposition ? le questionna Jean-Marc avec assurance.

— J'ai pas eu le temps, souffla Samuel entre ses dents pour le faire taire.

— Je pensais qu'on allait célébrer ça ensemble.

Il leva sa coupe en direction de Béatrice. Elle accepta de trinquer, malgré l'ambivalence de ses émotions. Elle comprit à demi-mot que Jean-Marc faisait référence à la demande en mariage qui ne tarderait pas et se sentit flattée qu'il en confirme l'imminence. En revanche, elle aurait apprécié que ce gros ours mal léché fasse preuve de discrétion et laisse à Samuel le soin de poser la grande question le premier, comme un homme.

En portant sa coupe à ses lèvres, Béatrice aurait juré que Samuel rougissait. Fait rarissime chez cet homme confiant et légèrement frondeur. S'il était le centre d'attention depuis le début du souper, c'était parce que les discussions portaient sur le travail. Dès qu'on lui demandait de parler de ce qu'il ressentait, le grand plaideur devenait muet.

— *Why dont you go outside and start a fire* ? proposa Sheryll pour dissiper le malaise. *Béatrice and I will join you shortly.*

Cette femme était une hôtesse extraordinaire. Une des rares personnes pouvant donner des ordres à Jean-Marc.

Ce dernier attrapa une bouteille de porto millésimé, deux coupes et fit signe à Samuel de le suivre.

D'un geste de la main, Sheryll invita Béatrice à passer au salon.

– Tu voudrais pas qu'on desserve la table, suggéra gentiment Béatrice, sachant fort bien que Jean-Marc ne se proposerait pas pour cette tâche.

– *He's gonna do it when you'll leave*, révéla-t-elle avec une pointe d'amusement. Je pas être sa servante, continua Sheryll avec un accent à couper au couteau.

L'anglophone intercepta le regard de sa vis-à-vis et prit plaisir à y déceler, pour la première fois depuis le début de la soirée, une lueur d'espièglerie.

– Prends le gros album rouge.

Béatrice repéra un album de photos qu'elle se dépêcha de feuilleter. Elle adorait ces retours dans le temps. Il était de plus en plus rare que les gens impriment leurs souvenirs sur papier.

Les premières photos montraient une collation des grades. Béatrice chercha à y repérer Jean-Marc. Les années avaient passé, mais elle pouvait sûrement retrouver les traits rajeunis de l'homme d'affaires. Après l'avoir laissée chercher quelques secondes, comme une maman le ferait avec son enfant dans un *Cherche et trouve*, Sheryll positionna son index au-dessus de la tête d'une femme.

– Moi.

Béatrice n'avait jamais même songé à lui demander son parcours professionnel. Pour elle, Sheryll était l'épouse de Jean-Marc. En dehors de cette étiquette, elle n'avait pas d'identité. Elle embrassait ce rôle à merveille et Béatrice avait du mal à imaginer qu'elle ait déjà eu des ambitions professionnelles bien à elle. Elle soutenait celles de son mari.

– Je suitais avocate.

– J'étais, la corrigea Béatrice.

Elle regretta aussitôt son intervention. Elle avait l'habitude de reprendre les enfants avec leurs maladresses verbales. Elle n'avait pas songé que rectifier le tir de la femme du patron de son chum pouvait être déplacé.

— J'étais avocate, reprit Sheryll dans un sourire. Tu es surprise?

Béatrice se contenta de baisser les yeux sur les photos. Admettre son étonnement aurait été l'équivalent d'affirmer qu'elle pensait que l'autre était une potiche.

— Je suitais excellente.

Béatrice tourna sa langue sept fois dans sa bouche.

— Je suitais *the best*!

— J'étais.

Elle ne pouvait pas s'en empêcher. Elle aimait sa langue française et les oreilles lui démangeaient quand quelqu'un commettait de telles erreurs de langage. La reine d'Angleterre conjuguerait mal un verbe qu'elle la reprendrait probablement.

— *I can see why you're the perfect match.*

Jean-Marc avait décidé de faire de Samuel son protégé. Il lui avait expliqué en long et en large à quel point le jeune homme était habité d'une passion semblable à la sienne pour la profession. Il avait énuméré les similitudes les reliant. Si Samuel était l'émule de Jean-Marc, il avait besoin d'une conjointe solide, capable de mettre son poing sur la table. Une femme qui ne se laisse pas intimider par le pouvoir, l'argent ou le statut social. Une femme comme elle.

Béatrice revint à l'album et fit semblant de s'intéresser à chaque cliché. Elle ne souhaitait pas partager ses pensées. Elle se demandait comment une avocate talentueuse avait pu mettre une croix sur une carrière florissante et si Sheryll regrettait à l'occasion son abandon de la pratique du droit. Elle aurait voulu savoir si l'amour était suffisant pour combler une vie. Et jusqu'à quel point on pouvait renier ses propres ambitions pour soutenir celles de l'homme qu'on aimait...

L'amour pouvait prendre tant de visages. Il s'agissait d'un concept difficile à définir. Chacun mettait dans la balance ce qu'il considérait comme digne d'alimenter ses sentiments pour l'être cher : l'admiration, l'apparence physique, la gentillesse ; mais aussi parfois l'à-plat-ventrisme de l'autre, la sécurité financière, la peur de la solitude. Béatrice constatait que Sheryll et elle avaient sûrement plusieurs raisons communes pour être en couple. Et pour le rester.

La page suivante était entièrement occupée par une photo de mariage. « Pas très subtil, songea Béatrice. D'abord Jean-Marc qui demande à table si la demande est faite et ensuite sa femme qui me montre les photos de leurs épousailles. »

– *I was just like you. Young, beautiful, naive.*

Béatrice avait du mal à accoler chacun de ces qualificatifs à sa personne. À trente-quatre ans, elle ne se trouvait pas jeune. Il était même temps qu'ils songent à la famille qu'ils désiraient, sinon, ils allaient se réveiller dans dix ans, comme Jean-Marc et Sheryll, sans enfants.

– *Don't give up on everything.*

Les notions d'anglais de Béatrice étaient sommaires. Elle comprenait les mots, mais n'était pas certaine du sens que Sheryll souhaitait leur donner.

En voyant l'air perplexe de Béatrice, la séduisante anglophone chercha à préciser sa pensée, sans toutefois trop en dire.

– Samuel pouvoir toujours nettoyer la table.

* * *

En moins de deux, Samuel s'était retrouvé avec une coupe de porto à la main. Il n'appréciait pas particulièrement cet alcool sucré, mais garda l'information pour lui. Si Jean-Marc offrait un porto, Samuel buvait un porto.

Le jeune homme se demandait comment ils feraient pour ramasser des branches mortes pour le feu de camp avec une coupe à la main. Quand son patron actionna un interrupteur allumant un foyer au gaz, il saisit que Sheryll voulait simplement se débarrasser d'eux. Ce n'était pas ce soir qu'il pourrait offrir à Béatrice l'odeur du bois roussi et le crépitement des bûches qui accompagnent à merveille le chant des grillons et la danse des lucioles.

– T'as terminé ton rapport?

Jean-Marc ne voulait entendre qu'une seule réponse.

– Ça sera sur ton bureau mardi, rétorqua Samuel pour s'en sortir élégamment.

Il devrait grappiller des heures ici et là pour terminer la besogne avant la fin du congé. Béatrice allait être furieuse.

– Parfait.

La discussion était close. Jean-Marc fixa le ciel étoilé, semblant oublier la présence de Samuel à ses côtés. Ce dernier ne s'en formalisa pas. Son patron l'avait invité à son chalet pour souper. Un privilège que n'avaient pas eu tous les avocats du cabinet. C'était une faveur, quand bien même il y aurait été invité pour nettoyer les toilettes.

– Et règle tes affaires personnelles, lui reprocha gentiment Jean-Marc.

Samuel accusa le choc. Dans la sphère professionnelle, il se soumettait entièrement à son supérieur et acceptait de répondre à ses moindres exigences, mais il aimait bien que sa vie privée reste hors de la portée du grand patron. Il aimait croire que sa vie personnelle lui appartenait encore, ainsi qu'à Béatrice.

– J'aime pas les délais, ajouta le dirigeant du cabinet.

– Y en aura pas.

Samuel était un homme de parole.

– Tu lui annonces avant qu'on se revoie.

Ce n'était pas une question, mais un ordre.

* * *

La soirée s'était prolongée indéfiniment. Sur l'ordre de sa femme, Jean-Marc proposa de reconduire le jeune couple en bateau. Traverser le lac, à la lueur de la lune, ne prendrait que quelques minutes, alors que la marche en forêt risquait de s'éterniser.

À contrecœur et un peu éméché, Jean-Marc invita Béatrice et Samuel à patienter à l'extérieur, le temps de mettre la main sur des lampes de poche.

– Il est pas en état de conduire un bateau, objecta Béatrice à l'oreille de son amoureux.

– Il connaît bien le lac.

– C'est aussi niaiseux que de conduire la voiture soûl, sous prétexte que tu connais le chemin pour rentrer.

– Ça va prendre trente secondes.

– Se tirer une balle dans la tête prend pas une semaine non plus.

– De quoi t'as peur? se moqua Samuel. Je suis là pour te protéger.

Il avait déjà travaillé comme sauveteur à la fin de l'adolescence. Samuel était effectivement un bon nageur, mais un bon nageur qui avait ingurgité beaucoup d'alcool durant les dernières heures. S'il fallait qu'un accident survienne sur l'eau, il serait le premier à couler, et elle le suivrait de près, elle qui paniquait en eau profonde.

Samuel avait peut-être bu plus qu'à son habitude, mais il remarqua la ride de contrariété entre les sourcils de son amoureuse. Une réaction qui survenait uniquement en grande période de stress. La veille d'intégrer un nouveau groupe d'enfants, par exemple.

– Béa, c'est pas une chaloupe qui peut verser à tout moment. C'est un hors-bord. Dans une minute, on va être sains et saufs sur l'autre rive.

Il l'embrassa. Son haleine était chargée des notes fruitées du porto. Elle détestait ça. Non pas la saveur de sa langue, mais son avidité décuplée par l'alcool en question. Ce n'était ni le lieu ni le moment.

Le couple hôte revint vers eux. À la lumière d'une simple lampe de poche, ils remercièrent poliment Sheryll de son hospitalité et montèrent à bord du bateau. Avec horreur, Béatrice constata que l'embarcation ne contenait pas de gilets de sauvetage.

– On s'en va à pied, chuchota-t-elle.

– Tu te plaignais de devoir refaire le chemin en sandales.

– Ben finalement, j'aime mieux avoir des ampoules aux pieds.

– Tu vas insulter mon patron, objecta Samuel avec le plus grand des sérieux.

La jeune femme n'eut pas le temps de mettre son plan à exécution que le moteur rugissait, les entraînant vers le centre du lac.

Elle avait toujours su que l'ambition professionnelle de Samuel était grande, mais jamais elle n'aurait pensé que l'homme de sa vie puisse la faire passer avant sa propre sécurité. Qu'il agisse dans le but de plaire au grand boss plutôt que de la protéger la sidérait.

Dans le passé, elle avait souvent ressenti de la frustration en constatant qu'elle était en deuxième place sur la liste des priorités de Samuel. Mais ce dernier s'employait à la convaincre qu'elle percevait mal la situation. «T'es au top de ma liste», disait-il. Ce soir, il venait de lui fournir une preuve du contraire. Une preuve indéniable qui le condamnait durement.

Béatrice pria jusqu'à leur arrivée. En posant les pieds sur le quai, elle eut envie de se mettre à quatre pattes et d'embrasser les larges planches humides.

Les deux hommes se serrèrent la main et répétèrent à quel point la soirée avait été une réussite. Qu'il fallait remettre ça rapidement. Peut-être même dans deux jours, avant le retour en ville.

Béatrice ravala sa colère. Sa salive avait un goût amer qu'elle aurait préféré cracher aux pieds des deux avocats, mais l'affront aurait nui à l'avancement de Samuel. Au fond, Jean-Marc n'y était pour rien. Elle en voulait à son homme de chercher à la duper depuis le début du week-end.

Tandis que Jean-Marc les saluait de la main, Samuel prit Béatrice par la taille. Cette dernière se raidit imperceptiblement. Dès qu'elle fut convaincue que le grand patron ne les regardait plus, elle se dégagea de l'emprise de son amoureux. Il y avait des limites à jouer la comédie.

– T'aurais pu me le dire que notre week-end d'amoureux était en fait un voyage d'affaires.

Le ton était posé. Le reproche ne faisait cependant aucun doute dans l'esprit du jeune avocat.

– Disons que je fais d'une pierre deux coups.

Béatrice le fixa un instant. Elle scruta ses traits à la recherche d'une parcelle de regret, d'un soupçon de repentir. Mais tout ce qu'elle put y lire était la fierté de manœuvrer aussi agilement en ménageant – de son point de vue – la chèvre et le chou.

– Je pensais que, pour une fois, tu ferais un effort.

– Je fais des efforts !

Samuel était surpris qu'elle ne le reconnaisse pas. Il avait pris quatre jours de congé pour aller au chalet avec elle, alors que son horaire professionnel n'en autorisait que deux. Il travaillait dès qu'elle dormait, mais s'obligeait à ranger son portable à la minute où elle ouvrait les yeux. Son cellulaire ne le quittait pas d'une semelle, mais il ne le consultait que lorsque ce dernier émettait le bip sonore caractéristique de l'entrée d'un courriel. Il avait banni toute allusion à ses contrats quand ils se retrouvaient en tête-à-tête. C'était quand même un effort louable, non?

– C'est toujours ton travail qui passe en premier.

Son reproche formulé, Béatrice commença à gravir le terrain en pente qui menait à la lumière sécurisante du chalet. Elle s'attendait à ce que son avocat de chum se défende, qu'il formule une objection, qu'il se batte. Il resta plutôt sur le quai, preuve indéniable qu'elle avait raison. Dans les bras de Samuel, elle serait toujours la maîtresse récoltant les miettes de vie consenties par l'épouse en règle : la job.

Samuel s'ébouriffa les cheveux en tous sens. Il devait se composer une défense réaliste. Rien ne servait de nier les faits. Ses actions parlaient d'elles-mêmes. Il avait merdé ! Il se maudit intérieurement de ne pas manier la langue des poètes. Il aurait donné cher pour avoir les mots des chansonniers qui traduisent si élégamment toute la panoplie des sentiments humains.

En regardant sa blonde s'éloigner, il songea à toutes les secrétaires du cabinet. Ces femmes juchées sur des talons vertigineux, leurs corps cintrés par des jupes moulantes. Il revit la fluidité de leurs chemisiers laissant entrevoir la dentelle de leurs sous-vêtements. Il pouvait presque sentir l'odeur florale de leurs chignons dégageant leurs cous délicats. Leurs extensions de cils rappelaient les ailes légères des papillons. Leurs lèvres parfaitement dessinées et colorées invitaient à l'adultère. Leurs regards se chargeaient de convoitise chaque fois qu'il passait devant leurs cubicules. Leur ambition à mettre le grappin sur un associé du cabinet et à enrouler leurs jambes fines autour de son bassin se sentait à des milles à la ronde. Dans leurs regards, Samuel se sentait valorisé. Elles ignoraient tout du quotidien à ses côtés et s'entichaient uniquement de son image d'homme appartenant à l'élite. Ça lui plaisait. «T'es con», se réprimanda-t-il. Ce n'était vraiment pas le temps pour les rêveries érotiques.

À une exception près, il avait toujours repoussé les avances. Pour Béatrice. Parce qu'avec ses vieux vêtements informes, ses yeux collés au petit matin et son incapacité à dompter son toupet, elle le sécurisait. Elle n'avait pas son égale pour lui remettre les pieds dans la réalité et lui rappeler que la vie se déroulait aussi ailleurs que derrière un ordinateur. Sa simplicité et sa bonhomie leur avaient permis de traverser une décennie main dans la main. Il n'était pas la raison de leur succès. C'était elle qui arrondissait les angles lors des chicanes, elle qui trouvait des compromis, elle qui cherchait le bonheur au lieu de la confrontation. Elle veillait sur leur couple pendant que lui était affairé à réussir sa carrière.

Il n'aurait su dire précisément ce que Béatrice lui inspirait. Depuis dix ans, elle restait à ses côtés. Malgré son amour du travail, malgré sa propension à se regarder le nombril, malgré son incapacité à conjuguer le verbe aimer au quotidien. Peut-être pour l'argent. Peut-être par habitude. Peut-être aussi par peur de recommencer à zéro avec quelqu'un de mieux. Mais assurément par amour. Il n'avait pas le droit de cracher là-dessus et pourtant, c'était exactement ce qu'il venait de faire en se comportant comme un con.

Il lui fallait réagir. Et vite! Dans le cas présent, la diversion constituait le plan le plus sûr. Il fallait détourner l'attention de son amoureuse vers quelque chose qui lui ferait plaisir. Et Samuel savait pertinemment ce qui pouvait faire fondre Béatrice.

Il se mit à courir vers elle, sûr de la rattraper avant qu'elle n'atteigne la porte du chalet. Quand il réalisa qu'il avait les clés dans la poche gauche de son pantalon, un sourire subtil se dessina sur son visage. Il eut même envie de ralentir la cadence, mais continua sa course effrénée.

– Béa !

Elle refusait de le regarder.

Il s'approcha d'elle, vint se placer à quelques centimètres de son dos. Il hésitait à la prendre dans ses bras. L'envie y était, mais il craignait le rejet. Il réalisait à quel point son comportement l'avait blessée et il y allait à tâtons pour reconstruire leur relation.

En fermant les yeux, Béatrice sentit son souffle chaud sur sa nuque. Elle serra les mâchoires et les poings. Elle tendit l'oreille.

– J'm'excuse.

Elle resta de glace. Elle savait à quel point ces simples mots lui coûtaient cher. Samuel détestait perdre la face. Il haïssait admettre ses torts. Devant un effort aussi louable, elle aurait normalement comblé le fossé les séparant, admettant que sa réaction était exagérée, qu'elle comprenait les enjeux professionnels actuels, etc. Mais pas ce soir.

– Débarre la porte.

Étonné que le sésame n'ait pas fonctionné, Samuel introduisit la clé dans la serrure. Sans un mot, Béatrice passa le seuil, le laissant seul avec ses doutes et son désir de réconciliation.

* * *

Chapitre 5
Tire la bobinette, la chevillette cherra

Le jeune avocat choisit de faire quelques pas à l'extérieur pour réfléchir. Il n'était pas d'humeur à négocier avec les chichis de sa blonde. Elle se comportait comme une enfant gâtée. De son point de vue, les faits étaient indiscutables : ils étaient rentrés à bon port et en un seul morceau. Mis à part peut-être le cœur de Béatrice.

Devant un juge, Samuel anticipait sans problème la stratégie de son adversaire. Il pouvait ainsi abattre ses atouts au bon moment. Dans sa vie personnelle, il agissait de la même manière. Leurs années de vie commune lui permettaient de deviner les réactions de Béatrice en toutes circonstances. Il ménageait toujours ses munitions, prêt à dégainer en fonction de l'arme choisie par sa douce pour l'affronter. Elle pleurait : c'était une ouverture à la consoler. Elle exigeait des explications : il l'assommait avec des arguments tous plus rationnels les uns que les autres. Elle cherchait à se faire rassurer : il avait déjà gagné la guerre affective.

Mais ce soir, elle venait de le déjouer avec son indifférence. Il avait tenté un début de réconciliation et elle avait refusé sa main tendue.

Samuel soupira en constatant qu'il abordait leur couple comme un dossier à régler. En affaires, il y avait aussi des êtres humains concernés. La décision du juge avait des conséquences sur leurs vies. Mais jamais Samuel ne se laissait distraire par cet aspect. Il fallait soustraire le facteur individus à la situation pour la dénouer efficacement. Et surtout ne pas s'engager émotivement si l'on souhaitait accomplir son travail avec lucidité. Son patron attendait de lui exactement l'inverse de ce que Béatrice recherchait. Et comme il passait un nombre incalculable d'heures au bureau...

« J'aime Béatrice. Elle m'aime. Ça va aller », s'encouragea Samuel avant de pousser la porte du chalet.

Le salon était vide. Il se dirigea donc vers la chambre principale, où il trouva la jeune femme en train de fouiller dans sa valise.

– Je voudrais te parler.

Elle lui fit face, le regard sévère, la bouche pincée, le corps tout entier le prévenant de sa fermeture. Elle attendit quelques secondes et, devant le silence de son chum, elle se détourna. Il ne voulait pas parler. Il souhaitait qu'elle recolle les pots qu'il venait de casser.

Béatrice prenait conscience de l'ampleur de la distance la séparant de Samuel. Tel le Chaperon rouge arrivant à la maison de sa mère-grand, elle se retrouvait devant une scène totalement différente de celle à laquelle elle aspirait. Le Petit Chaperon rouge s'attendait à trouver son aïeule et non pas une bête sauvage déguisée en grand-mère. Parfois, on rentre à la maison, on ouvre la porte en pensant que le décor sera celui que l'on connaît, mais la pièce qui apparaît sous nos yeux nous est étrangère. Comme si l'équipe de *Décore ta vie* était passée pendant la nuit. Du jour au lendemain, la terre connue qu'est l'autre disparaît. Et quand cette porte est franchie, il n'y a pas de retour en arrière possible. On tire la bobinette et quand la chevillette tombe, elle entraîne toutes nos illusions dans sa chute.

– J't'aime, Béatrice.

Sa déclaration d'amour ricocha sur les murs de la chambre sans atteindre sa cible, car Béatrice continua à fourrager dans son bagage, à la recherche d'un pyjama. De nouveau, il s'étonna qu'elle laisse ses vêtements dans sa valise plutôt que de les suspendre sur des cintres dans la penderie. Tout allait se froisser.

Il ne put s'empêcher d'établir un parallèle entre les vêtements et Béatrice. Lorsqu'elle était froissée, elle évitait de se mettre en vitrine et préférait rester terrée dans son coin, à l'abri des regards. Comme les tenues entassées dans sa valise.

La jeune femme bardassait inutilement ses vêtements. Elle aurait tant aimé piquer une crise, sacrer, monter sur ses grands chevaux, à la limite le menacer physiquement. Ça n'appartenait malheureusement pas à son tempérament. Pour exprimer sa colère, elle n'avait à sa disposition que les mots et le silence. Ça et un pictogramme de bonhomme aux sourcils froncés et à la bouche tordue. À la garderie, elle apprenait aux petits à reconnaître les émotions de leur vis-à-vis en observant son visage. Une grande affiche collée au mur permettait aux gamins d'indiquer leur humeur sans dire un mot. Pendant ses études en éducation à la petite enfance, on lui avait enseigné les meilleures techniques de résolution de conflits. Reconnaître les sentiments de l'autre était un pas dans la bonne direction. Écouter faisait aussi partie des clés de la réussite. C'était une seconde nature pour elle de mettre tout ça en pratique. Une nature que Béatrice comptait bien museler aujourd'hui. Dans un effort ultime de s'affirmer et d'exposer la noirceur de son humeur, elle continua à mettre du désordre dans sa valise.

Samuel décida donc de se rendre à sa propre mallette, sagement rangée à côté de l'armoire. Il fit glisser la fermeture éclair d'une pochette intérieure. Dès qu'il glissa la main dans le compartiment, il trouva ce qu'il cherchait.

– Je suis pas bon avec les mots.

– T'es avocat, répliqua-t-elle avec humeur, sans le regarder.

– Tu sais ce que je veux dire.

– Non. Quoi? l'interrogea-t-elle en croisant durement les bras sur sa poitrine dans un geste de fermeture.

Il entrouvrit les lèvres, mais aucun son ne les franchit. Il avait pourtant songé mille fois à ce qu'il fallait dire.

Doucement, avec beaucoup de tendresse, il déposa sur le lit ce qu'il avait à la main. Mais Béatrice refusait de regarder dans sa direction.

– Béatrice, je veux passer ma vie avec toi.

Elle stoppa ses fouilles archéologiques et tendit l'oreille. S'apprêtait-il à faire ce qu'elle croyait?

Elle pivota lentement. Quand leurs regards se croisèrent, elle lut dans les yeux de Samuel à quel point sa réaction l'effrayait. Elle l'aimait. Elle ne souhaitait pas le blesser inutilement, mais elle était terriblement déçue.

– Je t'aime.

– Moi aussi, admit-elle sur un ton détaché.

– Laisse-moi parler, l'implora-t-il avec douceur.

Il se frottait nerveusement les mains l'une contre l'autre. Il était anxieux. Ses paumes devenaient moites quand il avait peur qu'une situation lui échappe.

– Je sais que le travail empiète parfois sur notre vie personnelle...

– TON travail, le corrigea-t-elle.

Il ferma les yeux pour se concentrer. Ça n'allait pas être de la tarte si elle s'obstinait à lui couper la parole de la sorte.

– Béatrice, je suis fou de toi. J'ai besoin de toi.

Elle ne réagissait pas à sa déclaration d'amour. Son visage demeurait de glace. Samuel savait que de s'épancher davantage n'améliorerait pas la situation. Il ramassa donc son enveloppe et la tendit directement à Béatrice.

– Je dis plus rien. J'ai peur de tout gâcher.

Il était vulnérable. Sa franchise toucha Béatrice. Enfin, il s'ouvrait à elle. Enfin, il dévoilait ses émotions.

Béatrice regarda ce qu'elle tenait à la main. Il s'agissait d'un pli arborant le logo d'une compagnie aérienne. Incrédule, elle ouvrit le rabat pour en découvrir le contenu : deux billets d'avion à destination de New York.

Elle cligna des yeux puis esquissa, bien malgré elle, un sourire. Elle adorait les comédies musicales et rêvait de marcher sur Broadway. Sa liste de choses à faire avant de mourir incluait aussi une visite des magasins de jouets gigantesques de Times Square.

Il lisait en elle. Ce cadeau lui faisait vraiment plaisir. Elle espérait tout de même que cette escapade ne serait pas leur voyage de noces, s'il s'apprêtait à la demander en mariage comme elle le pressentait. À moins que la demande en mariage ait lieu dans la Grosse Pomme ? Ce serait tellement romantique.

– Béatrice. On m'a offert un poste à New York. Je veux que tu déménages avec moi.

* * *

Chapitre 6

Comme vous avez de grandes dents !

L'information prit un certain temps à se frayer un chemin jusqu'au cerveau de Béatrice. Tous les rêves et désirs qu'elle avait nourris pour la semaine volaient en éclats. Son homme, celui avec qui elle partageait son lit depuis dix ans, l'avait menée en bateau. Il avait manœuvré habilement dans le seul but – encore – de servir ses intérêts professionnels.

Elle tritura le coin supérieur de son billet d'avion avec ses ongles. Elle s'absorba dans chaque détail offert à son champ de vision : la couleur de l'encre, la rigidité du billet sous la pression des doigts, ses ongles qui foutaient le camp. Elle s'étonna que le vernis blanc ait tenu le coup et que ce soit les prothèses qui se soient fendillées. Elle se serait attendue à ce que ses faux ongles restent intacts, mais que le vernis s'use aux extrémités. Béatrice réalisa qu'en esthétique, comme en amour, ce ne sont pas toujours les éléments qu'on croit résistants qui perdurent le plus.

Lorsque les larmes lui mouillèrent les paupières, elle s'efforça de ne pas cligner des yeux. Cela aurait entraîné un déluge qu'elle se savait incapable d'endiguer.

Le regard brouillé par les larmes, elle vit l'incompréhension sur le visage de Samuel. Il attendait visiblement une explication à cette effusion de chagrin. Elle devait bien reconnaître qu'elle était l'unique responsable de sa déception. Jamais Samuel n'avait promis de mariage. Elle s'était inventé un scénario de toutes pièces. Son amoureux ne pouvait pas être tenu responsable que la réalité ne corresponde pas aux attentes qu'elle s'était faites. Béatrice aurait quand même espéré à un peu plus de clairvoyance de sa part.

– Je pensais que t'allais me demander en mariage, avoua-t-elle avec fragilité.

Elle lui sourit douloureusement.

Le visage de Samuel devint grave. On aurait dit qu'il prenait la mesure du séisme qu'il venait de créer.

Sans perdre une seconde de plus, il revint à sa valise, y dénicha un boîtier à bijou et revint s'agenouiller devant sa bien-aimée.

Le menton de Béatrice se mit à tressauter.

Solennel, Samuel releva le couvercle de l'écrin et dévoila une alliance savamment choisie. Il tendit la petite boîte à celle qu'il souhaitait épouser.

Cette dernière s'en saisit en retenant son souffle. Elle examina de plus près le bijou. Il était encore plus beau que ce à quoi elle avait rêvé. Son amoureux aurait pu opter pour une alliance clinquante avec un diamant aussi gros que celui d'une bague bonbon, mais il savait qu'elle préférait la sobriété. L'anneau d'or était surmonté d'un unique et délicat diamant. À l'intérieur de l'alliance, une gravure sobre montrait leurs initiales enlacées ainsi que l'année en cours.

Elle quitta la bague des yeux pour observer son chum. Il semblait aussi ému qu'elle. Elle avala sa salive, prête à entendre LA question. Et surtout, prête à y répondre d'un oui retentissant.

– Tu veux qu'on se marie ?

La digue céda. Les larmes prirent possession des joues de Béatrice. Ses épaules se mirent à tressauter en suivant sa respiration saccadée. Du plat de la main, elle balaya l'eau de son visage, mais l'averse reprit de plus belle. Elle était incapable de répondre.

Elle songeait à tous ces petits riens qui usaient son amour. À toutes les pensées négatives qu'elle entretenait vis-à-vis de Samuel. À tous les reproches voilés qu'elle lui destinait. Plutôt que de célébrer la solidité et la grandeur de leur union, elle se plaisait à souligner les failles de leur couple. Ils étaient un chêne majestueux dont elle ne retenait pourtant que les quelques feuilles grugées par une bestiole innocente. Elle avait mille raisons stupides de le quitter. Mais une seule vérité grandiose pour dire oui : elle l'aimait.

— J'vais commencer à croire que tu veux pas, blagua Samuel en sachant très bien qu'elle n'attendait que ça.

Le nez morveux à force de pleurer, le visage ravagé par un tsunami de larmes, Béatrice prit une grande inspiration avec l'intention d'enfin prononcer le oui traditionnel suivant une demande en mariage. Mais avant qu'elle ne formule sa réponse, Samuel ajouta :

— Ça va être plus facile pour obtenir ton visa de résidence.

* * *

Jamais Béatrice n'aurait cru être victime de violence conjugale. Mais à l'instant précis, elle venait de subir un direct au cœur. La douleur se répandait dans tout son corps. Samuel ne voulait pas l'épouser parce qu'il était amoureux fou et souhaitait partager le reste de sa vie avec elle. Il voulait lui passer une bague au doigt pour simplifier leur départ vers les États-Unis.

— T'es un monstre. Un monstre d'égoïsme. Tu viens de bâcler ta demande en mariage. Tu mérites juste un non comme réponse.

— Béatrice...

— Est-ce que t'as pensé à moi dans ton beau projet ?

Il allait répondre, mais la cassure dans la voix de sa blonde et le regard incendiaire qu'elle darda sur lui le réduisirent au silence.

— Je comprends que ça t'arrangerait pour le travail, mais nous ?

Il la sonda, cherchant à savoir si elle attendait vraiment une réponse.

— C'est mon travail qui nous fait vivre, articula-t-il avec précaution.

Il avait raison et la blessure n'en était que plus douloureuse. Béatrice vivotait professionnellement. Son gagne-pain irrégulier payait l'épicerie, mais certainement pas le loyer.

— J'ai pas envie de vivre à tes crochets. Et j'ai besoin de m'accomplir aussi. Peut-être que ma job te semble insignifiante, mais j'aide les familles.

— Tu vas pouvoir aider celles de New York. Y a des enfants partout, Béatrice. Alors que mon cabinet...

Samuel ne comprenait pas qu'ils aient cette discussion. Il venait de la demander en mariage. Elle semblait immunisée contre l'ambition dévorante et se contentait habituellement de peu. Il lui offrait New York ! Que pouvait-elle demander de mieux ?

— J'parle pas bien l'anglais, souleva Béatrice pour bien lui faire comprendre l'ampleur du sacrifice qu'il lui demandait.

— L'immersion a toujours été la meilleure façon d'apprendre.

Le mois dernier, lorsqu'ils avaient reçu le programme des loisirs de leur municipalité, elle avait mentionné son envie de suivre un cours du soir de conversation anglaise. Elle avait envie de briser son isolement et de perfectionner ses connaissances de la langue de Shakespeare. Au-delà de l'envie de connaître cette langue souvent utilisée par son chum, elle souhaitait avoir une activité à faire le soir, en semaine, moment où Samuel faisait souvent défection pour le travail.

Elle réalisa soudain à quel point elle dépendait de lui. Même son bonheur relevait de lui. Plutôt que de prendre sa vie à bras-le-corps et d'en faire ce qu'elle souhaitait, elle attendait qu'il la remplisse pour elle.

— C'est pas un cours donné par la municipalité qui va te rendre bilingue, ajouta Samuel, sachant très bien à quoi elle songeait.

Elle s'étonna qu'il la connaisse si bien, mais seulement par intermittence. Quand venait le temps de traduire les battements de son cœur, il était nul. Mais pour savoir où planter sa fourchette et lui faire mal, il excellait !

— Et mon bénévolat pour la Fondation du cancer du sein ?

— Y a sûrement l'équivalent à New York.

Béatrice commençait à être à court d'arguments. Elle ferma les yeux. Peut-être réagissait-elle trop rapidement ? Peut-être que l'idée valait le coup d'être considérée ? Samuel n'aurait pas planifié un tel changement de vie sur un coup de tête. Il devait sincèrement être persuadé que leur couple y trouverait son compte. Autant elle que lui. Elle sonda son cœur pour connaître la véritable raison de son entêtement. La réponse lui monta aux lèvres rapidement.

— Tu t'es demandé si j'avais envie de quitter ma famille ? Mes amis ?

— On va s'en faire d'autres.

Béatrice secoua doucement la tête de gauche à droite. Ce qu'il venait de lui répondre tenait de l'hérésie pour elle.

— Si tout le monde est interchangeable, tu pourras te faire une nouvelle blonde là-bas !

Sur ce, elle tourna les talons.

* * *

Hors d'elle, Béatrice fuit à l'extérieur. Un couvert nuageux semblait faire écho à sa tempête interne. Le vent la fouetta et la saisit. Elle songea à sauter dans la voiture et à rentrer en ville, mais Samuel était en possession des clés de la bagnole. À défaut de faire crisser bruyamment les pneus de la Mercedes en démarrant en trombe, Béatrice choisit de ramasser quelques cônes de pin pour les lancer le plus loin possible dans le lac. C'était juvénile comme réaction, mais elle avait besoin d'évacuer sa rage. Elle regretta de ne pas avoir emporté le bac à colère de la garderie. Celui qu'elle mettait à la disposition des enfants agressifs de son groupe. Il s'agissait d'une simple boîte de carton remplie de papiers à chiffonner et d'éponges à lancer contre le mur. Si c'était bon pour étouffer la colère d'une furie de deux ans, peut-être que cela pourrait apaiser la rage d'une femme blessée?

– Béa, viens qu'on parle.

Elle n'était pas prête. Il aurait dû le comprendre. Quand on fuit, ce n'est pas parce qu'on est ouvert à la discussion. Béatrice avait appris cette réalité grâce à son travail : il ne servait à rien de pourchasser un enfant en crise. Il fallait lui offrir des moyens de se calmer avant qu'il puisse expliquer ce qu'il ressentait. Samuel ne connaissait qu'un moment opportun pour régler une chicane : celui qu'il choisissait.

C'était un trait de caractère qu'elle n'avait jamais pu souffrir chez lui. Cette incapacité à respecter son rythme à elle. À l'inverse, si elle le froissait, c'est monsieur qui décidait du moment pour lancer la discussion. Il ne supportait pas qu'elle garde ses distances. Il s'imposait pour être certain de la prendre de vitesse, pour éviter qu'elle n'affûte ses arguments. Il lui avait souvent répété que le temps n'est pas un allié et qu'il faut battre le fer pendant qu'il est chaud. Il n'admettait pas qu'elle se retranche.

Béatrice savait, que dans quelques secondes, son amoureux serait à ses côtés. Elle pouvait déjà décrire la scène qui allait se jouer : il s'excuserait, déballerait de nouveaux arguments, chercherait à la faire adhérer à son point de vue. À ce jeu, elle perdait toujours.

Elle se sentait comme une proie prise au piège par son prédateur. Il l'acculait au lac. Que pouvait-elle faire, sinon y plonger ? Elle lorgna vers la droite et aperçut la barque et les vestes de flottaison. Le vent se levait, le ciel était gris. Sans réfléchir davantage, elle tira l'embarcation vers l'eau, enfila un gilet de sauvetage, prit place dans le canot, s'agrippa à une rame et pagaya vers le centre du lac.

En temps normal, elle aurait ri de la déconfiture de Samuel. L'expression de surprise sur son visage, quand elle avait pris le large, valait le prix de la chicane. Il venait de se faire déculotter.

La barque emprunta un chemin sinueux. Béatrice tentait de lui insuffler un mouvement rectiligne, mais ses coups de pagaie irréguliers changeaient constamment la direction vers laquelle la proue fendait l'eau. Elle avait à peine dépassé le bout du quai quand Samuel vint la rejoindre.

– C'est comme ça que tu comptes régler le problème ?

Elle se tut, ramant de plus belle. Elle voulait mettre de la distance entre eux. Autant de distance que celle séparant Montréal de New York.

Lorsque ses biceps brûlèrent sous l'effort, Béatrice déposa la rame sur le rebord de l'embarcation. Elle avait atteint le centre du lac. Ici, la solitude l'enveloppait. Elle daigna enfin se retourner en direction du chalet. Aucun signe de Samuel. Il s'était probablement lassé et avait réintégré le bâtiment de bois rond.

Le souffle court à cause de l'effort déployé, Béatrice repoussa la rame dans un geste rageur. Plutôt que de choir au fond du bateau, la pièce de bois bascula dans l'eau. Béatrice ne chercha même pas à la retenir : « Des plans pour que je passe par-dessus bord. » La deuxième rame gisait toujours à ses pieds. C'était suffisant pour revenir à bon port.

– Maintenant, quoi ?

Dame Nature lui répondit. Le vent se leva et la pluie se mit à marteler la surface lisse de l'eau.

– Parfait ! ironisa Béatrice.

Elle n'avait rien pour se protéger de l'averse. Aussi se recroquevilla-t-elle au fond de l'embarcation. Elle n'avait pas la force de ramer pour revenir vers la rive. Pas plus qu'elle ne possédait l'énergie pour s'asseoir dignement sous la pluie et affronter l'averse torrentielle. Malgré elle, elle ne put s'empêcher de penser que s'ils avaient été ensemble, quelques minutes auraient été suffisantes pour les mettre à l'abri. Deux rames travaillant à l'unisson les auraient tirés de ce mauvais pas. Mais elle était seule pour ramer, au propre comme au figuré et, à ce chapitre, elle trouvait qu'elle avait suffisamment donné.

Tapie au fond du bateau, elle se questionna sur la suite des choses. Il faudrait bien qu'elle rentre tôt ou tard. Elle n'allait quand même pas dormir sur le lac !

C'est alors seulement, bercée par les vaguelettes se formant sous la force des éléments, qu'elle réalisa la précarité de sa situation. Elle était seule sur une étendue noire qu'elle redoutait. Sa robe blanche détrempée était translucide. Elle aurait été bien embêtée que quelqu'un la trouve ainsi. Elle était vulnérable, dans tous les sens du terme.

Sans même qu'elle en soit pleinement consciente, Béatrice éclata en sanglots. Des pleurs bien sentis qui soulagent. Pas de ceux, factices, qu'on provoque devant l'être aimé pour étaler sa douleur. Pas de ceux qui rendent noble sur un écran de cinéma. Ceux qu'on réserve à son reflet dans le miroir ou aux murs de la chambre à coucher. Un sanglotement qui rend laid à force de tordre le visage. Une complainte qui exige que le nez coule, qu'un filet de bave s'échappe de vos lèvres. Une laideur de braillement.

Quand l'émotion fut exorcisée, Béatrice roula sur le dos et s'offrit tout entière à l'averse qui ne cessait pas. Elle fut frappée par un éclair de lucidité. Samuel ne serait jamais l'homme idéal avec qui elle pensait être en couple.

Elle était un Petit Chaperon rouge. Une héroïne de conte remarquant tour à tour les grandes dents, les longues oreilles et le poil du loup déguisé en grand-mère. Elle avait mis dix ans à passer outre à son déguisement. Une décennie avait été nécessaire pour qu'elle voie plus loin que les apparences.

Le week-end au chalet défila dans sa tête et elle fut frappée par tous les signes avant-coureurs de la catastrophe. L'auto désalignée, la roue défectueuse du chariot d'épicerie, les skis nautiques de Sheryll. Tout cela les représentait. Ils pensaient avancer dans la même direction, mais invariablement, l'un des deux déviait de la route qu'ils s'étaient fixée. Il tournait à gauche, elle s'obstinait à aller à droite. Ils avaient construit leur couple solidement, mais les cahots du quotidien les éloignaient l'un de l'autre.

Elle n'avait rien vu, rien senti. La vérité lui explosait au visage. Fallait-il que l'amour soit aveugle?

– Béatrice?

En entendant son prénom, Béatrice se demanda si elle s'était véritablement assoupie ou si le chagrin pouvait anesthésier au point de faire perdre la notion du temps. Elle songea à se relever et à répondre, mais choisit plutôt de refermer les paupières. La voix de Samuel était lointaine et difficile à entendre.

Elle aurait voulu savoir si la tempête l'avait déportée. Si l'embarcation voguait toujours au centre du lac ou si elle se rapprochait de la rive. Mais à moins de se relever, elle n'avait aucun indice à sa disposition pour répondre à ses interrogations.

– BÉATRICE?

Il devait la penser noyée. Ainsi cachée, elle disparaissait complètement du paysage. La barque avait l'air vide. Encore une fois, la tentation de se dévoiler et d'apaiser les craintes de l'autre la traversa. Mais elle resta le dos cloué à la fibre de carbone qui constituait le canot.

– J'peux pas croire, pesta Samuel en retirant son t-shirt et son jeans.

En frissonnant, il s'immergea dans l'eau glacée. Il avait intérêt à nager rapidement s'il ne voulait pas souffrir d'hypothermie. Chaque mouvement de brasse faisait enfler sa colère. Il détestait quand Béatrice agissait comme une enfant. Elle se bornait à l'ignorer et le canot avait le temps de se remplir de pluie et de couler avant qu'elle ne rentre au chalet. Il l'avait vue se cacher au fond du bateau. Si elle voulait lui faire peur, c'était raté!

Quand les bruits de sa nage parvinrent aux oreilles de Béatrice, cette dernière se releva prestement, croyant à la présence d'un animal marin menaçant. Jamais elle n'avait envisagé que Samuel vienne la rejoindre à la nage.

– Tasse-toi au fond, pour faire contrepoids, aboya-t-il avec l'intention de sortir de l'eau rapidement.

Pour toute réponse, Béatrice s'arma de la rame qui subsistait et la pointa vers le nageur.

– Touche pas à mon bateau.

– J'suis gelé, laisse-moi monter, essaya-t-il de la raisonner.

Elle balaya l'air avec sa pagaie. Le message ne faisait aucun doute. S'il tentait de monter à bord, elle lui frapperait les doigts avec le bout de bois.

Samuel s'étonna de sa combativité. Elle avait l'habitude d'acquiescer, sans trop rechigner, même lorsque ses demandes dépassaient les bornes. Il eut envie de sourire.

Il la détailla dans sa robe blanche. Le tissu collait à son épiderme. Elle aurait été nue que ça n'aurait pas fait de différence. Il regretta seulement qu'elle ait sagement enfilé sa veste de flottaison qui camouflait sa poitrine. Sans cet article, il avait la conviction que ses seins auraient été dressés, impertinents, vers le ciel.

Béatrice vit le trajet parcouru par les yeux de Samuel et commença à rougir. Elle ne parvenait pas à dire si l'audace de son homme l'excitait ou si elle était outrée qu'il la mange du regard alors qu'ils étaient brouillés. Le demi-sourire naissant sur le visage du nageur en révélait beaucoup sur la teneur de ses pensées. Du moins, c'est ce que Béatrice croyait jusqu'à ce que Samuel ne disparaisse complètement sous l'eau.

Elle n'eut pas le temps de se demander si son amoureux avait eu un malaise. Pas plus qu'elle ne s'inquiéta du fait qu'il pût être incapable de continuer à nager à cause de la température de l'eau. La barque bascula, entraînant la chute de Béatrice.

Le choc thermique fut grand, mais jamais autant que la compréhension que Samuel l'avait intentionnellement jetée à l'eau. Dès qu'il avait repéré le gilet de sauvetage, il avait su que sa douce ne courrait aucun danger. Habile, il retourna l'embarcation, y grimpa et tendit la main à Béatrice.

Elle accepta son aide pour être repêchée, mais lui asséna une gifle retentissante dès qu'elle fut rescapée.

Chacun prit place sur un banc, le regard distant, attendant que l'autre fasse un pas vers la réconciliation. Après quelques minutes, frigorifiée, Béatrice souhaita briser le silence. Mais au même titre qu'il est difficile d'amorcer un rapprochement physique avec l'être aimé après des semaines sans l'avoir touché, plus les secondes s'égrenaient, moins elle trouvait les mots pour lancer le dialogue.

Il s'avança à genoux vers elle, pour ne pas les projeter de nouveau à l'eau. La position rappela à Béatrice la raison pour laquelle elle avait fui sur le lac. Elle serra les mâchoires pour ne pas vomir les insultes qu'il lui inspirait. Elle ne se souvenait pas d'avoir été autant en colère.

Il voulut lui saisir la main, mais elle se dégagea. Il insista. Il avait besoin de ce contact physique. Il n'avait peut-être pas les mots pour lui exprimer son amour, mais il avait les gestes. Dès que ses doigts trouvèrent leur chemin jusqu'à sa peau, ils se mirent à la parcourir frénétiquement. Si elle songea à résister, la chaleur de Samuel la convainquit de s'offrir.

Avec empressement, il l'attira à lui. Leurs gestes étaient brusques, un rien animal. Chaque toucher traduisait un reproche, mais surtout le désir de s'en laver. Si les cœurs ne pouvaient s'exprimer avec l'intelligibilité du langage, ils le pouvaient à travers l'instinct des corps.

— T'es pas gentil, haleta-t-elle alors qu'il la déposait au fond du bateau.

— On dit pas ça, murmura-t-il.

L'étonnement se peignit sur les traits de Béatrice.

— On dit t'as fait QUELQUE CHOSE de pas gentil, rectifia Samuel en lui mordillant le lobe de l'oreille. Sinon, mon estime personnelle va être attaquée.

Ainsi donc, il l'écoutait à l'occasion. Lorsqu'elle lui racontait ses journées de travail, elle avait toujours l'impression de s'adresser à un mur d'indifférence. Elle partageait ses outils pédagogiques, mais jamais il ne semblait s'y intéresser. Elle avait tort.

— Tais-toi donc! ordonna-t-elle.

Béatrice ne voulait pas discuter. Même si, pour une fois, le sujet portait sur autre chose que le métier d'avocat.

Après l'amour, qui fut fulgurant, Samuel se mit à rire comme un névrosé.

– Quoi ?

– Saute à l'eau.

– T'es malade !

Il ne pouvait pas être cruel au point de la faire jouir pour ensuite la balancer par-dessus bord ! L'utiliser pour son plaisir personnel et ensuite se débarrasser d'elle !

– On n'a pas de rame, se bidonna de nouveau Samuel.

La deuxième s'était retrouvée à l'eau lorsque Samuel avait renversé le canot. À moins qu'elle n'ait pris le large pendant leurs ébats ? Toujours est-il qu'elle voguait au loin sur le lac.

– Je peux pas nager jusqu'au quai.

Elle ne parlait pas de ses capacités physiques, de son endurance cardio-vasculaire ou de sa maîtrise des techniques de natation : elle avait peur de patauger dans le lac.

– Je vais aller à ton rythme, déclara-t-il pour la rassurer.

Il lui tendit la main et, cette fois-ci, elle ne la repoussa pas. Ensemble, ils sautèrent à l'eau. Qu'il était formidable d'avoir quelqu'un avec qui affronter les plus grands périls.

Non seulement il ralentit pour faire route avec elle, mais il chanta des chansons populaires jusqu'au quai pour qu'elle oublie les monstres marins.

* * *

Au chalet, Samuel sortit toutes les couvertures disponibles, y emmitoufla son amoureuse et s'attela à démarrer un feu de foyer. Béatrice grelotta de longues minutes. Elle en vint même à se demander si son corps réagissait ainsi aux trop longues minutes passées dans l'eau glacée ou s'il tremblait à cause des émotions vives qu'elle venait d'éprouver.

– Un bon café instantané !

Béatrice saisit la tasse qu'il lui tendait. La boisson chaude contribuerait aussi à la réchauffer. En y plongeant les lèvres, elle repensa à leur première année de vie commune. À l'époque, toujours étudiants, ils épargnaient en prévision de l'avenir. Pas question de dépenser pour un café à la Brûlerie ou une cafetière automatisée. Chaque semaine, un pot de café soluble figurait sur leur liste d'épicerie, dressée par Béatrice. La boisson du jour leur offrait un retour dans le temps. À cette époque où tout était à faire. Une période où leurs regards ne se portaient que sur l'avenir. Parce que leur passé n'était pas commun. Une période où ils rêvaient des possibilités que la vie leur faisait miroiter. Une période lointaine que regrettait parfois Béatrice.

Samuel grimaça. Ce café bon marché était imbuvable. Dire qu'ils avaient consommé cette cochonnerie pendant longtemps! À l'époque, ses papilles gustatives n'avaient pas encore fait la rencontre du Blue Mountain ou du Kopi Luwak. Difficile de retourner en arrière après avoir siroté de grands crus. Tout l'or du monde ne serait pas suffisant pour l'inciter à revenir à ce café infect.

Il observa Béatrice à la dérobée. Elle était son grand cru affectif. Il n'avait pas envie de se priver d'une amoureuse de si bonne qualité pour retourner vers les amourettes de bas étage. La relation n'était pas parfaite, loin de là, mais elle lui apportait ce qui lui faisait cruellement défaut : un équilibre de vie. Tout comme le Kopi Luwak dont le goût singulier est reconnu par les amateurs de café à travers le globe, Béatrice venait accompagnée d'un prix à payer. Un prix qui ne serait jamais trop élevé pour Samuel.

Le jeune avocat se départit de sa tasse de café et invita Béatrice à se blottir contre lui. En silence, ils regardèrent les flammes danser dans l'âtre. Il y avait longtemps que Béatrice n'avait pas ressenti une telle sérénité. Pour une fois, Samuel avait fermé son cellulaire et l'avait laissé hors de portée. Il se contentait d'être présent pour elle, en silence, plutôt que de combler le vide en parlant de son travail. Tout comme elle, il devait réfléchir à la suite des choses. Une offre était sur le tapis. Maintenant, il fallait évaluer les avenues possibles et choisir, ensemble, le chemin à emprunter pour être heureux.

Béatrice hésitait. L'aventure la tentait. Non pas qu'elle eût une âme de pionnière ou d'aventurière, mais un peu de nouveauté après dix ans de vie commune ne pouvait être que bénéfique pour leur couple. Elle n'était pas sans savoir que les couples doivent nourrir des projets communs. Qu'il s'agisse d'enfants ou de voyages, peu importe! Mais il faut de la nouveauté pour continuer à découvrir l'autre, pour ne pas le tenir pour acquis. Si on a l'impression de connaître tous les recoins de la personnalité qui se tient en face de soi, y porter le regard est une perte de temps.

Béatrice tourna la tête en direction de Samuel et lui sourit. Elle voulait toujours avoir une nouvelle raison de l'observer, que jamais il ne soit une terre totalement conquise.

Samuel lui retourna son sourire tout en continuant de lui caresser doucement le bras. À chaque mouvement, il prenait une note mentale de ce qu'il lui restait à accomplir avant la fin du week-end. Il aurait donné cher pour avoir son cellulaire et y enregistrer ses idées. Il fixait à présent les flammes, mais sans les voir. Il ne pouvait pas s'enlever de l'esprit l'image de la nouvelle montre de son patron. Il fallait qu'il demande à Jean-Marc où il avait trouvé une telle œuvre d'art.

— Est-ce qu'on va finalement en parler?

— De quoi?

Béatrice roula des yeux au plafond. Il fallait vraiment qu'elle soit naïve pour croire qu'il méditait sur le même sujet qu'elle. Il repensait probablement à leur baise en plein cœur du lac.

— Des pours et des contres d'aller à New York.

La question déstabilisa Samuel. Il croyait l'affaire réglée. Ne venaient-ils pas de signer un contrat charnel mettant un terme à leur différend sur le sujet?

– Béatrice, j'ai déjà accepté le poste.

* * *

Chapitre 7
L'arrivée du bûcheron

Béatrice tourna une page de son livre, puis réalisa qu'elle avait déjà oublié ce qu'elle venait de lire. Elle revint donc quelques pages en arrière pour mieux suivre le fil de l'histoire. Au fond, elle ne lisait pas vraiment. Elle faisait semblant. Elle s'absorbait tout entière à détester les bruits de mastication de Samuel. Chaque fois qu'il portait une amande à ses lèvres, elle entendait les incisives fractionner la noix. Les molaires prenaient le relais pour broyer la collation et leur tâche réduisait à néant tout le *sex-appeal* de Samuel. Elle l'aurait bien sermonné en insistant pour qu'il ferme sa bouche lorsqu'il mangeait, mais l'ouverture des lèvres n'était pas en cause. Les bruits de mastication et de déglutition étaient simplement amplifiés par la colère de Béatrice.

« Fascinant qu'on dise avoir l'autre dans la peau et qu'on cherche à fusionner physiquement avec lui quand ça va bien, alors qu'on ne supporte pas les sons de son anatomie et qu'on prétend ne pas pouvoir le sentir quand il y a chicane », songea Béatrice.

À l'autre bout de la table, l'avocat cherchait à tendre une perche, un pont qui les ramènerait l'un vers l'autre. Quand il parlait, elle répondait par monosyllabes. « Passive-agressive », conclut-il. Il avait joué la carte de la gentillesse en disposant des aliments qu'elle aimait au centre de la table, mais elle faisait la grève de la faim. « Juste parce que ça vient de moi, comprenait-il. Sinon elle se bourrerait la face avec les amandes au tamari. »

Il en était à essayer de la provoquer : s'étirer pour déranger son champ visuel ; échapper des noix au sol et les ramasser ; pianoter plus fort qu'il ne fallait sur le clavier de l'ordinateur. Il préférait une pluie d'insultes à l'indifférence. Malgré tous ses efforts pour être désagréable, Béatrice lisait paisiblement.

Samuel s'enferma donc dans le travail pour fuir leur intimité. C'était mieux ainsi. Dans la sécurité de la routine. Comme à la maison.

Quelques minutes plus tard, une petite voiture bleue s'engagea dans l'allée de gravier menant au chalet. Alerté par ce bruit d'intrusion, Samuel se posta à la fenêtre. Béatrice ne bougea pas d'un poil.

– On dirait ta mère, s'étonna Samuel.

– Je sais.

– Elle est avec ton père.

– Je sais.

– T'as invité tes parents au chalet sans m'en parler ?

– Je sais.

– C'est notre week-end d'amoureux…

« Pis tu m'as invitée à souper chez ton patron sans m'en parler », répliqua mentalement Béatrice.

« J'espère qu'elle va pas me faire le coup de bouder devant les beaux-parents », s'inquiéta l'avocat.

L'orage grondait encore entre eux et il se voyait mal discuter en famille comme si de rien n'était. Il eut envie de prétexter un appel de Jean-Marc pour s'éclipser. Il avait oublié leur appareil photo au chalet du patron. C'était l'excuse parfaite pour disparaître de longues heures.

– Si c'est pas mon gendre préféré, minauda Francine en passant la porte.

– Vous en avez juste un.

– J'en voudrais pas d'autre ! lui confia-t-elle en l'embrassant.

Le père de Béatrice s'avança à son tour. Les deux hommes se serrèrent la pince. « Tout a l'air normal, se dit Samuel. Elle leur a rien dit de nos chicanes. » L'avocat eut l'impression que sa petite amie venait d'engager deux clowns pour les distraire. Qu'elle trouvait moins pénible de les lui imposer que d'être seule avec lui. Il ne pouvait pas la blâmer.

Rapidement, il élabora son plan : il allait proposer de se rendre à l'épicerie et d'acheter le souper. Ils n'avaient pas assez de provisions pour quatre. Ensuite, il n'aurait qu'à prétendre que l'épicerie du village n'avait plus de brochettes pour perdre une heure ou deux en se rendant au village voisin. À son retour, il s'isolerait un peu en insistant pour préparer le souper, ça passait toujours bien aux yeux de la belle-mère et ça lui éviterait de faire la conversation.

– Est-ce qu'on s'assoit un peu ou si tes valises sont prêtes ?

Un ange passa. Un sentiment de panique s'empara de Samuel. Elle le quittait. Au sens propre, pour retourner à la maison, sans lui. Mais il sentait qu'elle le quittait aussi au sens figuré, et c'était le sentiment le plus désagréable qui soit.

– Je dois ramasser mes affaires.

Béatrice plongea son regard chargé de tristesse dans celui de Samuel avant de filer vers la chambre principale. Elle mentait. Tout était sagement entremêlé dans sa mallette. Elle n'avait sorti aucun vêtement. Même sa brosse à dents revenait dans la valise entre chaque utilisation. Comme si elle avait toujours su qu'un jour ou l'autre elle serait appelée à partir en vitesse, à le planter là avec son ordinateur, son cellulaire et son boulot.

Elle s'assit sur le lit, à l'abri du regard des autres. Elle n'avait pas envie de partir. Elle regrettait déjà d'avoir téléphoné à sa mère. Sa fuite ne faisait que repousser le problème. Elle n'arrivait simplement pas à mettre son orgueil de côté et à admettre qu'elle voulait trouver une solution. Peu habituée à faire la tête, elle ne savait pas comment faire marche arrière sans perdre la face.

Au salon, Samuel était perplexe. Il avait bien lu le S.O.S. dans les yeux de sa blonde, mais il ne savait pas comment l'interpréter.

– Y a rien qui presse. Si vous partez maintenant, vous allez attraper le trafic rendu en ville. Michel, une bière ?

– C'est pas de refus, énonça lentement le paternel.

Il avait intercepté l'échange de regards entre sa fille et Samuel. Les tourtereaux singeaient le bonheur, mais le vieil époux lisait de la chicane de couple là-dessous.

Il connaissait suffisamment sa Béatrice pour savoir qu'elle ne les appelait pas en renfort pour une peccadille. Si sa mère avalait son prétexte sans poser de question, lui savait qu'une dispute était à l'origine de l'appel à l'aide. Car, si effectivement Samuel restait au chalet pour travailler et qu'elle avait besoin d'un lift pour rentrer, son gendre serait en train de travailler au lieu de charmer sa femme.

Béatrice donnait signe de vie quand elle n'allait pas bien. En d'autres temps, d'autres humeurs, elle se reposait sur son amour, comme le font tous les couples solides.

– On veut pas te déranger ! Béatrice nous a dit que t'avais beaucoup de travail, risqua Francine.

– J'vais quand même pas travailler en présence de mon adorable belle-mère.

Samuel y allait de son numéro de charme habituel. Une parade qui faisait toujours sourire son beau-père. Michel avait usé du même stratagème pour entrer dans les bonnes grâces de sa belle-mère quand Francine et lui se fréquentaient.

Béatrice revint au salon, sa valise à la main. Malgré sa réflexion, elle doutait encore. Valait-il mieux crever l'abcès, quitte à se déchirer tout entier, ou prendre ses distances pour mieux analyser la situation ? Elle en arrivait à la conclusion qu'elle devait partir, ne serait-ce que parce qu'elle ne l'avait jamais fait.

Quand elle aperçut la bouteille de bière à la main de son père et la coupe de vin blanc dans celle de sa mère, elle comprit que son calvaire n'était pas terminé.

– À vos dix ans, lança joyeusement Francine.

Le séjour au chalet coïncidait avec leur anniversaire de rencontre. La tradition de se réfugier en forêt était même née de là.

– À vos quarante-deux ans d'amour, répliqua Samuel.

Michel et Francine se sourirent tendrement. Il valait mieux laisser leurs illusions aux jeunes. Eux savaient bien qu'après quatre décennies de vie à deux, le terme amour est massacré par le quotidien, les obligations, l'usure du temps. Plusieurs se targuent du nombre d'années au compteur de leur mariage. Ils ne réalisent pas toujours que plus le chiffre est grand, plus la voiture est usée. Plus il y a de milles au compteur, plus il faut entretenir la bagnole. Et les vieux amants sont rarement de bons mécaniciens.

Dans une société où tout est jetable, la relation durable est vue comme une prouesse sociale. Les gens ont réussi leur vie de couple, pense-t-on. Mais on ne sait rien des assiettes qui revolent ou des silences qui meublent la maison de ceux qu'on admire ainsi. Ils restent ensemble longtemps, mais ce n'est pas toujours l'apothéose.

Béatrice admirait ses parents. Elle se doutait que leur union n'avait pas toujours été un long fleuve tranquille, mais ils s'étaient serré les coudes et avaient continué leur route à deux. Elle se demandait parfois jusqu'où on devait accepter de faire des sacrifices pour la survie de son couple. Plusieurs copines abandonnaient le navire à la première occasion. D'autres faisaient quelques efforts, mais dès que les choses se corsaient, elles prenaient la porte de sortie. Elle savait que ses amies l'enviaient d'être en couple depuis dix ans. Comme si le chiffre, à lui seul, était un gage de qualité.

Aujourd'hui, Béatrice devait bien admettre que la longévité d'un couple n'était pas toujours un signe de santé. On valorise la durée, alors qu'elle n'a rien à voir avec la qualité de la relation. C'était comme comparer une pomme biologique qui pourrit rapidement avec les jujubes faits-avec-du-vrai-jus-de-fruits qui passent douze mois dans l'armoire de la cuisine et qu'on refile aux enfants déguisés l'automne suivant. L'un est plus résistant au temps, mais ce n'est pas nécessairement celui qui est bon pour vous.

– On sort des chaises et on s'assoit sur le quai ? proposa Samuel.

– Bonne idée, approuva Francine avant de lui emboîter le pas vers la sortie.

« Il s'est vraiment mis dans la merde », songea Michel en voyant à quel point son gendre refusait de les laisser partir.

– On en profite pour mettre ta valise dans la voiture ? proposa-t-il à sa fille.

Béatrice approuva d'un hochement de tête.

Tandis que Samuel et Francine s'éloignaient, Michel se dirigea plutôt lentement vers sa Béatrice.

– Sors-nous donc deux autres bières.

Le père et la fille s'appuyèrent au comptoir et burent quelques gorgées en silence. Côte à côte. Ils avaient près de deux heures de route qui les attendaient. Ils auraient amplement le temps de s'épancher et de se conseiller. Mais Michel savait que sa femme mènerait la conversation dans la voiture. Et il souhaitait jouer son rôle de protecteur.

Le papa craignait que son unique fille ne reste au sein d'une union qui ne la comblait pas de peur de les décevoir. Que les trop nombreux commentaires de ses belles-sœurs au sujet des cousins-cousines-que-les-enfants-attendent-avec-impatience n'influencent ses choix de vie. Il savait que la pression familiale était énorme pour que leur couple survive aux aléas de la vie à deux. Bien sûr, il espérait que Béatrice demeurerait en couple avec Samuel, mais pour les bonnes raisons.

– Quand t'étais petite, pis que tu t'éraflais un genou, je te disais d'arrêter de pleurnicher.

Elle s'en souvenait. Elle aurait tant voulu, à l'époque, qu'il lui donne des bisous magiques pour faire disparaître ses bobos. Mais son père n'était pas magicien.

– Là, tu pleurniches pas, mais je l'sais que t'as les genoux éraflés.

Béatrice se demanda ce qu'il lisait en elle. Jusqu'à quel point elle devait donner des précisions, expliquer les mouvements de son cœur. Elle voulait qu'on la guide. N'était-ce pas la raison pour laquelle elle avait téléphoné à ses parents ? Elle aurait pu revenir en ville, le lendemain matin, avec Samuel. Elle pouvait supporter deux heures de route remplies de silence. Mais elle avait besoin des conseils de ses parents, de leur point de vue sur sa situation à elle.

– T'es pas obligée de me dire comment t'es tombée. Tout le monde tombe, pour plein de raisons. Ça change rien au bobo.

– Même toi pis maman ?

Le vieil homme fit une grimace dans le but de faire rire sa grande fille.

– Ta mère te dirait qu'on a un poste budgétaire pour les diachylons.

Béatrice se mit à rire. Son père n'avait pas son pareil pour dire les choses sans jamais les nommer. Béatrice était passée maître dans l'art de déchiffrer les paraboles de son paternel.

– Personne est parfait. Ça fait des couples qui sont aussi imparfaits.

Michel prit le temps de passer un bras autour des épaules de sa fille. Il avait besoin qu'elle sache qu'il serait toujours là pour elle.

– On peut très bien être heureux dans un couple imparfait. Mais oublie pas une chose, ma fille.

Elle tendit l'oreille, certaine que la prochaine phrase serait la réponse à toutes ses questions muettes.

– Il faut au moins être heureux.

* * *

Chapitre 8
La fin de Perrault ou celle des frères Grimm ?

Six mois plus tard…

Béatrice retourna le bâton de colle et promena le cylindre sur la feuille de papier. Elle en appliqua généreusement derrière le dessin de Meghan. Elle fit pivoter la feuille barbouillée et la colla dans un grand cahier prévu à cet effet. En dessous du chef-d'œuvre, elle expliqua la tempête de couleur que la petite avait dessinée. Du haut de ses trois pommes, la fillette avait déclaré que les lignes informes contenaient maman, papa, un soleil et un chat. Il fallait avoir beaucoup d'imagination pour cerner l'univers de la petite derrière ses quelques coups de crayon mal assumés. Ici, peut-être un humain… Et le soleil se devinait plus à sa position élevée qu'à son apparence.

Le désordre exprimé sur la feuille tranchait avec l'état d'esprit de l'éducatrice à la petite enfance. L'automne précédent, les barbots auraient été parfaits pour exprimer le contenu de sa tête, mais à présent, Béatrice savait exactement ce qu'elle souhaitait. Et pour rien au monde elle ne changerait de place. Elle avait la conviction profonde d'être là où elle devait être.

Satisfaite, elle se mit à tourner les pages du collimage. À rebours, elle observa l'évolution des dessins de l'enfant. C'était difficile à croire, mais il y avait progression et amélioration. La jeune femme se rappela qu'il y a six mois, alors qu'elle venait de commencer ce nouvel emploi, l'enfant ne savait même pas tenir un crayon. « Il faut parfois regarder en arrière pour voir le chemin parcouru, songea-t-elle. Dommage que les couples ne fassent pas de *scrapbooking*. »

Pour la première fois de sa jeune carrière, on lui avait confié un groupe d'enfants à problèmes. Des petits dont le développement ne répondait pas aux attentes des spécialistes. Des bambins de milieux défavorisés qui s'épanouissaient enfin à son contact. Elle n'occupait plus un simple emploi d'éducatrice à la petite enfance. Béatrice faisait fleurir des enfants. La valorisation qu'elle en retirait lui permettait à présent de comprendre l'amour du travail de Samuel. Et cette compréhension, au lieu de les éloigner l'un de l'autre, les rendait complices.

L'éducatrice regarda sa montre. À regret, elle déposa le grand cahier sur ses semblables et décida de ranger le tout. Elle aimait tellement son travail qu'elle ne voyait pas les heures passer. À présent, elle devait se hâter. Les couloirs de l'aéroport grouillaient de voyageurs. Elle y serait juste à temps.

Malgré tout le matériel qu'elle avait à traîner, elle constata qu'elle avait le pas rapide et léger. Ça la fit sourire. Elle avait hâte de revoir Samuel. Leur relation à distance se passait plutôt bien, mais elle s'ennuyait de ses étreintes. Elle se posta donc à côté de la sortie. Prête à bondir dès qu'elle verrait son amoureux franchir les portes.

Elle s'imaginait bien courir vers lui pour lui sauter au cou. Elle ne doutait pas un instant que cette impulsion surviendrait dès qu'elle l'apercevrait dans son complet impeccable, avec sa moue détachée et sa valise à roulettes. Elle avait compté les dodos avant son retour, comme une enfant fait le compte à rebours avant Noël. Excepté que son père Noël à elle était beaucoup plus sexy et jeune que le vieux monsieur à la barbe blanche.

Quelques secondes plus tard, il arriva. Comme elle l'avait anticipé, il portait un complet, signe que Samuel était monté dans l'avion à la dernière minute, à peine sorti du bureau.

Elle s'apprêtait à courir vers lui lorsqu'elle remarqua qu'il avait déjà à la main son téléphone cellulaire. Il n'avait pas perdu de temps pour se remettre en contact avec son cabinet. Les yeux de Béatrice se portèrent sur la pile de portfolios qu'elle trimballait. Elle était mal placée pour lui reprocher son zèle. Son travail ne la quittait pas d'une semelle. C'était tout juste si elle ne dormait pas avec les projets de ses petits protégés. Maintenant qu'elle nourrissait une passion pour sa profession, ses attentes envers Samuel étaient plus réalistes. Son boulot la satisfaisait et aucun vide ne demandait à être comblé par son amoureux. Béatrice trouvait ironique que ce soit le travail qui ait, en partie, sauvé son couple.

Encombrée de ses grands cahiers, elle resta sur place et se contenta de lui envoyer un signe de la main. Contre toute attente, ce fut lui qui se mit à accélérer le pas dès qu'il la vit. Il fendit la foule de voyageurs pour la rejoindre et la serrer dans ses bras.

Béatrice ferma les yeux pour profiter de toutes les sensations qui parcouraient son corps.

– Tu m'as manqué, souffla-t-il.

L'étreinte s'intensifia. Béatrice n'arrivait pas à répondre à l'ennui de son amoureux. D'abord parce qu'elle tenait toujours les portfolios contre elle, mais surtout parce que l'émotion la rendait muette. Elle s'étonnait du laisser-aller de Samuel. Lui si pudique et réservé en public semblait oublier la foule qui les entourait. Béatrice en conclut que s'il s'était ennuyé au point de devenir démonstratif, elle avait peut-être une chance infime de le faire revenir à Montréal.

Elle mit fin à la fusion de leurs corps en le repoussant délicatement. Elle en profita pour déposer sa pile de cahiers sur un banc.

– Tu ranges ton cellulaire, lui intima-t-elle en songeant à Sheryll qui dictait la conduite de Jean-Marc.

– J'ai déjà pris mes messages, se vanta Samuel comme s'il avait le bonheur de la prendre de vitesse.

Sous le regard attentif de sa blonde, il éteignit l'appareil, puis le rangea dans la poche intérieure de son veston.

– Fermé jusqu'à lundi.

Béatrice se plongea dans le regard de Samuel. Il mentait. Dans les prochaines heures, il emporterait son précieux téléphone aux toilettes pour vérifier en cachette l'entrée de nouveaux courriels. Dès qu'elle aurait le dos tourné, il en profiterait pour écrire quelques textos et ainsi faire avancer ses dossiers pendant le week-end. Au petit matin, il n'hésiterait pas à sacrifier une heure ou deux de sommeil pour abattre du travail à son insu. Elle fermerait les yeux et ferait semblant de dormir un peu plus longtemps demain matin pour le contenter. Ça lui donnerait aussi la chance de fouiller le Net pour dénicher des idées de bricolage, et ce, afin d'améliorer la motricité fine de Meghan.

– Tu le dis pas, mais tu t'es ennuyée, la nargua l'avocat.

Béatrice se mit à rire. Comme cette musique lui faisait du bien. Ils s'embrassèrent et l'étreinte se prolongea au-delà de ce que la décence autorisait habituellement dans un lieu public.

Lorsqu'il détacha à regret ses lèvres de celles de Béatrice, il continua tout de même à lui enserrer la taille. Il avait bon espoir de la convaincre, ce week-end, de revoir sa décision et de venir vivre avec lui à New York. Les six derniers mois avaient été pénibles. Le travail perdait même, un peu, de son attrait. Le superbe appartement qu'il avait loué était froid et impersonnel sans la touche colorée de la femme de sa vie.

De nouveau, il l'observa. Avait-elle changé la couleur de ses cheveux? Ou avait-elle adopté une nouvelle ombre à paupières? Un détail subtil lui échappait. Elle rayonnait. Samuel ne pouvait croire que sa présence, à elle seule, expliquait l'étrange lueur dans les yeux de Béatrice.

Tandis qu'il se perdait en conjectures, Béatrice fit courir ses doigts de la base de son cou au dessus de sa tête. Il avait un faible pour ce toucher volontaire et possessif. Comme si sa douce se transformait en tigresse et lui égratignait le crâne. Elle adorait brosser à contresens les cheveux fraîchement rasés de sa nuque. Ses doigts se transformaient en peigne et fendaient la masse capillaire avec autorité. Elle vit les paupières de Samuel s'alourdir. Il était sensible à ce type de caresse.

La jeune femme l'attira à elle tout en continuant à lui ébouriffer la tignasse. De temps à autre, un doigt émergeait de cette forêt châtaine. Un petit chaperon blanc. Un ongle lustré arborant une lisière d'albâtre.

Béatrice s'était offert une manucure à la française.

Les auteures

Nadia
LAKHDARI KING

Nadia Lakhdari King est l'auteure de la trilogie *Éléonore* et de nombreuses comédies romantiques. Elle aime passionnément la lecture, l'écriture, et les histoires qui finissent bien. Touche-à-tout et curieuse, elle voyage beaucoup. Elle a habité deux ans à New York et huit ans en Nouvelle-Zélande avant de revenir vivre dans sa ville natale, Montréal, avec son mari et ses deux enfants.

www.facebook.com/NadiaLakhdariKing
Twitter : @nadialakhdari

Catherine
GIRARD-AUDET

Catherine Girard-Audet est la coqueluche littéraire et la confidente des jeunes filles. Auteure de la populaire série *La vie compliquée de Léa Olivier*, elle est aussi la plume derrière plusieurs guides pratiques pour adolescentes, dont *L'ABC des filles*, en plus d'être la traductrice de centaines de livres jeunesse.

www.facebook.com/CatherineGirardAudet
Twitter : @cathabc

JOSÉE
BOURNIVAL

Josée Bournival est animatrice, blogueuse, chroniqueuse, auteure et maman de quatre enfants. Sa série *Bébé boum*, parue aux éditions Hurtubise, a été sacrée best-seller au Québec en plus de connaître du succès à l'étranger. Sa crinière rousse a embrasé l'écran pendant des années à l'émission matinale *Salut Bonjour*.

www.facebook.com/bournij
Twitter : @bournij